SAS

LE RÉSEAU ISTANBUL

(Pages à découper ou à copier)

Je souhaite recevoir :

Le catalogue complet

Les volumes ci-dessous cochés au prix de 6 € l'unité, soit :

...... livres à 6 € = ...

\+ frais de port = ...
(1 vol. : 2,50 € ; 2 à 3 vol. : 3,70 € ; 4 vol. et plus : 4,70 €)

Total : ....

Nom : .... Prénom : ....

Adresse : ....

....

Code postal : ....Ville : ....

Tél. : ....

Paiement par chèque à l'ordre de :
ÉDITIONS GÉRARD DE VILLIERS
15, chemin des Courtilles
92600 Asnières

DU MÊME AUTEUR

(titres épuisés)*

*N° 79 S.A.S. CHASSE A L'HOMME AU PÉROU
*N° 80 S.A.S. L'AFFAIRE KIRSANOV
*N° 81 S.A.S. MORT A GANDHI
*N° 82 S.A.S. DANSE MACABRE A BELGRADE
*N° 83 S.A.S. COUP D'ÉTAT AU YEMEN
*N° 84 S.A.S. LE PLAN NASSER
*N° 85 S.A.S. EMBROUILLES A PANAMA
*N° 86 S.A.S. LA MADONE DE STOCKHOLM
*N° 87 S.A.S. L'OTAGE D'OMAN
*N° 88 S.A.S. ESCALE A GIBRALTAR
N° 89 S.A.S. AVENTURE EN SIERRA LEONE
N° 90 S.A.S. LA TAUPE DE LANGLEY
N° 91 S.A.S. LES AMAZONES DE PYONGYANG
N° 92 S.A.S. LES TUEURS DE BRUXELLES
N° 93 S.A.S. VISA POUR CUBA
*N° 94 S.A.S. ARNAQUE A BRUNEI
*N° 95 S.A.S. LOI MARTIALE A KABOUL
*N° 96 S.A.S. L'INCONNU DE LENINGRAD
N° 97 S.A.S. CAUCHEMAR EN COLOMBIE
N° 98 S.A.S. CROISADE EN BIRMANIE
N° 99 S.A.S. MISSION A MOSCOU
N° 100 S.A.S. LES CANONS DE BAGDAD
N° 101 S.A.S. LA PISTE DE BRAZZAVILLE
N° 102 S.A.S. LA SOLUTION ROUGE
N° 103 S.A.S. LA VENGEANCE DE SADDAM HUSSEIN
N° 104 S.A.S. MANIP A ZAGREB
N° 105 S.A.S. KGB CONTRE KGB
N° 106 S.A.S. LE DISPARU DES CANARIES
N° 107 S.A.S. ALERTE AU PLUTONIUM
N° 108 S.A.S. COUP D'ÉTAT A TRIPOLI
N° 109 S.A.S. MISSION SARAJEVO
N° 110 S.A.S. TUEZ RIGOBERTA MENCHU
N° 111 S.A.S. AU NOM D'ALLAH
*N° 112 S.A.S. VENGEANCE A BEYROUTH
N° 113 S.A.S. LES TROMPETTES DE JÉRICHO
N° 114 S.A.S. L'OR DE MOSCOU
N° 115 S.A.S. LES CROISÉS DE L'APARTHEID
N° 116 S.A.S. LA TRAQUE CARLOS
N° 117 S.A.S. TUERIE A MARRAKECH
N° 118 S.A.S. L'OTAGE DU TRIANGLE D'OR
N° 119 S.A.S. LE CARTEL DE SÉBASTOPOL
N° 120 S.A.S. RAMENEZ-MOI LA TÊTE D'EL COYOTE
N° 121 S.A.S. LA RÉSOLUTION 687
N° 122 S.A.S. OPÉRATION LUCIFER
N° 123 S.A.S. VENGEANCE TCHÉTCHÈNE
N° 124 S.A.S. TU TUERAS TON PROCHAIN
N° 125 S.A.S. VENGEZ LE VOL 800
N° 126 S.A.S. UNE LETTRE POUR LA MAISON-BLANCHE
N° 127 S.A.S. HONG KONG EXPRESS
N° 128 S.A.S. ZAÏRE ADIEU
*LE GUIDE S.A.S. 1989

AUX ÉDITIONS MALKO PRODUCTIONS

N° 129 S.A.S. LA MANIPULATION YGGDRASIL
N° 130 S.A.S. MORTELLE JAMAÏQUE
N° 131 S.A.S. LA PESTE NOIRE DE BAGDAD
N° 132 S.A.S. L'ESPION DU VATICAN
N° 133 S.A.S. ALBANIE MISSION IMPOSSIBLE
*N° 134 S.A.S. LA SOURCE YAHALOM
N° 135 S.A.S. CONTRE P.K.K.
N° 136 S.A.S. BOMBES SUR BELGRADE
N° 137 S.A.S. LA PISTE DU KREMLIN
N° 138 S.A.S. L'AMOUR FOU DU COLONEL CHANG
*N° 139 S.A.S. DJIHAD
N° 140 S.A.S. ENQUÊTE SUR UN GÉNOCIDE

AUX ÉDITIONS GÉRARD DE VILLIERS

N° 141 S.A.S. L'OTAGE DE JOLO
N° 142 S.A.S. TUEZ LE PAPE
N° 143 S.A.S. ARMAGEDDON
N° 144 S.A.S. LI SHA-TIN DOIT MOURIR
N° 145 S.A.S. LE ROI FOU DU NÉPAL
N° 146 S.A.S. LE SABRE DE BIN LADEN
N° 147 S.A.S. LA MANIP DU « KARIN A »
N° 148 S.A.S. BIN LADEN : LA TRAQUE
N° 149 S.A.S. LE PARRAIN DU « 17-NOVEMBRE »
N° 150 S.A.S. BAGDAD EXPRESS
N° 151 S.A.S. L'OR D'AL-QAIDA
N° 152 S.A.S. PACTE AVEC LE DIABLE
N° 153 S.A.S. RAMENEZ-LES VIVANTS

LA CUISINE APHRODISIAQUE DE S.A.S. (10 €)
LA MORT AUX CHATS (10 €)
LES SOUCIS DE SI-SIOU (10 €)

GÉRARD DE VILLIERS

SAS

LE RÉSEAU ISTANBUL

Éditions Gérard de Villiers

ISBN 2-84267-252-6

CHAPITRE PREMIER

– Ouvrez, garces ! C'est une *zatchistka* [1] !

L'homme cagoulé, en tenue de combat, continua à vociférer, en réponse à la voix féminine qui avait demandé ce qui se passait, après les premiers coups de crosse dans la porte.

Une vingtaine de soldats cagoulés, armés de kalachnikovs et de lance-grenades, entouraient les ruines d'un bâtiment de cinq étages situé rue Kirov, dans le premier microdistrict de Grozny. Il était deux heures du matin et les rues de la capitale tchétchène vidées par le couvre-feu étaient totalement désertes, à part les deux camions bâchés et le petit blindé à roues qui bloquaient la rue Kirov. À cette heure-là, une visite ne pouvait être que de mauvais augure : seuls les militaires russes se hasardaient dehors, et encore, puissamment armés.

Le battant s'entr'ouvrit et, aussitôt, les soldats se ruèrent à l'intérieur, bousculant la femme qui leur avait ouvert. Un vieillard était couché dans un coin, à même le sol, enroulé dans une couverture. Un des soldats lui expédia un coup de pied en hurlant :

– Lève-toi, salaud de *boïvik* [2] !

1. Opération de nettoyage.
2. Combattant tchétchène.

Le chef lança à la cantonade :

– Il y a une Larissa Elmouzaieva ici ?

– *Da*, fit la femme qui avait ouvert, c'est ma fille. Mais…

– Où est-elle ? cria l'officier russe.

– En bas, dans la cave. Elle dort.

– Je veux voir tous les habitants de ce taudis ici, tout de suite ! Sinon je balance une grenade. *Bistro* [1].

Zainap Elmouzaieva se pencha au-dessus de l'ouverture carrée qui menait au sous-sol et appela d'une voix déformée par l'angoisse :

– Montez tous, vite. C'est une *zatchistka*.

Les soldats avaient commencé à fouiller partout, sous le regard hébété du vieil homme en train de tripoter sa barbe. L'un d'eux empocha une boîte de Nescafé entamée, un autre une bouteille d'eau de toilette. Un à un, les occupants du sous-sol émergeaient de la trappe. Une femme âgée, une autre plus jeune, un homme barbu, un adolescent, une très jeune fille et, enfin, une grande jeune femme aux pommettes hautes, avec un nez busqué, un menton énergique et des yeux à l'expression farouche. Tous étaient habillés : à Grozny, à cause du froid, on dormait avec ses vêtements. La jeune femme était la seule à ne pas porter de jupe longue, elle était vêtue d'un jean et de plusieurs pulls superposés, qui n'arrivaient pas à dissimuler ses formes. Tous s'alignèrent en silence le long d'un mur où des vêtements pendaient à des crochets.

Le chef cagoulé vint se planter devant la jeune femme qui était plus grande que lui et aboya :

– C'est toi Larissa Elmouzaieva ?

– *Da*, répondit-elle d'un ton neutre, regardant le Russe dans les yeux.

Celui-ci vociféra aussitôt :

– Tu veux ma photo ! Dis donc, tu es une belle petite pute ! On va bien s'amuser avec toi.

Larissa Elmouzaieva baissa les yeux, sans répondre.

1. Vite.

Les soldats russes, bien que cagoulés, ne supportaient pas qu'on les regarde en face. Ils étaient tellement haïs en Tchétchénie que même les regards des gens désarmés les mettaient mal à l'aise. Zainap Elmouzaieva s'avança courageusement.

– Pourquoi venez-vous ici ? Nous ne cachons pas de *boïviki* et nous n'avons pas d'argent.

L'officier la regarda à peine.

– Venez tous. Sinon...

Sans protester, ils obéirent, sortant dans le froid à la queue leu-leu. Zainap essaya encore de discuter, désignant son père.

– Il a 86 ans. Il ne peut pas rester ici ?

– *Niet.*

Violemment, l'officier poussa le vieillard dehors et lança :

– Vous montez dans le camion !

Les soldats les houspillaient à coups de crosse. Instruit par l'expérience, personne ne protestait. À quoi bon ? En Tchétchénie, les Russes tuaient comme ils respiraient, dans l'impunité la plus totale. Avant de monter dans le véhicule bâché, l'intrépide Zainap osa quand même demander :

– Où nous emmenez-vous ?

– À Khankala, garce, jappa l'officier.

Khankala, c'était le QG de l'armée russe en Tchétchénie. Une immense base dotée d'un aéroport, à quelques kilomètres de Grozny. Les deux camions bâchés s'ébranlèrent, le blindé fermant la marche, et la rue Kirov retrouva le silence.

***

– Nous, on sait travailler à la pince, au couteau, à l'aiguille... Les gens comme toi, on les a vus des tas de fois se tordre de douleur, puis avouer. Alors, tu ferais mieux de me dire tout de suite ce que tu sais... Pourquoi tu vas à Istanbul ?

Larissa Elmouzaieva ne répondit pas, les yeux baissés, se maudissant intérieurement d'avoir voulu rendre visite à sa famille qu'elle n'avait pas vue depuis des mois, ne serait-ce que pour leur remonter le moral. Mais c'était trop tard. Elle prit sur elle pour répondre d'une voix calme.

– Je travaille pour une ONG qui a son siège à Istanbul.

Puis, elle osa enfin lever les yeux sur son vis-à-vis, un homme aux cheveux blond filasse, rondelet, les joues rouges, avec des lèvres épaisses de jouisseur. Il était assis à cinquante centimètres d'elle, sur un tabouret. Il lui jeta un regard méprisant.

– Écoute, je suis le major Vitali Plotnikov, du GRU [1], et je n'aime pas que l'on me raconte des histoires. Alors, qu'est-ce que tu vas vraiment faire à Istanbul ?

Larissa baissa à nouveau les yeux. L'interrogatoire avait commencé dès son arrivée à Khankala. Ils se trouvaient dans un baraquement de bois chauffé par un poêle et toute sa famille était entassée dans la pièce voisine, avec les soldats qui n'arrêtaient pas de les houspiller et de les injurier. Larissa était hantée par une crainte atroce : pourvu qu'ils ne violent pas sa jeune sœur de quinze ans, Seda. Soudain, presque sans bouger, le major Plotnikov lui envoya un coup de poing en plein visage et elle tomba de son tabouret.

***

– Allez, cours ! Plus vite !

Pour renforcer ses paroles, le major Plotnikov expédia un grand coup de botte dans la hanche de Larissa. Celle-ci, entièrement nue – elle avait dû se déshabiller sous la menace d'un couteau – tournait dans la pièce à quatre pattes, sous les hennissements de joie des soldats. Son nez saignait, mais la haine lui faisait oublier la

1. Service de renseignements de l'armée.

douleur. Un des soldats l'enfourcha comme un cheval, esquissant une mimique obscène.

– Arrête ! dit aussitôt le major d'un ton sans réplique. On s'amusera plus tard. Il faut que cette garce parle. Mais c'est vrai qu'elle est belle, cette putain tchétchène !

Il prit Larissa par les cheveux, en arrachant une poignée au passage, et la regarda d'un air concupiscent. Avec ses seins lourds, sa taille étroite, ses longues cuisses et sa croupe charnue, Larissa était splendide. Elle vit le désir dans les yeux du major et se dit qu'il allait la violer sur-le-champ. Comme c'était la coutume. Déshumanisée, dédoublée, elle ne songeait même plus à protéger son intimité. Elle qui avait été élevée dans la pudeur la plus absolue, rétrograde même ! Soudain, un cri aigu lui donna la chair de poule.

Un cri de femme.

Le major éclata d'un rire cynique, lâchant ses cheveux.

– On dirait que la petite sœur aime bien les queues russes !

Larissa se précipita vers la pièce voisine, ceinturée aussitôt par un des soldats qui en profita pour lui empoigner les seins à pleine main. Elle poussa une exclamation horrifiée. Sa petite sœur de quinze ans, Seda, était couchée sur une table de bois, au milieu de la pièce voisine, maintenue à plat dos par deux soldats hilares, sa jupe relevée jusqu'à la taille, son sexe au bord de la table. Debout en face d'elle, un soldat était en train de la violer, lui tenant solidement les cuisses écartées. Larissa pouvait voir le long sexe s'enfoncer et ressortir du ventre comme un piston bien huilé. Seda hurlait, de honte et de douleur. Un de ceux qui la tenaient s'amusait à lui pincer les seins à travers ses pulls.

Soudain, le violeur poussa un cri rauque et jouit avec un ultime coup de reins, enfoui dans le ventre de la jeune fille. Déjà, son voisin le bousculait pour prendre sa place. Larissa se rendit compte soudain qu'elle hurlait et se débattait comme une folle. Alignés le long du mur, les autres membres de sa famille ne pouvaient qu'assister au viol, impuissants. Le major Plotnikov s'approcha de Larissa et la saisit par les cheveux, la tirant en arrière, puis remarqua d'une voix doucereuse :

– Mes hommes s'ennuient... Tu vois, si tu avais parlé, ils n'auraient pas joué avec ta petite sœur. Bah, elle n'en mourra pas.

Larissa se mordit les lèvres pour ne pas lui cracher au visage. Il se vengerait sur sa famille.

– *Karacho*[1] ! lança le major Plotnikov. *Maintenant*, tu vas parler !

– Je t'ai dit la vérité, dit Larissa d'une voix blanche.

Le major secoua la tête et lança :

– Gregori, amène le vieux.

Un soldat au regard vide poussa dans la pièce le grand-père de Larissa, qui semblait drogué, absent. Il resta au milieu de la pièce, les bras ballants, sans paraître voir le corps dénudé de Larissa. Celle-ci se tourna vers l'officier russe.

– *Pajolsk*[2], laissez-le. Il a 86 ans.

– *Davai*[3], fit simplement le major au soldat.

Celui-ci prit le long couteau pendu à sa ceinture et, d'un coup violent, le plongea dans le ventre du vieillard, faisant aussitôt tourner la lame dans la blessure. Abas Elmouzaieva poussa un seul cri et s'effondra sur place tandis que, tranquillement, son assassin remettait le couteau dans son étui. Larissa se précipita et prit la tête du vieil homme entre ses mains. Il avait déjà le regard vitreux et le sang coulait à flots de sa blessure. Il cessa de respirer quelques instants plus tard. Larissa reposa sa tête sur le sol avec tendresse et se redressa. Oubliant qu'elle était nue. Devant son regard, le major Plotnikov recula d'un pas, les joues encore plus rouges.

Larissa demeura face à lui, les poings serrés, incapable de prononcer un mot, ruisselante de haine. Dans la pièce

1. Bien.
2. Je vous en prie.
3. Vas-y.

voisine, sa sœur, toujours violée, ne poussait plus que de faibles gémissements.

On frappa à la porte et un soldat entra, pour venir chuchoter quelques mots à l'oreille du major. Celui-ci dit aussitôt à Larissa :

– Le colonel te demande. Tu vas nous regretter.

Il lança un ordre et deux soldats arrivèrent avec un vieux tapis qu'ils étalèrent sur le sol. Ils forçèrent ensuite Larissa à s'allonger dessus. Dès qu'elle eut obéi, ils la roulèrent dans le tapis, comme un objet, et l'emportèrent. Seuls ses cheveux noirs dépassaient. Abas Elmouzaieva ne saignait plus, mais l'odeur fade, écoeurante, de son sang remplissait la petite pièce.

***

– Je suis le colonel Fedor Mitchorine. Lève-toi, lança l'homme en uniforme à Larissa, encore allongée par terre sur le tapis que les deux soldats avaient déroulé avant de s'esquiver.

Larissa remarqua une bouteille de vodka bien entamée posée sur la table, le poêle qui tirait bien, le lit confortable. L'officier était plutôt bel homme, mais avec un regard fou, habité.

Elle se leva et il jeta un regard approbateur à sa silhouette, puis s'approcha, prenant un sein dans sa paume, comme on soupèse un beau fruit. Larissa recula machinalement et le colonel sourit.

– Tu te sens sale, n'est-ce pas ? Tu n'as pas envie d'un bon bain russe pour un plaisir partagé ?

Un bain, en Tchétchénie, c'était déjà un luxe inouï. Souvent, les militaires russes l'agrémentaient d'une récréation sexuelle. C'est ce que le colonel proposait à Larissa. Celle-ci secoua la tête et répliqua d'une voix blanche.

– Non, je ne veux pas de bain. Un de vos hommes a tué sous mes yeux mon grand-père, Abas. Il avait 86 ans. Allez-vous le punir ?

– Ne sois pas ridicule ! répliqua le colonel en riant.

Nous sommes en guerre. Vous, les Tchétchènes, êtes nos ennemis. On ne punit pas un soldat parce qu'il a tué un ennemi. Oublie ton grand-père. De toute façon, il était en âge de mourir. Moi, j'ai à te parler de choses sérieuses. Mais d'abord, on va s'amuser un peu.

Comme Larissa ne répondait pas, il fit un pas en avant et, d'un geste brusque, lança la main vers son ventre. Elle sentit deux doigts s'enfoncer dans son sexe, comme un crochet. De la main gauche, le colonel Mitchorine la prit à la gorge. Il y avait une lueur de folie dans ses yeux et Larissa crut qu'il allait l'étrangler.

– Quel âge as-tu ? demanda-t-il.

– Vingt-sept ans.

Il eut un sourire lascif.

– À cet âge-là, même une Tchétchène n'est plus vierge. Tu aimes faire l'amour ?

Larissa demeura muette. Les doigts dans son sexe la brûlaient. Sans desserrer son étreinte, le colonel continua d'une voix douce, dans une haleine de vodka :

– Je suis dans ce pays pourri depuis six mois et, avant de parler affaires avec toi, j'ai envie de me détendre. Si tu refuses, je fais fusiller toute ta famille et, toi, je te mets dans un trou où on versera de la chaux vive. Tu seras déchiquetée vivante.

Dans un autre pays que la Tchétchénie, ces menaces émanant d'un officier supérieur d'une armée régulière n'auraient pas pu être prises au sérieux. Mais Larissa savait que le colonel ne la menaçait pas à la légère. Il avait le droit de vie et de mort sur tous les Tchétchènes. Sans le moindre risque de réprimande. Quelques mois plus tôt, un colonel qui avait violé et étranglé une jeune Tchétchène avait été acquitté par un tribunal militaire.

– Qu'est-ce que tu veux ? demanda-t-elle d'une voix blanche.

Les doigts qui malmenaient son sexe le quittèrent, la main qui lui serrait la gorge relâcha son étreinte et vint se poser sur sa nuque, la forçant à s'agenouiller sur le tapis. De la main gauche, le colonel Mitchorine défit la ceinture de son pantalon. Larissa, qui ne voulait plus lutter inutilement, fit le reste. Le meurtre sauvage de son grand-père qu'elle adorait l'avait plongée dans un état second. Elle avait franchi le dernier cercle de l'enfer. Elle prit entre ses doigts le sexe déjà à demi gonflé et l'enfonça dans sa bouche. Il était circoncis et dégageait une forte odeur *sui generis*. Elle n'était pas la seule à avoir besoin d'un bain. Très vite, le membre grossit entre ses lèvres. Le colonel n'avait pas eu de femme depuis longtemps.

***

Appuyé à la table, le colonel Mitchorine savourait chaque seconde de la fellation administrée par Larissa. Par souci de dignité, il avait seulement ouvert sa braguette, gardant son pantalon d'où émergeait maintenant un lourd sexe tendu, un peu recourbé, que Larissa continuait à sucer dans un va-et-vient mécanique.

L'officier but une rasade de vodka au goulot et croqua un cornichon pour atténuer l'effet de l'alcool. Son sang bouillait. Il aurait voulu que cette caresse exquise ne se termine jamais. En même temps, il avait toutes les peines du monde à retenir la sève qui bouillonnait dans ses reins. Cette garce de Tchétchène allait le faire jouir ! Il baissa les yeux. Dans la position où elle se trouvait, il voyait la croupe tendue de Larissa, cambrée, appétissante. Brusquement, il eut envie de ces fesses magnifiques. Il arracha littéralement son sexe prêt à exploser de la bouche de la jerune femme et la tira par les cheveux pour qu'elle se remette debout. Fiévreusement, il se mit à palper ses gros seins, l'extrémité de son sexe tendu frôlant le ventre nu de la jeune femme. Ce simple contact manqua le faire jouir.

– Viens, grommela-t-il.

La bouteille de vodka était vide et ses yeux étaient injectés de sang. Il traîna Larissa jusqu'au lit où il la fit s'agenouiller, lui tournant le dos. La vue de cette croupe ronde, ferme, cambrée, lui donna un vertige. Il posa son sexe sur celui de Larissa et poussa de toutes ses forces. S'y enfonçant de quelques centimètres, mais retenant un cri de douleur : la jeune femme était sèche comme de l'étoupe. Frustré, furieux, il la lâcha et fonça au coin cuisine. Tout ce qu'il trouva fut une bouteille d'huile entamée dont il s'aspergea. Il était si excité que même le contact du liquide froid ne le fit pas débander.

Larissa n'avait pas bougé. En deux bonds, il fut sur elle. Cette fois, son sexe pénétra dans le ventre de la jeune femme sans difficulté. Comme elle se dérobait, plongeant en avant, il la saisit aux hanches et donna un violent coup de reins, comme pour la clouer au lit. Grâce à l'huile, il coulissait sans mal. Ce qui lui donna une idée. Au moment où il allait jouir, il se retira brusquement et colla son sexe à l'ouverture des reins de la Tchétchène. Larissa poussa un hurlement et s'affala à plat ventre sur le lit. Le colonel suivit, s'aplatissant sur elle. L'huile et le poids de son corps firent le reste.

Le colonel Mitchorine sentit le sphincter céder et son sexe raide s'enfonça d'un coup au fond des reins de Larissa, la déchirant. Il poussa un hurlement sauvage, incapable de se retenir. Le viol n'avait pas duré plus de quelques secondes. Il se vida dans l'étroit conduit avec une sensation de bien-être extraordinaire, demeurant fiché dans cette croupe de rêve jusqu'à la garde.

La guerre en Tchétchénie réservait quand même quelques petites joies.

***

Rajusté, le colonel Mitchorine fumait une cigarette. Larissa était restée recroquevillée sur le lit comme un animal, hagarde, au bord de la folie. Submergée d'une haine impuissante. Pourquoi était-elle revenue à Grozny !

La voix douce de l'officier russe l'arracha à sa torpeur. D'un ton presque mondain, il demanda :

– Quels sont les membres de ta famille qui ont été arrêtés avec toi ?

– Il y a ma mère, Zaynap, ma tante Malika, mon oncle Mogamed, ma grand-mère Zaidat, mon frère Djabrail, ma sœur Seda.

Elle faillit dire que celle-ci avait été violée mais s'arrêta à temps. À quoi bon ?

– *Karacho*, approuva le colonel Mitchorine. Je suppose que tu tiens beaucoup à eux ? Sans attendre sa réponse, il enchaîna : Tu dois comprendre que désormais leur vie dépend de toi.

– Je ne comprends pas, dit Larissa. Qu'est-ce que je peux faire ?

« En plus de me faire violer », ajouta-t-elle mentalement. Le colonel tira sur sa cigarette et dit d'un ton léger :

– J'aimerais bien te garder ici un peu de temps, car tu es bien agréable, mais j'ai ordre de te mettre demain matin dans un avion pour Moscou. Là, tu seras remise à mes estimés collègues du FSB [1]. Je crois qu'ils ont trouvé dans ton appartement de Moscou des choses très intéressantes. Alors, à partir de là, les choses sont très simples. Les membres de ta famille vont rester ici, dans ce camp, sous ma protection. Si tu fais *tout* ce que te demanderont mes estimés collègues du FSB, il ne leur arrivera rien. Quand tu auras accompli ce qu'on t'aura demandé, ils seront libérés et pourront retourner à Grozny. Tu pourras même venir les chercher toi-même. Tu comprends ?

– *Da*, fit Larissa, horrifiée.

Le colonel tira sur sa cigarette et continua sur le même ton :

– Seulement, si tu désobéis, je vais te dire ce qui leur arrivera. On les mettra tous dans un grand trou et on y jettera quelques grenades. Ensuite, pour qu'ils ne bougent plus du tout, on ajoutera un sac de chaux vive, peut-être deux… Voilà, tu as jusqu'à demain matin pour réfléchir. Tu peux dormir sur le tapis. Mais, si j'étais toi, j'accepterais. On n'a qu'une famille.

1. Service de renseignements intérieur.

CHAPITRE II

Ersoy, le patron barbu du *Somdan Park* tomba dans les bras de John Burke avec un hennissement de joie et les deux hommes échangèrent de touchantes et interminables effusions, sous le regard amusé de Malko. Quand ils se détachèrent enfin l'un de l'autre, le restaurateur turc réserva à Malko un accueil à peine moins chaleureux.

– Je suis content de vous revoir à Istambul, Malko bey, assura-t-il. Cela fait au moins deux ans, non…

– Trois, corrigea Malko. Je ne pensais même pas retrouver John ici.

John Burke, responsable de l'antenne de la CIA d'Istanbul, éclata de rire.

– J'ai encore six mois à tirer et j'espère obtenir une prolongation. D'ailleurs, j'ai acheté un *yali*[1] à Yéniköy.

Au bout de six ans en Turquie, il était plus turc que les Turcs. Avec son crâne chauve, sa moustache tombante, sa bedaine et son allure négligée, il ressemblait aux *büyük babas*[2] qui traînaient dans les bars de Galatasaray, à jouer aux dominos entre deux arnaques. Parlant parfaitement

1. Vieille maison de bois sur le Bosphore.
2. Mafieux.

turc, il avait conquis ses homologues du MIT[1] autant qu'on peut conquérir un Turc.

– Venez, proposa le patron, je vais vous installer.

Il les emmena à la « terrasse », la partie surélevée de la salle, dont le toit, en été, s'escamotait, permettant d'apercevoir le ciel. Les tables les plus enviées. Situé sur la colline de Nisantasi, dans l'élégant quartier de Sisli, là où se trouvaient les plus belles boutiques d'Istanbul, en haut de la rue Mim Kemal Oke, le *Somdan Park*, entouré d'un jardin, était un des restaurants les plus raffinés d'Istanbul. Ce soir-là, la salle était déjà bourrée à craquer. Une grande table de politiciens et de businessmen, beaucoup de très jolies femmes accompagnées d'hommes élégants, la plupart en strict costume sombre.

Le blouson de cuir de John Burke détonnait un peu dans cet environnement sophistiqué, mais il n'en avait cure. Le patron les installa à une table dressée pour trois couverts, entre un couple et deux femmes seules, couvertes de bijoux comme des arbres de Noël. Il est vrai que c'était la saison. Le regard de Malko se posa un instant sur leurs voisines : une splendide brune en fourreau de dentelle noire, accompagnée d'une fausse blonde en forme de bébé hippopotame, à la bouche très rouge qui, cinquante kilos plus tôt, avait dû être très désirable. La brune l'examina longuement d'un regard assuré, avec une esquisse de sourire, avant de reprendre la conversation avec sa copine.

– Nous attendons quelqu'un ? s'enquit Malko.

– Oui, confirma John Burke, avec un air mystérieux. Il avait un dîner mais nous rejoindra pour le café.

Malko laissa son regard errer sur la salle : on se serait cru en Europe. Ici, le *çarşaf*[2] ou même l'*ortusu*[3] étaient totalement inconnus. Les femmes, habillées très sexy, souvent en pantalon, n'étaient guère farouches et, tout en

1. Milli Istihradate Tefkiati (Services de renseignements turcs).
2. Tchador.
3. Voile islamiste.

préservant certaines apparences, aussi disponibles pour une aventure qu'en Europe. Des Turques modernes.

Un maître d'hôtel vint déposer sur la table une bouteille de Defender « 5 ans d'âge » et une de Stolychnaya « Cristal » avant de murmurer quelque chose à l'oreille de John Burke.

– Cadeau de la maison ! commenta l'Américain.

À Istanbul, John Burke était d'une aide précieuse. En place depuis plusieurs années, connaissant tout le monde et parlant turc parfaitement, il était comme un poisson dans l'eau dans cet univers complexe et opaque pour les étrangers. Malko, accompagné de son fidèle Elko Krisantem, turc lui-même, avait pris une suite avec deux chambres à l'*Hotel Marmara*, place Taksim.

Après la température tropicale d'Amazonie [1], le temps à Istanbul, où il ne faisait guère plus de 8 °C, lui semblait frisquet. Comme d'habitude, la station de la CIA de Vienne, tout en lui demandant de se rendre en Turquie, ne lui avait pas précisé la raison de son voyage, mais ce n'était sûrement pas pour admirer le Bosphore.

En dépit de l'hiver, il n'était pas mécontent de se retrouver dans cette cité, à cheval entre l'Europe et l'Asie, carrefour de plusieurs civilisations, grouillante de trafics, d'intrigues, de complots, et, depuis quelques années, plaque tournante du terrorisme. En effet, Istanbul, située au sud du Caucase, étape sur la route du Moyen-Orient et du Pakistan, voisine de l'Irak, voyait affluer Tchétchènes, Kurdes, Pakistanais, islamistes de tous poils qui s'en servaient comme d'un point de rencontre et d'une base de repli. État laïque depuis Kemal Atatürk, tenu d'une main de fer par une armée toute-puissante aidée d'un service de renseignements assez porté sur la férocité – le MIT –, la Turquie, jusqu'ici, avait su éviter les gros problèmes de l'islam fondamentaliste. Pendant des années, l'insécurité était venue du Parti kurde des travailleurs – le PKK –, créé par le KGB des années plus tôt, qui avait entretenu

1. Voir SAS n°153, *Ramenez les vivants.*

dans l'est de la Turquie une véritable insurrection en s'appuyant sur les treize millions de Kurdes turcs. L'arrestation en 2000 du chef du PKK, Abdullah Öcalan, avait fait cesser la plupart des actions violentes du PKK. D'autre part, les mouvements d'extrême gauche comme Delsol, jadis très actifs, avaient, eux aussi, à peu près disparu. Dans ce pays modérément musulman, comme la France est catholique, l'islam fondamentaliste, combattu férocement par Kemal Atatürk soixante-dix ans plus tôt, n'avait jamais pris. En interdisant le port du fez et en forçant les Turcs à s'habiller à l'européenne, en érigeant la laïcité de l'État en règle absolue, le fondateur de la Turquie moderne avait déjà voulu tourner son pays vers l'Europe.

Un visionnaire, toujours adulé.

Quelques années plus tôt, un marin américain ivre avait commis le sacrilège involontaire d'uriner sur une statue d'Atatürk, à Ismir. La municipalité avait interdit pendant dix ans qu'un navire militaire américain relâche dans le port. En Turquie, on ne plaisante pas avec l'honneur.

À l'aube du XXIe siècle, la Turquie avait un gouvernement dirigé par un islamiste « modéré » : au *Somdan Park*, les femmes exhibaient des maquillages provocants, portaient des bas, mais dans les quartiers populaires, là où se regroupaient les immigrés venant d'Anatolie, l'*ortusu* se portait de plus en plus. En même temps, la Turquie entretenait un flirt poussé avec Israël. Les chasseurs de l'État hébreux avaient même le droit de venir s'entraîner au-dessus de son territoire.

Écartelé entre ces deux extrêmes, le pays luttait pour atteindre deux objectifs : entrer dans l'Europe et se moderniser. Déjà, le nouvel aéroport d'Istambul ressemblait à un palais oriental tant il dégoulinait de marbre.

John Burke se pencha soudain vers Malko, désignant du regard la brune de la table voisine qui le fixait avec un intérêt évident.

– Vous la connaissez ? demanda-t-il.

Malko sourit.

– Non, mais il n'est pas impossible qu'elle souhaite me connaître…

C'était toujours flatteur d'être remarqué par une jolie femme. John Burke sourit en retour et leva son verre de Defender.

– *Serifinizé !*

Littéralement « À votre honneur. » Denrée très prisée en Turquie. Malko leva son verre de vodka. Détendu, heureux de se retrouver à Istanbul. De la place Taksim, il était à deux pas d'Istiklâl Caddesi, la grande avenue piétonnière qui plongeait dans le vieux quartier de Beyoğlu, dédale de ruelles tortueuses pleines de boutiques et de petits restaurants. Elko Krisantem devait déjà s'y fondre. Pour lui, revenir dans son pays natal était toujours une fête et il y retrouvait quelques cousins, témoins de l'époque où il conduisait un *domus* [1] tout en pratiquant le métier hasardeux de tueur à gages. À Istanbul, il pouvait toujours être utile, étant donné les activités de Malko.

– Vous avez de la chance, remarqua John Burke, il fait presque beau. Il y a deux jours, il neigeait. Le sale temps qui vient des plaines d'Ukraine.

Malko avait quitté à regret Alexandra, son éternelle fiancée. Il n'aimait guère la laisser seule durant cette période festive pleine de tentations. La veille au soir, ils avaient terminé leur soirée dans leur « chambre d'amour », au premier étage du château de Liezen, l'abandonnant avec un pincement de cœur. Hélas, il ne pouvait rien refuser à la Central Intelligence Agency. Sans ses subsides, le château de Liezen ne serait plus depuis longtemps qu'une ruine. Or, Malko y tenait, à son château ! Même si c'était un gouffre financier. Il ne s'imaginait pas vivant dans un appartement à Munich ou à Ulm. Et même si une partie du château était fermée, il lui restait assez de place pour recevoir selon son rang.

Et puis, on ne vit qu'une fois… C'était son choix de

1. Taxi collectif.

risquer sa peau pour conserver une certaine vie à ses vieilles pierres, et perpétuer une tradition familiale remontant à plusieurs siècles. Il but sa Stolychnaya d'un trait et l'alcool glacé, paradoxalement, le réchauffa. Délaissant la contemplation des créatures de rêve qui les entouraient, il demanda à John Burke.

– Je suppose que vous allez me dire pourquoi je suis ici ?

L'Américain lui adressa un clin d'œil.

– Vous savez bien qu'il se passe toujours quelque chose à Istanbul. Vous y êtes venu assez souvent...

– C'est vrai, reconnut Malko.

Trois ans plus tôt, c'est par Istanbul qu'avait transité un engin nucléaire tactique dérobé à l'armée russe, qui devait exploser à New York après être passé par le Canada[1]. La traque menée par Malko avait permis de l'intercepter *in extremis*. Bien que la CIA entretienne des contacts étroits avec le MIT, la coopération entre les deux services n'étaient pas toujours sans nuages. Les Turcs faisaient une fixation sur les Kurdes tandis que Les Américains leur reprochaient leur brutalité et la corruption qui gangrenait les services.

John Burke vida son Defender d'un trait et s'en resservit un aussitôt. Le temps de commander leur dîner au garçon, il se pencha vers Malko.

– C'est une histoire qui commence en Australie, commença-t-il. Les services australiens ont « serré » un islamiste, il y a peu de temps. Roger Barat, profil classique : un Martiniquais converti à l'islam, recruté à Paris près d'une mosquée, envoyé ensuite à Londres puis au Pakistan pour un entraînement militaire.

– Avant, cela se passait en Afghanistan, remarqua Malko.

– Les réseaux d'Al-Qaida se sont reconvertis, confirma l'Américain. On en a la preuve à travers ce Roger Barat. Après son arrestation, il s'est mis à table. A avoué avoir

1. Voir SAS n° 1 : *SAS à Istanbul*.

passé six mois dans un camp du mouvement clandestin Lashkar-e-Toiba, au Cachemire. Mêlé à des Pakistanais, à des Britanniques et même à des Américains. Tous des gens d'origine musulmane, bien entendu.

– Je croyais ces camps sous contrôle de l'armée pakistanaise, observa Malko.

John Burke eut un sourire ironique.

– Ils le sont. Roger Barat nous a raconté qu'à chaque inspection des militaires pakistanais accompagnés de gens de chez nous, venus s'assurer qu'il n'y avait pas de membres d'Al-Qaida dans le camp, réservé en principe aux combattants cachemiri, ils étaient évacués vers des structures de secours, dans une zone peu accessible. Et transportés dans des camions de l'armée pakistanaise, ce qui en dit long sur le double jeu des Pakistanais.

Un ange passa, volant en direction de La Mecque.

– Ce n'est pas nouveau, sourit Malko.

John Burke approuva.

– Hélas ! Bref, dans son camp, ce Roger Barat a rencontré pas mal de monde et entendu beaucoup de choses. Un jour, ils ont reçu la visite d'un envoyé de l'Égyptien Zayman Al-Zawahiri, le bras droit d'Oussama Bin Laden. Il cherchait un spécialiste en explosifs.

– Ça ne doit pas manquer…

– Eh bien, si ! Roger Barat, qui grillait de se rendre utile, s'est proposé. Il avait déjà des connaissances dans ce domaine. Au cours de l'entretien, l'homme d'Al-Qaida lui a demandé s'il avait déjà été en Turquie… À Istanbul. Roger Barat a répondu négativement. Ensuite, on lui a posé plusieurs questions très techniques sur le maniement des explosifs et, apparemment, il n'a pas su répondre correctement, ce qui l'a éliminé. L'envoyé d'Al-Qaida, est reparti bredouille et Roger Barat, son stage terminé, a repris l'avion pour Londres. Là, après quelques semaines en *stand by*, il a été envoyé en Australie, où il devait être contacté par un réseau local d'Al-Qaida. Mais le MI6 l'avait repéré et sa croisade s'est arrêtée très vite.

– Des histoires semblables, il y en a tout le temps, observa Malko.

– Certes, reconnut John Burke. Mais pour que Al-Zawahiri s'occupe d'une opération, il faut qu'elle soit importante :

– Vous avez parlé de cette affaire au MIT ?

– Bien sûr ! À notre copain Zeynel Sokik[1]. Il a eu de l'avancement : il est général. Un des rares militaires du MIT. Il m'a juré n'être au courant de rien, ne pas avoir remarqué d'activités suspectes chez les islamistes locaux.

– Al-Qaida a changé de tactique, dit Malko. Désormais, ils utilisent des groupes locaux motivés idéologiquement, à qui on souffle simplement une idée d'attentat en leur donnant un peu d'argent et, parfois, des moyens techniques. Une sorte de « franchising ».

– Vous avez parfaitement raison, reconnut John Burke. Mais les Turcs n'ont jamais eu un vrai problème d'islamistes. Les ennemis du régime c'étaient plutôt l'extrême gauche et le PKK. Donc, j'en ai été quitte pour un déjeuner. J'ai envoyé un rapport à Langley et je suis passé à autre chose. Il y a tellement de faux bruits dans notre métier... Et puis, il y a une semaine, un fait nouveau m'a alerté.

Il s'interrompit pour laisser le garçon poser devant eux un poisson grillé. Un *lufer*[2], vivant uniquement dans le Bosphore... Malko croisa à nouveau le regard de la femme en fourreau de dentelle noire en train de se lever. Il eut de nouveau droit à une esquisse de sourire, et la suivit des yeux, escortée par son hippopotame.

– Vous m'écoutez ? demanda John Burke, vaguement agacé.

– Absolument ! jura Malko, rompant à regret son contact visuel. Mais jusqu'ici je ne vois pas très bien en quoi je peux être utile. Je ne parle pas turc et le MIT

1. Voir SAS n° 139 *Djihad*.
2. Sorte de bar.

connaît sûrement beaucoup mieux que moi les islamistes locaux. Ceux que j'ai croisés ici sont morts ou en fuite.

– Vous ne parlez pas turc mais vous parlez russe, remarqua John Burke avec un sourire entendu.

Malko posa sa fourchette.

– Russe ? Oui, bien sûr. Allemand aussi et quelques autres langues. Qu'est-ce que cela vient faire dans votre histoire ?

Ersoy, le patron du *Somdan Park*, s'approcha de leur table en souriant.

– Comment est ce *lüfer* ?

– Magnifique ! assurèrent en chœur les deux hommes.

Le Turc se pencha alors vers Malko et posa sur la table un papier plié.

– De la part d'une personne qui souhaiterait que vous la contactiez, dit-il à voix basse. Elle m'a laissé ceci pour vous.

Malko déplia le papier, découvrant un numéro de téléphone : 535 5649802, suivi d'un prénom : Laila. Le tout écrit avec un rouge à lèvres. La femme qui lui avait souri n'avait pas froid aux yeux. Discret, le patron s'était déjà éloigné. Malko glissa le papier dans sa poche, sous le regard intrigué de John Burke. Lequel se retint visiblement de poser des questions, se contentant de dire avec une pointe d'ironie :

– Si vous voulez bien écouter *mon* histoire... Voilà, ici, à Istanbul, j'ai les meilleures relations avec le représentant du SVR [1] qui se trouve au consulat de Russie. Igor Verchinine. Un bon type. On se voit régulièrement : les Russes sont très friands de toutes les informations sur les wahhabites, les islamistes qui s'infiltrent en Tchétchénie pour aider les rebelles tchétchènes. Je leur ai passé des documents saisis par nous en Afghanistan et ils ont été ravis. Bref, la semaine dernière, Igor m'a invité à déjeuner, comme il le fait souvent. Et il m'a raconté une histoire qui a allumé dans ma tête tous les *warnings*. Vous

1. Service de renseignements extérieur russe.

savez que le FSB est très actif contre les Tchétchènes, à Moscou...

– Cela n'a pas empêché la prise d'otages au théâtre Nord-Ost en octobre 2002, remarqua Malko.

L'incident s'était soldé par cent soixante-dix morts, y compris quarante-neuf preneurs d'otages, les membres d'un commando tchétchène ayant pris en otages tous les spectateurs et les acteurs du théâtre.

– Justement, souligna John Burke, le FSB est beaucoup plus actif depuis et surveille de près les Tchétchènes de Moscou. Donc, récemment, ses agents avaient repéré une Tchétchène possédant un pied-à-terre à Moscou, qui voyageait énormément, en Europe et même au Moyen-Orient. Sous le couvert d'une ONG islamiste, l'IRO[1], qui a des bureaux ici.

– Liée à Al-Qaida, remarqua Malko au passage.

– Tout à fait. Donc, ils ont perquisitionné l'appartement de cette fille, une certaine Larissa je-ne-sais-quoi. Ils l'ont ratée car elle venait de partir rendre visite à sa famille en Tchétchénie, à Grozny. Par contre, ils ont découvert un billet d'avion Moscou-Istanbul et cinquante mille dollars en billets de cent.

– C'est tout ?

– Oui. Mais le FSB la considère comme une activiste liée aux « terroristes » tchétchènes. Elle voyage souvent à l'étranger où elle exalte la résistance de son pays à l'occupation russe.

Malko demeura de marbre.

– Ce n'est pas un crime, dit-il. Mais vous semblez relier les deux informations pour conclure qu'un attentat se prépare ici. C'est un peu léger.

John Burke repoussa son assiette où il ne restait plus que les arêtes du *lüfer*.

– Igor va vous raconter la suite ! assura-t-il avec un sourire. D'ailleurs, le voilà. Heureusement qu'on a mangé vite...

1. Islamic Relief Organization.

Malko leva la tête et aperçut un homme blond aux yeux très bleus, le teint pâle, plutôt mal habillé d'un costume bleu pétrole, qui se frayait un chemin à travers les tables.

Embrassades, présentations. De près, Igor Verchinine avait l'air beaucoup moins gauche et son regard acéré n'était pas celui d'un idiot. Évidemment, sa cravate était horrible...

– Un scotch ? proposa John Burke.

Le Russe secoua la tête.

– Non, un thé plutôt...

Il sourit alors à Malko et dit d'une voix posée :

– J'ai beaucoup entendu parler de vous, *gospodine* Linge. Je suis certain que vous êtes l'homme idoine pour ce que nous projetons.

***

John Burke promenait avec soin la flamme de son Zippo "collector" D-Day sur son cigare pour le réchauffer, tandis que l'officier du SVR humait son thé avec une grâce féline. Malko, profitant de cette plage de silence, l'observait. Ses ongles carrés et ses mains puissantes contrastaient avec sa délicatesse apparente.

Le Russe reposa enfin sa tasse de thé et fixa Malko.

– John vous a raconté comment mes estimés collègues du Second Directorate ont découvert des choses intéressantes dans l'appartement de cette Tchétchène, Larissa Elmouzaieva, annonça-t-il.

Le Russe employait, pour désigner le FSB, son ancienne dénomination du temps de l'Union soviétique. Nostalgie, quand tu nous tiens...

– Absolument, confirma Malko. Mais il ne m'en a pas dit plus.

– *Karacho*. Après ses découvertes, le FSB a eu peur qu'elle ne revienne pas à Moscou, prévenue par ses amis. La direction du GRU en Tchétchénie a donc reçu l'ordre de l'arrêter, ce qui a été fait sans difficulté. Elle se trouvait dans sa famille à Grozny et n'a opposé aucune résistance.

On l'a transférée au QG de l'armée à Khankala pour interrogatoire. Bien sûr, au début, elle a prétendu n'avoir aucune activité illégale. Son voyage à Istanbul aurait eu pour but d'apporter des fonds à une ONG qui s'occupe des réfugiés tchétchènes en Turquie. Beaucoup d'entre eux sont en réalité des *boïviki* au repos, et tout contact avec eux est un crime puni d'une peine de cinq ans dans un camp à régime sévère…

Malko frissonna intérieurement. L'Union soviétique avait la vie dure et Vladimir Poutine, avec sa main de fer dans un gant de plomb, était en train de ressusciter le bon vieux goulag. Les yeux d'un bleu transparent d'Igor Verchinine semblaient pourtant pleins d'innocence. L'officier du SVR continua.

– Finalement, cette femme tchétchène a compris où se trouvait son intérêt et décidé de coopérer.

– Elle a avoué ?

Igor Verchinine baissa les yeux avec modestie.

– Oui. Mes collègues du FSB l'ont convaincue que c'était préférable pour elle.

C'était à mourir de rire : le FSB, en Tchétchénie, n'avait rien à envier à la Gestapo dans ses meilleurs jours. Malko essaya de dissimuler son dégoût. Penser que les États-Unis avaient lutté cinquante ans pour détruire l'Empire du Mal, cher à Ronald Reagan… Pour en arriver là, ce n'était pas la peine.

– Qu'ont-ils appris ? demanda-t-il.

Absent, John Burke tirait sur son cigare.

– Larissa Elmouzaieva a reconnu se rendre à Istanbul pour prendre contact avec un groupe terroriste islamiste, annonça avec un peu d'emphase l'officier du SVR. Et aussi que les 50 000 dollars découverts chez elle leur étaient destinés, afin de financer des actions terroristes.

Un lourd silence s'ensuivit. Cela commençait à devenir intéressant. Intrigué, Malko se tourna vers John Burke, perdu dans son nuage de fumée bleue.

– C'est une affaire qui regarde le MIT, remarqua-t-il. Surtout si elle a donné des précisions sur ces terroristes.

Igor Verchinine secoua la tête.

– Non. Elle prétend qu'une fois à Istanbul, elle devait se présenter à l'IRO, et répercuter ensuite la nouvelle de son arrivée.

– Qui lui a donné ces instructions et cet argent ? s'enquit Malko.

– Un homme qu'elle a d'abord rencontré en Géorgie, où elle se trouvait pour s'occuper de réfugiés tchétchènes, puis, à Moscou, au parc d'Ismailovo. Elle ne connaît que son prénom : Hamid. Il serait arabe.

Tout cela était fumeux à souhait. Des histoires semblables, il y en avait tous les jours. Les réseaux terroristes islamistes étaient complètement éclatés, survivant grâce à des messagers et à des transferts de fonds comme celui-ci. Évidemment, cette affaire recoupait l'information de Roger Barat concernant un attentat à Istanbul, rendu vraisemblable par l'alliance du gouvernement turc avec les États-Unis et Israël.

Malko conclut, sans illusion.

– Je suppose qu'elle va être condamnée à quelques années de camp…

Igor Verchinine sourit.

– Non, pas du tout ! Elle arrive à Istanbul demain, par le vol de Moscou.

CHAPITRE III

Malko crut avoir mal entendu.

– Vous l'avez relâchée ? demanda-t-il avec incrédulité.

– Oui. Le FSB lui a même rendu l'argent et les billets d'avion.

Il souriait légèrement. Malko compris la manip'.

– Vous l'avez retournée...

Igor Verchinine inclina la tête affirmativement.

– *Da.* Larissa est devenue une de nos jolies petites hirondelles...

Allusion aux « hirondelles » du KGB de jadis, lâchées sur le monde occidental pour obtenir des informations. Rien n'avait changé sous le soleil...

– Vous ne craignez pas qu'elle vous fausse compagnie une fois ici ? s'étonna Malko. Vous allez la faire prendre en compte par le MIT ?

À la première question, je réponds *niet*, rétorqua Igor Verchinine. Nous avons passé un accord avec cette personne dont la famille est le garant.

– Sa famille ?

Malko se sentit tout à coup mal à l'aise. Igor Verchinine, sans se troubler, précisa aussitôt :

– Sa famille a été arrêtée en même temps qu'elle. C'est ce qui arrive souvent en Tchétchénie où des familles entières collaborent avec les *boiviki*... Dans le cas de

Larissa, il sont six : sa grand-mère, sa mère, sa tante, son oncle, son frère et sa jeune sœur. Son grand-père, qui résistait lors de l'arrestation, a malheureusement été tué accidentellement. Les Tchétchènes sont des gens très brutaux qui ne respectent rien. Ces six personnes sont détenues à Khankala, au QG de nos forces en Tchétchénie. Elles sont, en quelque sorte, garantes de la bonne conduite de Larissa Elmouzaieva.

Malko faillit se lever se table, mais un regard éloquent de John Burke l'en dissuada. L'Américain s'empressa de voler au secours d'Igor Verchinine.

– Nos amis russes ont beaucoup de problèmes en Tchétchénie et nous devons les aider, affirma-t-il. Il s'agit du *même* terrorisme international. Ils sont souvent obligés d'arrêter des familles entières, car même les enfants aident les *boiviki*.

Évidemment, avec le camp de Guantanamo, où les détenus avaient encore moins de droits que les *zeks*[1] de jadis, les États-Unis pouvaient difficilement donner des leçons de morale au reste du monde. Mais Malko en avait quand même froid dans le dos.

– Donc, conclut-il, la famille de cette Larissa est retenue en otage pour garantir qu'elle reviendra.

Igor Verchinine tiqua au mot « otage ».

– Ce sont des suspects, corrigea-t-il, et ils sont bien traités. Ils seront mieux pour passer l'hiver dans notre camp militaire qu'à Grozny où il n'y a ni eau ni chauffage.

En somme, le FSB était une sorte de SAMU social... Les Russes étaient coutumiers de ces méthodes et on ne les changerait pas. Dégoûté, Malko appela le garçon et commanda une autre vodka.

– Donc, conclut-il, Larissa Elmouzaieva arrive ici demain. Qu'attendez-vous de moi ?

C'est John Burke qui répondit.

– Vous allez la prendre en compte, expliqua-t-il. Elle

1. Prisonniers du goulag.

ne parle que tchétchène et russe et refuse de coopérer avec les Turcs. Le but est qu'elle vous permette de pénétrer ce groupe terroriste islamiste. Quand ce sera fait, nous communiquerons tous les éléments recueillis au MIT qui arrêtera ses membres. Larissa Elmouzaieva retournera en Tchétchénie retrouver ses parents qui seront alors libérés. En échange de sa collaboration, elle ne sera pas poursuivie pour ses activités illégales.

Un édifiant conte de fées.

– Et comment Larissa Elmouzaieva prend-elle cela ? demanda Malko à Igor Verchinine.

– Très bien, affirma le Russe. Elle a compris où était son intérêt. Vous verrez, elle est douce comme un agneau. Nous lui avons donné le numéro de votre chambre au *Marmara* et elle vous contactera. Ensuite, ce sera à vous de jouer. Vous êtes un professionnel, cela ne devrait pas vous poser de difficultés.

Malko demeura quelques instants silencieux.

– Et si elle disparaît ? Qu'arrivera-til à sa famille ? demanda-t-il.

Une légère ombre passa dans les yeux bleus de l'officier du SVR.

– Évidemment, ils passeront en jugement pour complicité.

– La grand-mère aussi ?

– Oh, en Tchétchénie, même les grands-mères haïssent nos soldats et participent à des actions contre eux...

John Burke toussa.

– Igor plaisante, se hâta-t-il de corriger. Bien sûr, la grand-mère sera renvoyée à Grozny.

Tout cela puait. Mais maintenant, Malko avait hâte de connaître Larissa Elmouzaieva.

– Pourquoi ne pas aller la chercher à l'aéroport ? suggéra-t-il.

– Nous craignons qu'elle soit surveillée dès son arrivée par les terroristes qu'elle vient retrouver, répondit Igor Verchinine. Ces gens sont très prudents. Il faut absolument qu'ils la croient toujours de leur côté. Sinon, nous n'aboutirons pas.

– Donc, les Turcs ne sont au courant de rien, constata Malko.

– Exact, reconnut John Burke. Ils risqueraient d'être maladroits.

– Si elle est déjà venue à Istanbul, Larissa Elmouzaieva n'est pas repérée par le MIT ?

– C'est la seule question à laquelle nous ne pouvons pas répondre aujourd'hui, reconnut John Burke. Si c'est le cas, on le saura très vite. Et on démontera.

Malko demeura silencieux : la dernière fois qu'ils avaient fait des cachotteries au MIT, cela ne s'était pas bien passé[1]. Les Turcs étaient chez eux et savaient travailler.

– Avez-vous dit à Zeynel Sokik que j'étais à Istanbul ? demanda-t-il à John Burke.

– Absolument, confirma l'Américain. Nous devons déjeuner tous les trois très prochainement. Il est très content de vous revoir. Je lui ai dit que vous cherchiez des éléments sur des membres d'Al-Qaida présents en Géorgie et qui transitaient par la Turquie.

Malko ne fit aucun commentaire. Si Zeynel Sokik croyait ce bobard, il avait bien baissé. Igor Verchinine tira de sa poche une photo et la tendit à Malko.

– Voici Larissa Elmourzaieva. Elle est grande, un mètre soixante-dix-huit...

Malko regarda la proto prise à quelque distance, de trois quarts. La Tchétchène était belle, avec de hautes pommettes, un nez busqué et un regard farouche. Pas vraiment une tête d'agneau. Son pull et son jean moulaient un corps épanoui. Malko empocha la photo, mal à l'aise. Si ses liens avec la CIA n'avaient pas été aussi forts, il aurait repris l'avion pour l'Autriche.

***

1. Voir SAS n°142, *Tuez le pape*.

Malko contemplait de la fenêtre de sa chambre la circulation sur place Taksim. Le jour tombait après une journée froide mais ensoleillée. Le matin, il avait rendu visite à John Burke, au nouveau consulat général américain. L'ancien, un superbe palais oriental protégé par des murs de cinq mètres de haut, dans Mesrutiyet Caddesi, en plein cœur d'Istanbul, à côté du plus vieil hôtel de la ville, le *Péra Palace*, avait été abandonné pour des raisons de sécurité.

Pour accéder au nouveau, situé très au nord, à Istinyé, au nord des deux ponts sur le Bosphore, c'était le parcours du combattant. Bâti au sommet d'une colline, il ressemblait à un véritable château fort, protégé par de hauts murs semés de miradors et de projecteurs, eux-mêmes dominant un glacis. Pour les voitures, une seule voie d'accès, à partir de Mazarpaça Çaddesi, une grande avenue du quartier d'Istinye. Un chemin protégé par trois « check-points » hérissés de herses, de chicanes, de barrières et gardés par des vigiles sourcilleux et des *Marines* armés jusqu'aux dents.

Les voisins de cette forteresse vivaient un enfer, éclairés, dès la nuit tombée, par de puissants projecteurs. D'ailleurs, personne ne venait jamais : depuis longtemps, les États-Unis ne délivraient de visas qu'au compte-gouttes et toutes les démarches se faisaient par téléphone. Et pourtant, le consulat abritait quatre-vingt-six « diplomates », répandus sur trois étages et d'innombrables sous-sols. Les quelques *vrais* représentants du State Department avaient été regroupés dans des « villages » du quartier voisin d'Etiler, aux rues barrées à leurs deux extrémités, gardées jour et nuit. Quant aux agents de la CIA, certains avaient conservé des appartements en ville, pour ne pas perdre tous leurs contacts. Mais essentiellement, ils travaillaient sur les écoutes, se reposant pour le reste sur leurs homologues du MIT.

On était en pleine paranoïa.

C'était trop loin pour s'y rendre en taxi. Heureusement, Elko Krisantem avait retrouvé un de ses cousins qui avait mis à sa disposition une vieille Mercedes encore présentable. Ravi, il avait repris ses fonctions de chauffeur. Mais, en dépit des consignes données par John Burke, il leur avait fallu une demi-heure pour franchir tous les « check-points ». Le représentant de la CIA à Istanbul avait ensuite tout fait pour convaincre Malko que l'opération Larissa était parfaitement *normale*. La pénétration d'un réseau terroriste grâce à un agent retourné. Du classique.

– On aurait très bien pu trouver quelqu'un chez les Turcs qui parle russe, avait objecté Malko.

– Oui, mais il est préférable que *nous* démontions ce réseau, avait insisté l'Américain. Langley a eu d'autres informations grâce aux écoutes de la NSA : des allusions à une très grosse opération à Istanbul.

Malko était resté sceptique.

– Vous savez bien que les gens d'Al-Qaida vous intoxiquent. Ils *savent* que vous les écoutez et racontent n'importe quoi.

– Roger Barat, ce n'est pas n'importe quoi... Et cette Larissa non plus. Elle apporte de l'argent à un groupe clandestin...

La sonnerie du téléphone l'arracha à sa méditation. Peut-être Elko Krisantem qui venait aux nouvelles.

Malko décrocha et dit « allô ».

– *Gospodine* Malko ? demanda une voix de femme.

– *Da.*

– Je suis Larissa.

La voix était chantante, avec des inflexions métalliques. Une voix jeune et bien posée. Malko sentit son pouls s'emballer. On y était.

– Nous devons nous rencontrer, je crois, dit-il. Quand est-ce possible ?

– Maintenant, si vous voulez, proposa la Tchétchène. Je suis dans un café, sur Istiklâl Caddesi. Le *Mona Lisa*, dans le passage Eremié, en descendant sur la droite. C'est au premier étage.

– À tout de suite, dit Malko.

Il passa aussitôt dans la chambre voisine, où Elko Krisantem était plongé dans le journal populaire *Posta*, et lui expliqua la situation. Il allait planquer devant le café *Mona Lisa* et suivre la jeune femme quand elle en sortirait. Avant, il avait juste à faire un tour dans la salle pour la repérer.

Le temps d'enfiler son manteau de vigogne, il était dans l'ascenseur.

***

Une rangée de narghilés étaient alignés à l'entrée du café *Mona Lisa*. Vieil établissement plein de charme avec ses boiseries, ses plafonds bas, ses joueurs d'échecs et de tric-trac, ses couples enlacés. Beaucoup de jeunes, attirés par les marchands de CD installés dans le passage Eremié. Malko inspecta du regard la première salle, à gauche, sans rien voir qui ressemble à Larissa. Il la découvrit dans la seconde, presque vide. Seule dans un box, devant un verre de thé. Elle ressemblait beaucoup à la photo remise par Igor Verchinine, les cheveux en désordre et le visage très pâle. Vêtue d'un pull bleu et d'un jean, avec une sorte de doudoune noire rembourrée qu'elle avait juste ouverte. Malko fut frappé par l'énergie qui se dégageait de son visage.

En tout cas, Larissa Elmouzaieva était une très belle femme.

Lorsque Malko s'approcha, elle leva la tête et leurs regards se croisèrent. Celui de la Tchétchène le transperça avec une violence haineuse. Il eut l'impression d'être cloué au mur. Pas vraiment le regard d'un agneau. Il se glissa dans le box, en face d'elle et demanda en russe :

– Vous êtes Larissa ?

– *Da. Dobrevece*[1], dit-elle d'une voix lasse et basse, en lui tendant une main froide et osseuse.

La serveuse s'approcha et il commanda un thé à son

1. Oui. Bonsoir.

tour. Larissa en commanda un autre. Pendant quelques instants, ils s'observèrent en silence. La jeune femme ne portait aucun maquillage. Tout son charme se concentrait dans son regard sombre.

– Vous avez fait bon voyage ? demanda Malko pour rompre le silence.

– Oui.

– Vous connaissez déjà Istanbul ?

– Oui.

Malko but quelques gorgées de thé et demanda :

– Vous savez ce que vous devez faire avec moi ?

Une lueur haineuse passa dans les yeux noirs de Larissa Elmouzaieva et elle se pencha en avant, sifflant d'une voix glaciale :

– Oui, monsieur l'espion américain. Et je le ferai pour sauver les miens ! Mais je vous hais, tous. Vous, les Occidentaux qui collaborez avec ce monstre de Vladimir Poutine. L'homme qui massacre mon peuple, comme jadis Staline. Mais je crois qu'il est encore plus cruel...

Désarçonné, Malko ne put que répliquer :

– Larissa, je suis un professionnel. On m'a demandé d'essayer d'empêcher un attentat terroriste avec votre collaboration, et je vais le faire. C'est tout

– C'est tout ! Pourquoi croyez-vous que je suis ici ?

– On me l'a expliqué. Votre famille est retenue en garantie de votre coopération. Dans un camp militaire de Tchétchénie.

Brutalement, la main droite de Larissa se posa sur la sienne, la serrant à lui briser les os.

– On vous a expliqué aussi, lança-t-elle à voix basse, comment ces salauds ont tué sous mes yeux Abas, mon grand-père, âgé de 86 ans, d'un seul coup de couteau ? Pour m'intimider. Comment ils ont violé ma petite sœur de quinze ans ? Une dizaine de soldats, les uns après les autres. J'entends encore ses cris. Et moi, on vous a expliqué comment j'ai été violée de toutes les façons par le gentil colonel Mitchorine ? Qui, ensuite, m'a permis de dormir nue à ses pieds, sur le tapis, comme un chien.

Des larmes brouillaient le regard de Larissa Elmouzaieva. Quant à Malko, il était tétanisé par ce récit abominable. Bien sûr, il n'avait pas cru tout à fait le récit idyllique d'Igor Verchinine, mais ce que lui révélait Larissa reculait les bornes de l'horreur. Il avait honte et maudissait John Burke.

Larissa s'était tue. Sa poitrine se soulevait rapidement et sa bouche tremblait. Elle essuya ses larmes et but un peu de thé. La serveuse les observait en coin, croyant à une dispute d'amoureux. Malko, d'un effort surhumain, affronta le regard plein de haine de la jeune Tchétchène, et laissa tomber :

– Larissa, je refuse cette mission. C'est la première et la dernière fois que nous nous voyons.

– Non ! répliqua-t-elle d'une voix contenue. Si vous faites cela, il vont tuer ma famille. Je les connais. Vous saviez très bien que je n'étais pas venue ici de mon plein gré. Vous ne valez pas mieux qu'eux. Mais je vais trahir mes frères pour sauver ma famille. Quand ils seront sains et saufs, je tuerai le colonel Mitchorine et je me tuerai, en emmenant avec moi le plus grand nombre de Russes possible.

Maintenant, ses yeux flamboyaient de haine.

Muet, Malko comprit qu'il allait boire le calice jusqu'à la lie.

***

Larissa Elmouzaieva se tut brutalement, comme si elle regrettait d'avoir agressé Malko, mais ses traits crispés laissaient transpirer toute sa fureur et il pouvait voir les muscles de sa mâchoire tendus comme des cordes sous la peau. Que lui dire ? Il ne mettait pas une seconde en doute sa sincérité, ni la véracité de ses accusations. En fait d'agneau, il avait devant lui une tigresse écorchée vive qui l'aurait tué sur place si elle avait pu le faire sans risque. Quelle partenaire pour l'infiltration d'un réseau !

Un peu lâchement, il se dit quand même que ce fauve était enchaîné par le souci de protéger les siens.

Piètre consolation.

Il eut envie de lui parler des Tchétchènes qu'il avait connus à Moscou, de l'estime qu'il avait pour eux, de Louisa avec qui il avait eu une brève et brûlante aventure, avant qu'elle ne soit abattue par les hommes du FSB de Moscou [1]. Il la revoyait morte, allongée dans un bois, les cheveux collés par son sang, serrant encore sa kalach'. Mais à quoi bon ? Larissa ne l'aurait même pas écouté. Murée dans sa haine. Et pourtant, elle semblait très jeune. Comme Louisa, morte à 26 ans.

– Quel âge avez-vous ? demanda-t-il.

– Vingt-sept ans. Pourquoi ? Vous voulez coucher avec moi ? C'est facile. Vous n'aurez même pas à me violer. Je suis à Istanbul pour faire tout ce que vous me demanderez.

Elle parlait d'une façon détachée, comme s'il s'agissait d'une autre personne. Malko en eut froid dans le dos. Il eut envie de dire à Larissa que, bien sûr, dans des circonstances *normales*, elle l'aurait attiré. Hélas, ils étaient en guerre et pas dans le même camp. Il fallait remettre de l'ordre dans ses idées. Revenir au *vrai* problème. Il avait été envoyé à Istanbul par la CIA pour démanteler un réseau terroriste. Avec l'aide de cette Tchétchène. Pour le reste, il devait se cuirasser et demander pardon à ses ancêtres de se retrouver dans cette galère.

– Larissa, martela-t-il, je ne suis pas à Istanbul pour coucher avec vous. J'ai une mission à accomplir où vous tenez un rôle important. Je déplore profondément ce qui vous est arrivé, mais cela ne m'étonne pas. Je sais comment les Russes se conduisent dans votre pays...

– Alors, pourquoi êtes-vous leur allié ?

Elle le fixait intensément, un peu moins hostile, quand même. Il eut un geste évasif. Devant cette *pasionaria*, il avait soudain honte de lui et de ses motivations.

1. Voir SAS n° 123, *Vengeance tchétchène*.

– Je ne suis pas leur allié, plaida-t-il, je veux seulement mettre hors d'état de nuire des gens dangereux. Des terroristes qui se préparent vraisemblablement à tuer des innocents au nom d'une cause douteuse.

La Tchétchène se raidit à nouveau.

– Ceux que vous appelez des terroristes sont venus nous aider à lutter contre les tortionnaires russes. Ils l'ont souvent payé de leur vie. Ce sont des hommes courageux, désintéressés.

Malko secoua la tête, et corrigea :

– Ce sont des fanatiques, qui voudraient établir un monde rétrograde, obscurantiste, sectaire, où des femmes comme vous seraient réduites à l'état d'esclaves. Avez-vous envie de porter un *çarşaf*, de ne plus avoir aucune liberté, de ne pas pouvoir choisir l'homme avec qui vous faites l'amour ?

– Je n'avais pas choisi le colonel Mitchorine, jappa Larissa Elmouzaieva. Vous caricaturez l'islam. Je suis musulmane et j'ai toujours vécu libre.

La discussion risquait de s'envenimer. Malko coupa court.

– Nous aurons le temps de discuter de ces choses, trancha-t-il. Revenons à des choses plus simples. Que devez-vous faire exactement à Istanbul ? Connaissez-vous ceux que vous devez rencontrer ?

Larissa sembla, elle aussi, soulagée de ce break technique. Elle but un peu de son thé et répondit d'une voix monocorde.

– Je suis venue apporter de l'argent à ces combattants, précisa-t-elle. Les 30 000 dollars que le FSB a trouvé chez moi. Ensuite, je dois repartir à Moscou.

– Vous les connaissez ? Vous les avez déjà rencontrés ?

– Non. J'ai seulement rencontré en Georgie un de leurs émissaires.

– Comment allez-vous entrer en contact ?

– Je suis passée à l'IRO. Ils ont des gens à eux dans cette ONG. Ils savent donc que je suis à Istanbul et vont me contacter.

– Où habitez-vous ?

– Dans un petit hôtel du quartier de Fatih, le *Kosova*, dans Bagup-Bey Sokak. Mais il ne faut pas que vous y veniez. Je suis peut-être surveillée, par eux.

– Je n'en ai pas l'intention, assura Malko. Je vais vous laisser le numéro de mon portable et *vous* me contacterez dès qu'il y aura du nouveau. Vous en avez un ?

– Oui, dit-elle. Je l'ai acheté en arrivant.

À Istanbul, il y avait une boutique de portables presque à chaque mètre.

– Donnez-moi votre numéro que je puisse vous joindre, en cas d'urgence.

– Vous allez tous les faire arrêter ?

– Je ne sais pas, éluda Malko. Il faut d'abord savoir de quoi il s'agit.

– Vous êtes sur que c'est utile ?

– Indispensable, trancha Malko.

La Tchétchène sorti le portable de son sac. Elle en avait noté le numéro sur un plastique collé dessus.

– 535. 627828 dit-elle.

Malko nota et elle lui jeta un regard hostile.

Il écrivit sur une de ses cartes le numéro de son portable et la tendit à la Tchétchène, qui la prit sans un mot. Elle vida son verre de thé, prit son sac, boutonna sa doudoune et se leva.

– Je vous appellerai, fit-elle simplement.

Il attendit quelques secondes, posa un billet de dix millions de livres turques[1] sur la table et sortit à son tour. Il vit Larissa, à la sortie du passage Eremié, tourner à droite, descendant la rue piétonne. Trente secondes plus tard, surgit derrière elle la silhouette voûtée d'Elko Krisantem. Larissa était prise en charge. Malko remonta vers la place Taksim, ivre de rage. Il avait deux mots à dire à John Burke.

***

1. Environ 6 euros.

Le représentant de la CIA à Istanbul avait écouté les remontrances de Malko sans l'interrompre. Quand même mal à l'aise, il faisait tourner entre ses doigts son Zippo aux armes de la CIA pour se donner une contenance.

– Je n'étais pas au courant de la façon dont le FSB avait procédé pour recruter cette Tchétchène, plaida-t-il. En effet, c'est dégueulasse. Mais je ne peux pas la remettre dans l'avion à cause d'états d'âme qui vous font honneur. Nous sommes en guerre. Et la guerre, ce n'est pas toujours beau... Cette Larissa Elmouzaieva, en dépit des horreurs subies, est, *elle aussi*, une terroriste. Si les Russes ne l'avaient pas interceptée, elle serait tranquillement venue ici apporter de quoi financer un attentat.

– À propos, vous avez une idée de quoi il s'agit ?

L'Américain secoua lentement la tête.

– Non, aucune. C'est pour cela qu'il est précieux de remonter cette piste. Heureusement, nous savons qu'elle va jouer le jeu, à cause de la pression qu'il y a sur elle.

C'était joliment dit...

– Vous pensez *vraiment* que le FSB la laissera tranquille, ensuite ? s'inquiéta Malko.

– J'y veillerai, fit un peu sèchement John Burke. Moi non plus, je ne suis pas un salaud. Je fais mon boulot, c'est tout. Même si cela ne me plaît pas toujours.

– O.K., conclut Malko. Espérons que cela se passera bien. Il y a encore une chose : Zeynel Sokik.

– Nous devons déjeuner avec lui demain...

– Ce n'est pas suffisant, protesta Malko. Je veux que vous lui disiez ce que je fais *vraiment* à Istanbul, sinon je le lui dirai moi-même.

John Burke eut un sursaut.

– *Jesus-Christ !* Mais *pourquoi* ?

– Parce qu'il va s'en apercevoir, fit Malko avec simplicité. Et qu'il risque d'interférer dans notre manip'.

– Je ne suis pas autorisé par Langley à le mettre au courant, soutint l'Américain. Même si Sokik se doute de quelque chose, il va mettre du temps à réagir. On lui apportera sa récompense sur un plateau d'argent.

– *No way*, trancha sèchement Malko. Déjà, cette affaire pue. Alors, je ne veux pas, en plus, enfumer les Turcs.

Le silence se prolongea quelques instants, puis John Burke soupira.

– *O.K., you win*. J'espère que cela n'aura pas de conséquences fâcheuses.

Malko haussa les épaules.

– Vous savez bien que les Turcs ont toujours considéré les Tchétchènes comme des frères. Beaucoup sont originaires du Caucase. Zeynel Sokik sera ravi de ne pas être obligé de s'intéresser à Larissa Elmouzaieva. En tout cas, j'ai son adresse, un petit hôtel dans Fatih, le quartier des Islamistes.

La veille au soir, Elko Krisantem avait suivi la jeune femme sans difficulté, rendant compte ensuite à Malko.

Au moins, de ce côté-là, cela commençait bien.

– Bien, conclut Malko, je vais regagner la civilisation.

– Je vous accompagne, proposa aussitôt John Burke.

Avec le grade de vice-consul, il était le numéro 2 du consulat. Rassuré par sa présence, les *Marines* de garde ne fouillèrent même pas Malko à sa sortie.

– On se voit demain, rappela l'Américain. On a rendez-vous à une heure au restaurant *Kordon*, en Asie, au bord du Bosphore, entre les deux ponts.

Malko et Elko Krisantem mirent presque une heure à regagner le *Marmara*, la circulation étant de plus en plus abominable, en dépit de l'unique ligne de métro. Il fallait bien que les quinze millions de Stambouliotes se déplacent. La ville s'étendait de plus en plus, vers l'est et le nord-ouest, dans un joyeux désordre architectural, la plupart des bâtiments étant construits sans permis. Heureusement qu'il y avait les tremblements de terre pour mettre régulièrement un peu d'ordre dans ces constructions anarchiques et hideuses. Il réalisa soudain qu'il n'avait pas le numéro de Larissa Elmouzaieva. Il était donc entre ses mains pour le rendez-vous suivant.

Malko, laissant Elko Krisantem gagner un *otopark*,

pénétra dans le *Marmara*. Au pied du grand escalier roulant, un vieux cireur de chaussures bayait aux corneilles. Malko lui abandonna ses Gucci. Elles redevinrent comme un miroir pour la modeste somme de trois millions de livres turques... L'inflation galopante faisait que le billet le plus modeste était celui de 500 000 livres... Dire qu'Atatürk avait créé une livre turque à parité avec la livre sterling ! Le nouveau gouvernement avait promis aux Turcs de diviser bientôt tous les prix par un million, pour qu'ils retrouvent enfin le *kurush*, le sou, dont seuls les vieux se souvenaient encore.

Pas de message dans sa chambre. Secrètement, il avait presque envie que Larissa ne rappelle pas.

***

Le *Kordon*, tout en longueur, face au Bosphore, était vide, froid et sinistre. Malko suivit des yeux un énorme porte-container qui remontait lentement vers la mer Noire. Se demandant comment il n'y avait pas plus de collisions sur cette voie d'eau. Entre les pêcheurs de *lüfers* installés au beau milieu du Bosphore, les innombrables ferries, les taxis d'eau de toutes sortes, les gros bâtiments passaient majestueusement, souvent sans même un pilote. L'attraction était de voir un sous-marin russe franchir en surface le Bosphore, drapeau au vent. La guerre froide était loin...

Zeynel Sokik leva son verre de *raki* et lança joyeusement :

– *Serifinizé !*

Malko et John Burke l'imitèrent. L'Américain avait préféré le whisky Defender à la boisson locale.

Zeynel Sokik n'avait pas changé depuis leur dernière rencontre, trois ans plus tôt, dans des circonstances tendues. Grand, mince, les cheveux gris coupés court et le regard vif, il était toujours aussi élégant, en costume croisé à rayures bien coupé.

– Zeynel est général maintenant, annonça John Burke.

– Félicitations, approuva Malko.

Lorsqu'il avait rencontré l'officier du MIT, une dizaine d'années plus tôt, le Turc était major. Il avait bien réussi, depuis il possédait une splendide maison dans le quartier chic d'Etiler, gardée par trois cobans, chiens à poils blancs particulièrement féroces. Pendant que John Burke discutait du menu avec le patron, Zeynel Sokik se pencha vers Malko et lui glissa à l'oreille.

– J'ai fait votre commission la dernière fois. J'ai même ajouté quelques fleurs de la part de mon Service... J'espère que vous ne m'en voulez plus.

C'était une triste histoire. Nilufer Bostani, pulpeuse maîtresse d'un mafieux turc, avait été liquidée par le MIT parce qu'elle en savait trop sur la tentative d'assassinat du pape, en 1981, et avait aidé Malko. Celui-ci avait tenu à ce que sa tombe soit convenablement fleurie, en un ultime hommage. Il balaya le passé, d'un geste définitif.

– Non, fit-il. C'est oublié.

Avec sa mission actuelle, il n'avait pas vraiment de leçon de morale à donner à l'officier turc. Pourvu que Larissa lui donne vite des nouvelles et que l'affaire se dénoue avec l'arrestation de ceux qu'elle était venue retrouver !

On apporta une montagne de langoustines et le patron vint lui-même présenter le plat de résistance, un énorme poisson, qui, pour une fois, n'était pas un cabillaud. Le petit vin blanc d'Anatolie se buvait comme de l'eau. Un rayon de soleil perça le ciel gris. Malko aurait presque pu se croire en vacances. Zeynel Sokik posa son verre et lui lança :

– Alors, cette fois, qu'êtes-vous venu faire à Istanbul ? En ce moment, c'est plutôt calme.

John Burke échangea un regard éloquent avec Malko et répondit aussitôt :

– Malko est venu enquêter sur un possible attentat dans votre pays...

Du coup, Zeynel Sokik, visiblement surpris, renonça provisoirement à ses langoustines.

– Un attentat ?

– Ce n'est pas sûr, corrigea vivement l'Américain, mais nous avons certains éléments qui pourraient le faire craindre.

Lorsqu'il eut terminé sa longue explication, sans rien dissimuler à l'officier du MIT, ce dernier hocha la tête.

– Nous avons régulièrement des alertes de ce genre, reconnut-il, mais à ce jour, Dieu merci, rien ne s'est concrétisé. Nous avions bien quelques groupuscules islamistes mais ils ont cessé toute activité. Bien sûr, des Turcs ont fréquenté les camps d'Al-Qaida, mais ils n'étaient pas nombreux. M'autorisez-vous à transmettre ces informations à Ankara ?

– Attendez un peu, conseilla John Burke. Cette Tchétchène est supposée entrer en contact avec des gens à Istanbul. Nous vous tiendrons au courant, mais il ne faudrait pas les alerter par des actions trop impulsives. Si ce qu'elle dit est vrai, nous allons mettre la main sur un réseau inconnu de tout le monde.

Zeynel Sokik fit la moue.

– Je me méfie des Russes, avoua-t-il. J'espère qu'ils ne vous enfument pas.

Depuis la Guerre Froide, les relations ne s'étaient pas beaucoup réchauffées entre la Turquie et la Russie. À Istanbul, le consulat général de Russie, situé dans le bas d'Istiklal caddesi, n'était pas même signalé dans les guides de la ville… Et les relations entre le SVR et le MIT, quasiment inexistantes.

Les Russes en voulaient beaucoup aux Turcs de leur complaisance à l'égard des Tchétchènes, qui utilisaient la Turquie comme base arrière.

– Nous verrons, conclut avec diplomatie John Burke. En attendant, parlez-nous de vos activités.

– Je ne m'occupe plus beaucoup d'opérationnel, reconnut le général turc. Plutôt de stratégie. Nous sommes très inquiets de la situation irakienne.

– Pourquoi ? demanda Malko.

– À cause des Kurdes irakiens, expliqua l'officier du

MIT. Ils sont autonomes depuis une dizaine d'années, en partie grâce à vous, ajouta-t-il avec un regard à John Burke.

L'Américain piqua du nez dans son assiette. Les Kurdes irakiens les avaient beaucoup aidés dans la lutte contre Saddam Hussein et en avaient tiré pas mal d'avantages. Ce qui faisait grincer des dents les Turcs, inquiets de les voir réclamer encore plus d'indépendance. De quoi donner selon eux de mauvaises idées à leurs Kurdes à eux…

– Oh, je crois que cela se passe plutôt bien, fit mollement John Burke, mal à l'aise.

Zeynel Sokik lui jeta un regard noir.

– Nous avons des informations selon lesquelles ils réclament Kirkouk pour en faire la capitale d'un Kurdistan indépendant. Or, à Kirkouk, il y a beaucoup de Turkmènes. Nous serons obligés de les défendre…

Il y avait également beaucoup de pétrole, et le MIT travaillait en sous-main à dresser Kurdes et Turkmènes les uns contre les autres.

– Oh, ce n'est pas encore fait, assura aussitôt John Burke. Nous veillerons à ce que vos intérêts soient protégés en Irak. Vous êtes un de nos plus fidèles alliés dans la région.

L'arrivée de l'énorme poisson grillé évita au Turc de répondre. La population kurde était répartie entre quatre pays : la Turquie, la Syrie, l'Irak et l'Iran, et le rêve kurde d'un Kurdistan indépendant, regroupant les Kurdes répartis dans ces quatre pays, amputerait la Turquie d'un quart de son territoire.

Le cauchemar absolu, pour Ankara. Et pour les Américains, coincés entre deux alliés, une épine dans le pied. Très vite, en se jetant sur le poisson, Zeynel Sokik sembla oublier ses soucis kurdes. Ils traînèrent encore un peu à table et se séparèrent à la sortie du restaurant, gagnant ensuite le premier pont dans leurs véhicules respectifs.

Le portable de l'Américain sonna tandis qu'ils le franchissaient et John Burke répondit aussitôt. Après un bref échange, il se tourna vers Malko, soudain tendu.

– C'est la station. Ils viennent de recevoir des interceptions intéressantes. Vous venez avec moi ?

Malko, en attendant le prochain rendez-vous avec Larissa, n'avait rien à faire. Ils gagnèrent Istinyé. À peine dans son bureau, John Burke se fit apporter une liasse d'interceptions décryptées par la NSA. Il les parcourut rapidement et releva la tête, visiblement soucieux.

– Ça se précise. On a intercepté plusieurs messages. Apparemment, ceux qui « sponsorisent » cette opération s'inquiètent de savoir si le groupe chargé de la réaliser a « reçu » le spécialiste en explosifs qu'ils attendaient. Ils semblent y attacher une grande importance. Voilà une question à poser à votre amie Larissa, lors de votre prochaine rencontre.

– C'est si rare, un spécialiste en explosifs ? s'étonna Malko.

– Cela dépend de ce qu'on a comme matériel, expliqua l'Américain. S'il s'agit d'explosif militaire comme du C.4, de l'hexogène ou du Semtex, c'est relativement facile. Il suffit de disposer de détonateurs. Mais, de plus en plus, les groupes islamistes utilisent des explosifs artisanaux dont la mise à feu est beaucoup plus problématique. Vous pouvez disposer de deux tonnes d'explosif, si vous ne savez pas les faire péter, cela ne sert à rien.

– Je poserai la question, promit Malko.

CHAPITRE IV

Larissa Elmouzaieva, étendue sur le petit lit au matelas défoncé de sa chambre minuscule de l'hôtel *Kosova*, n'arrivait pas stopper le maelström des pensées qui s'entrechoquaient sous son crâne. Elle avait gardé sa doudoune, tant la température de la pièce était glaciale. Le patron, un grand Turc aux cheveux clairsemés rejetés en arrière, les yeux dissimulés derrière des verres épais, n'investissait pas dans le chauffage. Mais ce petit hôtel de Bagup-Bey Sokak, en plein quartier de Fatih, était tout ce qu'il lui fallait. Même si les regards lubriques du patron, généralement vautré dans le salon en cuir fatigué à gauche de l'entrée, la dégoûtaient passablement.

Elle avait beau prier Dieu, élevant ses pensées de toutes ses forces pour qu'Il l'aide à trouver une solution à une situation qui n'en avait pas…

Depuis qu'elle avait quitté Grozny, toutes ses pensées tournaient autour d'un seul objectif : sauver sa famille. Pour y parvenir, elle devait à la fois satisfaire l'espion américain qui la « traitait » et ne pas donner l'éveil à ceux qu'elle était venue aider. Le moindre écart dans la conduite prévue risquait de les alerter. Donc, pour le moment, elle devait se comporter comme si rien ne s'était passé à Grozny.

C'était à elle de choisir le moment de sa trahison. Pour en donner juste assez pour satisfaire le FSB et les Américains.

C'était horrible de se dire qu'à cause d'elle, des gens qu'elle respectait allaient se retrouver en prison, seraient torturés ou liquidés sommairement, la peine de mort n'existant plus en Turquie. Hélas, la sauvegarde de sa famille était à ce prix. Ce qu'elle avait dit à l'homme rencontré au café *Mona Lisa* était vrai. Elle avait programmé sa propre mort comme d'autres programment leurs vacances. Sa famille à l'abri, elle se suiciderait en tuant le plus de Russes possible.

En attendant, elle devait limiter au mieux le mal qu'elle ferait, sans toutefois se découvrir. Elle avait menti à l'espion américain. Sur deux points. D'abord, le contact avec le groupe qu'elle était venue épauler était facile. Grâce à un numéro de portable appris par cœur. Il lui suffisait de l'appeler pour obtenir un rendez-vous. Et puis, elle avait un autre rendez-vous programmé, pris par Internet, grâce à un site difficilement repérable. Avec un homme qu'elle avait déjà rencontré à plusieurs reprises. Un Turc islamiste, Habip Aktas, qui assurait la liaison entre la mouvance Al-Qaida et les cellules dormantes turques. C'est lui qui communiquerait le choix des objectifs. À elle, ensuite, de veiller à l'organisation.

Sa montre indiquait deux heures. Elle avait encore une heure à attendre. Il faisait quand même moins froid à l'hôtel que dehors. Elle prit le reste du *doner kebap* [1] acheté un peu plus tôt sur l'avenue Namik-Kemal et commença à le mâcher lentement, l'esprit ailleurs. Depuis son arrivée à Istanbul, elle ne se nourrissait que de thé et de biscuits. Machinalement, elle passa la main sur son ventre plat, qui contrastait avec sa poitrine épanouie. Grâce à un effort de volonté surhumain, elle tenta alors de s'évader un peu, à la recherche de quelques souvenirs de bonheur. Jadis – cela semblait à des années-lumière –, elle avait eu une vie amoureuse. Vierge jusqu'à vingt-cinq ans, elle

1. Espèce de sandwich.

s'était donnée pour la première fois à un *boivik* de trois ans son cadet, qui retournait combattre. Ils avaient fait l'amour comme des malades pendant quinze jours, puis il était parti.

Elle sentait encore dans son ventre les coups de boutoir de son jeune et insatiable sexe, qui la défonçait avec toute la force de ses vingt ans. Dieu qu'il était beau !

Maintenant, il n'était plus que poussière. Un petit tas d'ossements dans une tombe anonyme, du côté de Vedeno.

Depuis, elle n'avait été que souillée... Elle s'en voulut d'avoir proposé à l'espion américain de coucher avec lui. Et s'il l'avait prise au mot ? Pourquoi s'infliger une épreuve inutile ? Elle revit le visage de cet homme qui parlait si bien russe et qui paraissait éprouver de la compassion pour son peuple. En temps normal, elle aurait peut-être été attirée, mais là, c'était un ennemi qu'elle haïssait de toutes ses forces. Un homme qui allait participer à sa déchéance. Car trahir, c'était déchoir. Si elle pensait au suicide comme décision finale, ce n'était pas seulement par vengeance contre les Russes, mais aussi comme à la seule façon de sauver son honneur. Sinon, elle porterait à jamais deux taches indélébiles : elle avait été violée et elle avait trahi.

Cette idée la bouleversa tellement qu'elle faillit vomir et dut avaler un peu d'eau minérale achetée avec le *doner-kebap*. Elle frissonna, sans savoir si c'était de froid ou de désespoir.

***

Zeynel Sokik, des fenêtres de son bureau, au troisième étage de l'immeuble de béton gris du MIT, dans Eski-Konak Sokak, en haut de Ciragan Caddesi, avait une vue magnifique sur le Bosphore. L'été, la terrasse de plein-pied lui permettait de déjeuner dehors avec des amis choisis ou utiles. Grosse verrue grise plantée au milieu de ce quartier résidentiel, le MIT, avec ses murs de quinze mètres de haut, ses miradors occupés par des hommes armés et son système de brouillage des portables, terrifiait tous ses voisins. Seuls les clients de passage des deux hôtels à proximité, le *Conrad* et *La Maison*, ignoraient son existence.

Le général turc tirait pensivement sur son cigarillo, faisant distraitement tourner les glaçons de son verre de Defender tout en repensant à la conversation avec ses deux « amis » de la CIA. Au départ, l'histoire de cette Tchétchène venant aider un groupe de terroristes islamistes l'avait laissé de marbre. Dans la lutte contre les Russes, les Turcs étaient plutôt du côté des Tchétchènes. Seulement, ceux-ci avaient trop tiré sur la corde. D'abord, en s'emparant d'un navire russe dans la mer Noire pour venir terminer leur aventure dans le Bosphore, sous les vivats de la foule. Ensuite, il y avait eu la prise d'otages du *Swiss Hotel*, terminée, heureusement, sans effusion de sang, et avec la mansuétude des autorités turques. Cellesci n'avaient parlé que de « tapage nocturne » alors que toutes les télévisions avaient filmé les Tchétchènes en armes sortant du *Swiss Hotel* en faisant le V de la victoire. Vladimir Poutine n'avait pas aimé. Et avait fait savoir au gouvernement d'Ankara que si des mesures n'étaient pas prises, sa réaction diplomatique serait musclée.

Depuis, les Tchétchènes n'étaient plus *persona grata*. Leur « ambassade » dans le quartier de Fathi avait été fermée et ils se faisaient discrets. Finis les convois de *boiviki* blessés venant se faire soigner à Istanbul, loin de la Tchétchénie.

Tout cela faisait réfléchir Zeynel Sokik. Cela l'ennuyait de manquer de parole à ses amis de la CIA, mais si un attentat était véritablement en préparation et qu'il ne faissait rien, cela risquait de lui coûter très cher. Toutefois, il restait persuadé qu'il s'agissait d'une obscure manip' russe. Aussi, au lieu de réagir instantanément, il appela sa secrétaire et lui dicta une note confidentielle à l'intention d'un de ses amis qui dirigeait la division

Isthiradate [1] de la section antiterroriste de la police turque. Avec le nom de Larissa Elmouzaieva. Ses homologues la retrouveraient sans mal et la prendraient en compte discrètement.

De cette façon, il était couvert.

***

Elko Krisantem planquait dans Bagup Bey Sokak. Heureusement, il se fondait facilement dans ce quartier populaire et animé, ce qui eût été impossible à un étranger. Des gens entraient et sortaient sans cesse d'une échoppe voisine de l'hôtel *Kosova*, offrant un système de fax et de téléphone, plus un étalage de légumes verts sur le trottoir.

C'était miraculeux : il faisait près de 15 °C ! Les mains dans les poches de son vieux blouson de cuir, Elko Krisantem traînait devant les vitrines de boutiques bon marché, serrant entre ses doigts son vieux mais mortel lacet. Son arme favorite, avec laquelle il pouvait étrangler n'importe qui avec une facilité déconcertante. C'était, hélas, la seule arme qu'il pouvait emporter en avion. Bien sûr, si le besoin s'en faisait sentir, il avait assez de cousins à Istanbul pour monter une armurerie.

La Tchétchène sortit si vite de l'hôtel *Kosova* qu'il faillit la manquer. Toujours enveloppée dans sa doudoune noire, elle s'éloigna vers le haut de la rue et tourna à droite. Elko Krisantem hâta le pas. En arrivant au coin, il eut un choc au cœur. La Tchétchène venait d'arrêter un taxi vide qui descendait l'autre rue ! Furieux, Elko Krisantem la vit passer devant lui, impuissant. Il regarda alentour, mais dans ce coin perdu, ce taxi était bien le seul. La rage au cœur, il repartit vers Namik-Kemal où les taxis pullulaient. Hélas, Larissa était déjà loin.

***

1. Renseignement.

Larissa Elmouzaieva se fit déposer place Taksim, juste en face de l'entrée du métro, et s'engouffra aussitôt dans l'escalier roulant. Il y en avait trois successifs, car il fallait atteindre le pied de la colline de Taksim. Tout était propre, presque neuf, bien que ce métro eût déjà huit ans. Larissa acheta un jeton pour un million de livres et franchit le portillon. Deux vigiles femmes inspectaient mollement les sacs et elle se prêta de bonne grâce à leur examen.

Arrivée sur le quai de l'unique ligne comptant en tout cinq stations, Larissa se plaça tout au bout, en face du dernier wagon. Lorsque la rame arriva, elle attendit que tout le monde soit monté et resta sur le quai... Si quelqu'un l'avait suivie, il était loin désormais et le temps qu'il puisse regagner cette station, elle aurait disparu. La rame suivante arriva cinq minutes plus tard et, cette fois, la Tchétchène s'y installa. Direction Levent, la tête de ligne. Lorsqu'elle en émergea, une brusque averse s'abattait sur Istanbul. Elle s'éloigna le long d'Akçam Sokak, grande avenue traversant le quartier de Levent, giflée par les rafales glaciales. Après avoir tourné le coin, elle gagna l'abri d'un auvent protégeant un distributeur automatique de billets de la banque Garanti, ex-Ottomane. C'est là qu'elle avait rendez-vous avec Habip Aktas. Mais elle était en avance. Elle se mit à guetter les taxis jaunes qui venaient s'arrêter en face du métro et, absorbée de ce côté-là, sursauta quand une voix vaguement familière lança affectueusement :

– Petite sœur, tu n'es pas mouillée ?

Elle tourna la tête : Habip Aktas était arrivé à pied de l'autre côté. Les mains dans les poches de sa canadienne de cuir noir usagée, il la regardait en souriant.

Plutôt bel homme, l'éternelle moustache turque, le front dégarni, un nez important et le regard vif d'un homme habitué à se méfier de tout.

– On reste là ? demanda Larissa.

– Oui, fit-il. Nous n'en avons pas pour longtemps. Tu as contacté les autres ?

– Pas encore.

– Fais-le, nous n'avons pas beaucoup de temps. Tout doit être prêt dans une semaine. Je vais te donner tous les éléments dont tu as besoin.

Serrés l'un contre l'autre contre la vitrine de la banque, ils ressemblaient de loin à un couple d'amoureux réfugié là pour éviter la pluie. Mais ils ne parlaient pas vraiment d'amour... Avec une élocution lente, précise, l'envoyé d'Al-Qaida lui expliquait, non pas son rôle, qu'elle connaissait, mais les particularités et les difficultés des objectifs choisis. Elle ne demanda pas *pourquoi* les islamistes avaient décidé de frapper à Istanbul et de cette façon. Elle n'était qu'un modeste soldat du Djihad, aidant des gens qui avaient aidé son peuple. Fière de la confiance qu'on lui accordait. Ces actions étaient planifiées depuis des mois par des groupuscules travaillant comme des fourmis, assemblant patiemment les pièces du puzzle. Sous le nez des services de sécurité turcs...

Lorsqu'il eut terminé son exposé, Habip Aktas alluma une cigarette avec un vieux Zippo tout cabossé récupéré en Afghanistan dont la flamme, heureusement protégée, dansait dans le vent.

– Fais attention, conseilla-t-il, les choses ne sont plus comme avant. Mes amis me disent que les policiers sont aux aguets. Ce salaud d'Erdogan [1] lèche le cul des Américains. Mais, comme Musharaf [2], il ne perd rien pour attendre.

Larissa eut un hochement de tête approbateur. Perdue dans ses pensées, elle se sentait complètement dédoublée. La pluie avait cessé. Le Turc lui tendit un bout de papier.

– Quand tout sera prêt, tu peux m'appeler à ce numéro. Je te donnerai alors des ordres complémentaires. N'oublie pas. C'est moi qui te dirai où et quand il faut frapper. C'est un portable à carte qui ne mène nulle part. Mais

1. Premier ministre turc, islamiste « modéré ».
2. Président du Pakistan.

essaie de l'apprendre par cœur, on ne sait jamais. Rappelle-moi quand tu auras terminé ton travail.

– Je le ferai, assura-t-elle.

Cet homme la fascinait : depuis des années, il échappait à tous les services de renseignements du monde, naviguant entre la Syrie, l'Irak, l'Iran, le Pakistan. Et d'autres pays. Utilisant une douzaine de passeports différents. Lui ne franchissait jamais les frontières à pied, en catimini.

– Vas-y maintenant, ordonna-t-il.

Elle s'éloigna du mur et, avant de tourner le coin, se retourna. Habip Aktas avait déjà disparu. Elle regagna le métro, le cœur léger. Oubliant l'épouvantable épée de Damoclès suspendue au-dessus de sa tête. Aktas, au moins, ne serait pas victime de sa trahison : elle ignorait tout de ses tenants et aboutissants. Ainsi, il pourrait continuer la lutte quand elle ne serait plus que poussière.

Avant d'entrer dans le métro, elle acheta un pain au sésame à une petite baraque jaune et rouge posée à côté d'une toile étendue à même le trottoir où étaient étalés des livres d'occasion.

***

Habip Aktas parcourut une centaine de mètres, entra dans un magasin, remonta une rue à sens unique, revint brusquement sur ses pas. Certain enfin de ne pas être suivi, il regagna Akçam Sokak et monta dans un taxi, comme s'il sortait du métro.

Il n'était que rarement armé. Si la police l'arrêtait, ses papiers étaient en règle, il avait une raison plausible de se trouver à Istanbul, et une adresse.

Il se fit déposer en bas d'Istiklâl Caddesi et s'enfonça dans le dédale des petites rues, jusqu'à ce qu'il trouve un café Internet. De là, tout en buvant un thé, il envoya un message complètement innocent qui allait rassurer ceux qui, à des milliers de kilomètres plus à l'est, attendaient son compte rendu. L'esprit tranquille, il rejoignit une grande artère où il prit un autre taxi.

Vingt minutes plus tard, il pénétrait dans un hôtel cossu de Muvezzi Sokak, *La Maison*, et gagnait sa chambre. Là, on le connaissait sous le nom de Yavuz Bostani. Businessman d'Ankara qui passait régulièrement à Istanbul. Ironie suprême : de la fenêtre de sa chambre, il pouvait apercevoir l'immeuble du MIT, à deux cents mètres... Détendu, il prit une douche et il n'était vêtu que d'une serviette éponge enroulée autour de la taille lorsqu'on sonna. Il ouvrit et un parfum capiteux frappa immédiatement ses narines.

– Je suis en avance ? demanda avec un charmant accent russe une pulpeuse jeune femme blonde.

– Tu n'es jamais trop en avance, Elena, répliqua galamment le Turc. Mais il est encore un peu tôt pour dîner.

Au septième étage, il y avait un excellent restaurant français avec une vue imprenable sur le Bosphore et le siège du MIT.

– Qui parle de dîner ? roucoula Elena en refermant la porte. Il y a longtemps que je ne t'ai pas vu. Tu es toujours aussi beau !

Elle s'approcha de lui et passa une main légère sur les poils de sa poitrine, ce qui le fit frissonner d'aise. Elena, ravissante call-girl ukrainienne, pulpeuse à souhait, toujours de bonne humeur, soumise, gaie, lui arrachait la moelle épinière à chacun de ses passages à Istanbul. Pour elle, Habip était un fabricant de plastique venant conclure quelque deal à Istanbul et s'amuser un peu. En quelque sorte, elle faisait partie de sa couverture. Qui aurait pu soupçonner ce businessman bon vivant, descendant dans un excellent hôtel, utilisant les services d'une call-girl à trois cents dollars la nuit, d'être un terroriste ?

Habip frissonna. Arborant un sourire gourmand, Elena était en train de pincer les pointes de ses mamelons entre ses longs ongles rouges. Automatiquement, le Turc posa les mains sur ses hanches. En tâtant les longs serpents des jarretelles sous le satin noir de la jupe, il sentit des flots d'adrénaline se ruer dans ses artères. Cette salope d'Elena connaissait son métier. Elle s'était rapprochée et se frottait maintenant contre lui. Il ouvrit la veste du tailleur et saisit les seins enfermés dans un soutien-gorge rouge.

Puis, avec un grognement sauvage, il enfonça une main sous la jupe, remontant le long des bas, trouvant la peau nue et se crispant sur le satin de la culotte. D'un coup, la serviette accrochée à sa taille glissa, révélant son sexe bandé. Elena l'entoura aussitôt de la main avec un sourire lascif.

– Tu es gros ! fit-elle.

Avec la grâce d'une vestale, elle se laissa tomber à genoux sur la moquette et approcha le membre de sa bouche, commençant d'abord par le picorer avec une timidité feinte. Habip haletait. Il lui empoigna la nuque pour s'enfoncer entièrement dans sa bouche, et sous le ballet endiablé de la langue, il faillit exploser sur le champ. C'était trop bon. On n'entendait dans la chambre que le bruit de leurs respirations et les soupirs rauques du Turc. Celui-ci, comme un enfant dans une pâtisserie, ne savait plus où donner de la tête. Brusquement, il releva Elena et la colla au mur, fourrageant sous sa jupe jusqu'à ce qu'il lui ait arraché sa culotte et enfoncé plusieurs doigts dans le sexe. La jupe relevée très haut, dépoitraillée, les cheveux défaits, Elena faisait face à la tornade qu'elle avait déclenchée. Son amant ne devait pas avoir baisé depuis longtemps.

– Viens ici ! grogna-t-il.

Il la poussa jusqu'à la fenêtre et se colla derrière elle, relevant sa jupe jusqu'à la taille, ce qui révéla sa croupe et ses cuisses bien en chair. Brutalement, il lui écarta les jambes et posa son sexe à l'horizontale contre la croupe. Elena eut un petit sursaut.

– Tu ne me baises pas ?

Habip était en train de guider son sexe prêt à exploser contre l'ouverture de ses reins. Prévoyante, elle s'était préparée à cet assaut avec de la vaseline et, lorsqu'il la viola d'un trait, son cri de douleur parfaitement imité accrut encore l'excitation du Turc. Les deux mains crochées dans les hanches un peu grasses, il se mit à la sodomiser comme un fou. Le regard fixé, au-delà de la fenêtre, sur l'immeuble gris du MIT.

***

La pointe dans sa poitrine surgit en même temps que le picotement annonciateur du plaisir dans ses reins. D'un ultime coup de bassin, Habip cloua Elena contre la fenêtre, se déversant aussitôt en elle. Le souffle court, il resta abuté, tandis qu'une douleur fulgurante lui traversait la poitrine. Elena sentit quelque chose de bizarre et tourna la tête. Fiché en elle, il ne bougeait plus.

– Ça ne va pas ? demanda-t-elle, inquiète.

Habip mit quelques secondes à répondre. Il avait l'impression que son cœur avait explosé. En un éclair, il repensa au cardiologue pakistanais qui lui avait dit de ne pas abuser du Viagra. Mais c'était si bon de bander comme un jeune homme... Elena devait sûrement être impressionnée par sa vigueur. Il demeura strictement immobile. Peu à peu, la douleur s'atténua et il se retira des reins de l'Ukrainienne. Il titubait légèrement et la tête lui tournait. Il s'allongea sur le lit.

– Donne-moi un scotch, dit-il. Ça va me faire du bien. Il y en a dans le minibar.

Elena prit une petite bouteille de Defender « Success », la versa dans un verre et l'apporta au Turc. Il la vida d'un coup et eut l'impression que l'alcool dilatait ses artères.

– Je vais me reposer un peu, dit-il. On ira dîner plus tard. Tu m'as trop fait jouir.

Flattée, Eléna se pencha et le prit rapidement dans sa bouche.

– Toi aussi, fit-elle, mentant effrontément.

***

Une brume légère flottait sur Istanbul et le ciel gris semblait posé comme un couvercle sur les innombrables mosquées. Malko, installé dans la *breakfast room* du premier étage du *Marmara*, ruminait l'échec de la veille : Larissa avait échappé à la filature d'Elko Krisantem, apparemment involontairement. Furieux, le Turc avait récupéré une vieille Kia chez un cousin et l'avait garée à côté de l'hôtel *Kosova*, parant ainsi à toute mauvaise surprise. Dès sept heures, il était parti reprendre sa planque. Malko était mal à l'aise. Plus de vingt-quatre heures s'étaient écoulées depuis sa rencontre avec Larissa. Pourquoi la jeune femme ne lui donnait-elle pas signe de vie ? Il n'arrivait pas à croire qu'elle joue double jeu, avec le sort de sa famille dans la balance. Bien sûr, elle n'était pas perdue puisqu'il connaissait son hôtel, mais cette inaction lui pesait. Et puis, sans se l'avouer, il avait hâte de boucler cette mission nauséabonde. Le récit atroce de la Tchétchène résonnait encore dans ses oreilles. La sonnerie de son portable le fit sursauter.

– *We got news !*[1] claironna John Burke dans l'appareil. Je vous envoie une voiture. Dans une demi-heure en bas.

Pour pénétrer dans le saint des saints, c'était préférable. Les *Marines* de garde au consulat US étaient en pleine paranoïa sécuritaire. George W.Bush se serait présenté, ils l'auraient fouillé…

Remonté dans sa chambre, Malko appela Elko Krisantem pour le prévenir. Celui-ci traînait toujours autour de l'hôtel *Kosova*.

– Elle n'est pas encore sortie, annonça-t-il. J'espère qu'elle est là.

Difficile de demander au patron sans alerter la Tchétchène. Malko lui conseilla de prendre patience. Après tout, Larissa était une alliée, même si c'était contre son gré. Lorsqu'il redescendit, une Volvo grise attendait à côté des taxis, à droite de l'hôtel. Pour mesure de sécurité, toute la zone autour du *Marmara* était interdite à la circulation par de gros bacs à fleurs en ciment.

Installé dans la Volvo conduite par un jeune *case*

1. Il y a du nouveau.

officer muet comme une carpe, Malko essaya de se détendre en regardant défiler le Bosphore. Même avec ce véhicule en plaques CD, cela leur prit un temps fou pour franchir tous les barrages du consulat. Un Turc anonyme venant à pied demander un visa n'avait aucune chance de s'en approcher.

John Burke semblait à la fois soucieux et ravi. En manches de chemise, un pot de café à la main, il fit signe à Malko de s'asseoir.

– On a intercepté hier un message intéressant, annonça-t-il. D'après nos spécialistes, il était adressé à un site que nous avons repéré pour être en contact avec Al-Qaida. Cela venait d'une personne qui utilisait un pseudo connu : celui d'un des bras droits de Bin Laden.

– Qui ?

– Nous ignorons son véritable nom, mais c'est celui qui s'était rendu au Cachemire à la recherche d'un artificier. Or, en comparant avec d'autres messages, il semblait indiquer hier que l'artificier qu'il attendait à Istanbul était enfin arrivé.

– Vous n'avez pas plus de détails ?

– Non, reconnut l'Américain, mais notre amie Larissa risque, elle, d'en avoir. Elle est à Istanbul pour cela. Il faut lui poser la question.

– Si elle ne m'a pas appellée ce soir, je l'appelle, affirme Malko.

– OK. dit John Burke. Il ne se fera pas remarquer. Il ne faudrait pas que des trucs nous pètent sous le nez alors que nous avons une taupe dans leur réseau. Donc, secouez Larissa.

***

George Milken, consul général de Grande-Bretagne à Istanbul, et, en même temps, représentant du MI6 britannique, ouvrit avec un coupe-papier l'enveloppe scellée de cire verte que le planton venait de recevoir à son attention. Son nom était soigneusement calligraphié ainsi que sa fonction officielle. Il en sortit une page dactylographiée en arabe, langue qu'il lisait couramment, et se pencha sur le texte :

AL-JABBAH AL-ISLAMIYAH FI QITAL AL-YAHUD WAL SALBIYYIN[1]

Au représentant des Croisés, nous réclamons, au nom du Dieu Tout-Puissant et Miséricordieux, la libération du frère Abu Quttada – qu'Allah veille sur lui – ainsi que de toute sa famille. Si cette libération n'est pas effective dans un délai très bref, la vengeance de Dieu s'abattra sur les mécréants et les hypocrites.

Allahou Akbar[2].

George Milken contempla pensivement l'étrange missive. Celui qui l'avait rédigée savait plusieurs choses connues en principe de très peu de gens. D'abord, sa qualité de représentant du MI6. Ensuite, l'histoire d'Abu Quttada. Celui-ci, un Palestinien né à Bethléem, âgé de 42 ans, vivait en Grande-Bretagne depuis 1993, dans le faubourg londonien d'Acton, avec sa femme et ses quatre enfants. Féru de théologie islamique, très proche d'Oussama Bin Laden, sans faire à proprement parler partie d'Al-Qaida, il exerçait une influence importante sur cette nébuleuse, un peu comme le soudanais Hassan Turabi. Les avis publics qu'il émettait régulièrement avaient presque le poids d'une fatwa. On le savait lié à plusieurs groupes terroristes de la mouvance radicale islamiste.

Les Britanniques l'avait toléré jusqu'en décembre 2001. À cette époque, sous la pression des Américains qui, depuis le 11 septembre, ne supportaient plus les discours enflammés d'Abu Quttada, le gouvernement britannique avait décidé de le neutraliser. Ne voulant ni l'expulser ni le tuer, le MI6 l'avait, dans le plus grand secret, kidnappé et mis au frais avec sa famille dans une villa du nord de la Grande-Bretagne.

1. Front islamique mondial pour le Djihad contre les Juifs et les Croisés.

2. Allah est grand.

Extrêmement peu de gens étaient au courant. Visiblement, celui qui avait écrit cette lettre en faisait partie.

Pourquoi s'adresser à lui, à Istanbul, et pas à Londres ?

Pour l'instant, George Milken n'avait pas la réponse. Cependant, cette missive serait certainement suivie d'une relance, sous une forme ou une autre. Il décida de la transmettre à Londres et d'attendre.

CHAPITRE V

Larissa Elmouzaieva buvait un thé brûlant, installée dans le petit salon de l'hôtel *Kosova*, un peu moins triste que sa chambre. Son portable sonna et elle dut s'y reprendre à trois fois pour enclencher la communication. Elle entendit enfin une voix presque inaudible qu'elle reconnut toutefois immédiatement : celle d'Alikhan, un ami de Grozny, qui avait promis de lui donner des nouvelles de sa famille. Trafiquant avec les Russes, il avait pas mal d'informations. Il apprit à Larissa qu'il était parvenu à faire passer un message à sa mère, lui disant qu'elle était en bonne santé. Cela prendrait une semaine environ pour obtenir une réponse qu'il lui transmettrait.

La communication fut coupée abruptement, sans que Larissa sache si c'était accidentel ou volontaire. Malgré tout, elle était soulagée d'avoir des nouvelles de Tchétchénie, même indirectes. Un peu moins angoissée, elle se mit à réfléchir. Désormais, sa stratégie était claire. Prendre tous ses contacts et, ensuite seulement, lâcher à l'espion américain, comme elle l'avait surnommé, des informations au compte-gouttes. Ce qui reculait d'autant le moment où elle se sentirait vraiment déshonorée… En attendant, il fallait lui donner des nouvelles, sinon il risquait de s'alarmer.

Elle prit sa carte dans son sac et composa le numéro de portable qu'il lui avait laissé.

– C'est Larissa, annonça-t-elle dès qu'il eut répondu. Je ne vous ai pas appelé parce que je n'ai pas encore vu mes amis. J'attends.

– Il faut que je vous rencontre, dit Malko.

– Pas aujourd'hui, réponda-t-elle avant de racrocher.

N'étant pas sortie depuis le matin, elle avait faim et décida de bouger. En même temps, elle irait rendre visite à l'association des Tchétchènes en Turquie qui avait remplacé « l'ambassade », fermée sur ordre des autorités turques. Lorsqu'elle passa devant la réception, le patron de l'hôtel lui adressa un sourire commercial fortement teinté de lubricité.

Une fois dans la rue, elle se dit qu'il était temps d'avertir de son arrivée à Istanbul ceux qui l'attendaient. Leur numéro de portable était gravé dans sa tête. Tout en remontant vers Fevzi-Paça Caddesi, elle le composa. Une voix d'homme répondit à la première sonnerie.

– *Evet*[1].

– *Salam Aleykoun*, fit Larissa, je cherche Huseyin.

– *Aleykoun Salam*. C'est moi.

– Je viens d'arriver à Istanbul, continua la Tchétchène, et je voulais prendre des nouvelles de ta sœur.

Il y eut un court silence. L'homme dont le pseudo était Huseyin n'avait pas de sœur. C'était donc « la » personne qu'ils attendaient tous. D'une voix beaucoup plus chaleureuse, il répondit.

– Elle sera très heureuse de te voir. Peux-tu prendre demain le ferry-boat de 9 heures pour Harem ? Celui qui part de Sirkeci, sur Kennedy Caddesi. On viendra te chercher de l'autre côté.

– Très bien, dit Larissa.

– Tu es seule, n'est-ce pas ? demanda Huseyin d'une voix égale.

Ce qui voulait dire : « Fais attention de ne pas être suivie. »

1. Oui.

– Je suis seule, confirma la jeune Tchétchène.

– À demain, *inch'Allah*. Apporte lui des fleurs, cela lui fera plaisir.

Elle n'eut pas le temps de lui demander comment on la reconnaîtrait. Il avait raccroché. Elle continua sa route, longeant l'interminable mur de l'énorme mosquée de Fatih qui s'étalait sur près de deux cents mètres. Arrivée au bout, elle tourna à droite dans une ruelle piétonnière, bordée de petits commerces, qui montait le long de la mosquée. À son extrémité, en face de la porte donnant accès aux jardins de la mosquée, se trouvait une vieille maison de deux étages, toute de guingois. Larissa s'engagea dans un étroit escalier de bois, à peine éclairé, et monta deux étages, débouchant sur un petit palier. À gauche, une minuscule cuisine, à droite, une petite pièce donnant sur la rue, pauvrement meublée d'un bureau, de deux chaises et de quelques classeurs. Une vieille affiche du président Mashkadov était punaisée au mur. Ce n'était même pas chauffé. Les deux Tchétchènes qui veillaient sur un unique téléphone, en canadienne et bonnet de laine enfoncé jusqu'aux yeux, semblaient frigorifiés. C'est ce modeste local qui avait remplacé l'ambassade de Tchétchénie. Larissa s'adressa aux deux hommes dans leur langue et ils se déridèrent aussitôt. L'un d'eux fila à la cuisine faire chauffer du thé.

Larissa se présenta comme membre de l'ONG IRO et ils lui donnèrent leurs noms : Soultan et Chame. Elle s'installa sur un tabouret pour boire son thé brûlant et noir comme l'enfer. Ils bavardèrent un moment et elle leur demanda le numéro de téléphone de leur permanence pour le communiquer à des amis en Tchétchénie, qui, éventuellement, pourraient leur laisser des messages à ce numéro.

Elle le nota, termina son thé et repartit sans avoir ôté sa doudoune, tant la température de la pièce était glaciale.

Ces militants transis et perdus faisaient pitié. Durant la conversation, ils lui avaient appris qu'ils dormaient sur place dans un appentis, n'ayant pas d'argent pour se payer un appartement.

Une fois dehors, elle rappela Alikhan, son correspondant de Grozny, et laissa sur sa messagerie le numéro de l'association tchétchène. Jusqu'au lendemain, elle n'avait plus rien à faire.

***

Elko Krisantem passa devant le *Kosova* où Larissa Elmouzaieva venait de pénétrer, tourna le coin de la rue et appela Malko.

– Elle s'est rendue dans un immeuble à côté de la mosquée Fatih, annonça-t-il, et elle vient de rentrer. Qu'est-ce que je fais ?

– Elle m'a appelé, dit Malko. Apparemment, elle n'a pas encore le contact. Essayez de voir à qui elle a rendu visite.

Le Turc obéit, soulagé de lever sa planque. Travail fastidieux, mais, au moins, il était dans sa ville natale.

***

Habip Aktas avait dormi tard, se réveillant avec une érection inattendue. Décidément, les cent milligrammes de Viagra étaient un peu trop. Heureusement, la douleur dans sa poitrine avait disparu. Il se promit de voir un cardiologue à Istanbul avant de repartir. Il n'avait pas trop confiance dans les Pakistanais.

Sous sa douche, il repensa avec plaisir à la soirée de la veille. Après leur accouplement sauvage, il avait dîné avec Elena au restaurant du septième étage, arrosant leurs retrouvailles d'une bouteille de champagne français, du Taittinger Comtes de champagne. De retour dans la chambre, Habip Aktas avait encore largement profité de la call-girl ukrainienne. Allongé sur elle, il l'avait labourée inlassablement, exploitant une érection qui ne voulait pas finir. Lorsqu'elle s'était esquivée, lui ayant enfin arraché ce qui lui restait de sève, il était tombé comme une masse.

Habillé, l'esprit libre, il redescendit sur terre. Maintenant qu'il avait activé le dispositif final d'une opération conçue un an plus tôt, il lui restait à traiter la partie la plus secrète de sa mission à Istanbul. Quelque chose que Larissa Elmouzaieva et les membres du réseau local ne pouvaient soupçonner. Ils allaient tous danser sur une musique qu'ils n'avaient pas écrite. En effet, toutes les décisions importantes concernant les actions menées au nom d'Al-Qaida étaient prises, loin des pays concernés, par les membres du « directoire », c'est-à-dire Oussama Bin Laden et ses proches, dont l'Égyptien Zayman Al-Zawahiri. La perte de l'Afghanistan comme base d'entraînement et de repli avait certes handicapé les opérations, mais, deux ans après les frappes américaines et la chute du régime des talibans, Al-Qaida commençait à fonctionner efficacement, avec des méthodes nouvelles.

La présence d'Habip Aktas à Istanbul allait permettre à Al-Qaida d'y mener une opération à double détente. Quelles que soient les réactions de l'adversaire, l'organisation était gagnante.

Le Turc enfila sa veste de cuir, gagna le petit ascenseur et sortit ensuite de l'hôtel. Il avait peu de chances de trouver un taxi dans Muvazzi Sokak, aussi descendit-il jusqu'à Ciragan Caddesi, la grande artère longeant le Bosphore. Là, trente secondes plus tard, un taxi s'arrêta devant lui.

– Günesli Sokak, 28, lança-t-il.

Comme le chauffeur, un Kurde presque analphabète, ne percutait visiblement pas, il dut lui préciser de prendre Siracelviler, une des grandes avenues partant de la place Taksim. Ensuite, il le guiderait.

C'était un quartier d'étroites rues enchevêtrées, rarement en sens unique, et le taxi eut du mal à y arriver. Habip Aktas lui laissa cinq millions de livres et termina à pied. Au 28 se trouvait une petite épicerie avec des caisses de Pepsi entassées sur le trottoir. Un seul homme, la soixantaine, pas rasé, se trouvait derrière le comptoir. Son visage s'éclaira en reconnaissant Habip Aktas. Pourtant, il ne le voyait qu'irrégulièrement.

– Qu'est-ce tu veux, aujourd'hui ? demanda-t-il.

– Quelque chose de pas trop gros, précisa Habip Aktas. Juste pour la journée.

– Attends-moi là.

Le vieil épicier disparut dans son arrière-boutique et revint, un paquet enveloppé dans un chiffon à la main.

– Cent millions, dit-il, ça te va ?

Habip Aktas écarta le chiffon, découvrant un pistolet automatique Makarov 9 mm. Le vieux louait des armes, à la journée ou à la semaine, à des voyous ou à des gens comme lui. Du matériel intraçable, arrivé d'Ukraine. Habip Aktas glissa l'arme dans la poche intérieure de sa veste de cuir. Il la rapporterait avant de retourner à son hôtel. Ensuite, il compta cinq billets de vingt millions et laissa le chiffon sur le comptoir. Il dut remonter presque jusqu'à la place Taksim pour trouver un taxi. Cette fois, il se fit conduire au *Swiss Hôtel*. Un des grands hôtels d'Istanbul, assez anonyme pour qu'on ne l'y remarque pas. Une fois dans le *lobby*, il gagna la rangée de téléphones intérieurs et demanda l'opératrice.

– J'attends un ami qui tarde à descendre, expliqua-t-il. Pourriez-vous me passer un numéro à Istanbul ? Je le réglerai à la réception.

– Pas de problème, assura-t-elle. Quel est votre numéro ?

Habip Aktas le lui donna. Un poste fixe. À la troisième sonnerie, une voix masculine lança un « hello » à l'accent typiquement britannique.

– George Milken ? demanda Habip Aktas.

Il y eut un court silence, puis son correspondant répondit avec une réserve perceptible.

– *Yes. Speaking. Who are you ?*

Très peu de gens possédaient cette ligne directe.

– Appelez-moi Mahmoud, dit le Turc. Vous ne me connaissez pas. Mais ce numéro m'a été donné par un certain Peter Templeton, à Peshawar, au Pakistan. Je crois que vous le connaissez…

Nouveau silence, rompu très vite par le consul.

– Je crois, en effet, reconnut-il d'une voix neutre. C'est un de nos diplomates en place au Pakistan. Pouvez-vous me communiquer rapidement l'objet de votre visite ? J'ai un *meeting* dans quelques minutes. Si c'est pour un visa, je vous orienterai sur la personne qui s'occupe de ce genre de problème.

Habip Aktas sourit intérieurement. Toute leur conversation était forcément enregistrée. Et si le consul n'avait pas encore raccroché, c'est que Peter Templeton était son homologue de MI6 à Peshawar.

– Il s'agit en effet d'un visa, confirma le Turc. D'un visa de sortie.

– De sortie ?

– Vous avez reçu une lettre à ce sujet. Il s'agit du frère Abu Quttada et de sa famille. J'aimerais en parler avec vous. Après votre *meeting*. Si vous êtes d'accord, vers midi trente, sortez du consulat, à pied. Ayez à la main un journal en langue anglaise. Allez jusqu'à Istiklâl Caddesi et prenez le tram rouge en direction de la place Taksim. Gagnez l'hôtel *Marmara* et montez à l'étage de la réception. Installez-vous dans le *lounge* en face. Nous nous rencontrerons là.

Le Turc raccrocha sans laisser le temps au consul britannique de protester. Même si ce dernier n'obéissait pas, ce ne serait pas difficile d'envoyer un second message. Mais il était presque certain que George Milken viendrait au rendez-vous. À cause de Peter Templeton, actuellement en poste à Peshawar et que Habip Aktas avait rencontré, sous un autre nom. Et surtout à cause de la lettre qu'il avait fait parvenir au consul concernant Abu Quttada. Les Britanniques avaient toujours, contre toute vraisemblance, prétendu ne rien savoir de son sort. Comme s'il avait pu disparaître d'un coup de baguette magique, avec une femme et quatre enfants… Ses amis avaient mis longtemps à découvrir la vérité.

Une *choura*[1], présidée quelque part en Afghanistan par Oussama Bin Laden lui-même, avait décidé récemment qu'il fallait qu'Abu Quttada retrouve la liberté. Il n'y avait pas trente-six solutions. Les Britanniques avaient toujours été des gens pragmatiques. Entre de *gros* problèmes et la restitution discrète d'Abu Quttada, ils ne devraient pas hésiter trop longtemps.

Le tout était de leur montrer que leurs adversaires étaient sérieux. Habib Aktas était à Istanbul pour cela.

***

Las de tourner en rond dans sa chambre, Malko avait donné rendez-vous à John Burke pour déjeuner à l'hôtel *Villa Zurich*, dans une petite rue en contrebas du *Marmara*, agréable restaurant de poissons au dernier étage d'un petit hôtel de Beyoğlu. Les poissons et les mézés étaient délicieux, et les prix raisonnables.

Lorsque Malko entra dans la salle du restaurant, venu à pied de la place Taksim, l'Américain était déjà là. À la table voisine, Malko remarqua deux hommes, visiblement non turcs, à l'allure un peu raide. Chacun avait posé à côté de lui sur la table un Zippo orné d'une pin-up. John Burke sourit.

– Ce sont mes « baby-sitters ». Ordre de Langley. Si je me déplace en ville, je dois les trimballer… Alors, où en êtes-vous avec notre Tchétchène ?

– Nulle part encore, avoua Malko. C'est une situation désagréable. Elle m'a appelé tout à l'heure et Elko Krisantem la surveille en permanence. Aujourd'hui, elle n'est sortie de son hôtel que pour se rendre à une amicale tchétchène, dans Fatih. Depuis, elle est retournée au *Kosova*. Donc, elle ne nous enfume pas.

– Bizarre ! fit John Burke en piquant dans sa purée d'aubergine. Elle n'aurait donc encore rencontré personne ?

1. Assemblée.

– C'est ce qu'elle m'a dit. J'espère que ses correspondants ne se sont pas aperçus qu'elle avait été retournée.

– Apparemment, ils ont besoin d'elle, remarqua l'Américain. Elle leur apporte de l'argent. Puisque nous savons, par les écoutes, que l'artificier est arrivé, les choses devraient avancer.

– Attendons encore vingt-quatre heures, proposa Malko. Après, il faudra la passer sur le gril... Mais j'ai une idée pour la motiver. Pouvez-vous demander à votre ami Igor de se procurer des nouvelles de sa famille ? Si on pouvait lui transmettre une lettre d'eux, cela ferait bonne impression.

– Excellente idée, reconnut l'Américain. Puisque nous ne sommes pas loin de son consulat, allons lui rendre visite lorsque nous aurons fini de déjeuner. Je vais le prévenir.

Le garçon arrivait avec plusieurs poissons sur un plateau. Malko choisit une sorte de rouget.

– Pas de nouvelles de Zeynel Sokik ? interrogea-t-il.

– Aucune. Mais il n'y a pas de raison d'en avoir. Je n'ai pas l'impression que notre histoire l'intéresse beaucoup.

Il se pencha au-dessus de la table et demanda soudain à voix basse d'un ton égrillard :

– Puisque vous avez du temps libre, vous n'en avez pas profité pour appeler la beauté du *Somdan Park* ?

– Ah non ! reconnut Malko qui n'y pensait plus. Je ne sais même pas si j'ai gardé son téléphone.

– Vous avez tort ! s'écria l'Américain, elle était fichtrement belle. Vous vieillissez, ajouta-t-il ironiquement.

Vexé, Malko ne répliqua pas. Il aimait toujours autant les femmes, mais c'était concentré sur Larissa, et l'inconnue lui était sortie de la tête. Elle ne perdait rien pour attendre, mais il avait besoin d'avoir l'esprit libre.

***

Habip Aktas, planté devant un magasin de téléphones portables, surveillait Istiklâl Caddesi se reflétant dans la vitrine. Comme toujours, la foule était compacte dans l'artère piétonnière pleine de magasins. Il était une heure moins dix et il avait décidé de rester jusqu'à une heure. Ensuite, il serait obligé de chercher un second contact, en mettant un peu plus de pression.

Son pouls grimpa brusquement. Un homme en imperméable venait de surgir de Hanalbasi Sokak. Même s'il n'avait pas eu le *Daily Mail* à la main, on aurait deviné qu'il était britannique. Grand, élégant, les cheveux gris, un visage découpé, le nez fort et le teint rose, il passa derrière Habip Aktas, parcourut quelques mètres et s'arrêta, un peu plus bas, en face de l'arrêt du petit tram. Celui-ci arrivait du bas de la rue, à une allure d'escargot, faisant sonner son timbre aigrelet. Euphorique, Habip Aktas délaissa sa vitrine et commença à remonter la rue à pied. À l'allure du tram, il arriverait avant lui place Taksim. Maintenant que le poisson était ferré, il se sentait beaucoup plus tranquille.

Effectivement, il arriva le premier place Taksim, vit le Britannique descendre du tram et se diriger vers l'hôtel *Marmara*. Habip Aktas attendit encore une dizaine de minutes avant d'appeler de son portable le standard de l'hôtel.

– Passez-moi la réception, demanda-t-il lorsque l'opérateur répondit.

À l'employé qui le prit ensuite, il annonça

– J'ai rendez-vous avec un ami dans le *lobby*, mais je suis un peu en retard. Il doit m'attendre en face de votre *desk*. Pouvez-vous le demander ? Il s'appelle George Milken.

Deux minutes plus tard, la voix de George Milken fit « allô ». Le Turc, cette fois, prit moins de précautions oratoires.

– C'est Mahmoud, vous êtes un peu en retard, dit-il. Vous allez ressortir et prendre un taxi. Vous vous ferez conduire au 88 Eski Buyukdere Caddesi. Il y a une entrée de parking. Descendez-y et je vous retrouverai là.

Habip Aktas coupa la communication, rangea son

portable, héla un taxi qui passait et lui donna l'adresse où il voulait se rendre.

***

Habip Aktas dit au chauffeur de taxi d'entrer dans une grande cour qui s'ouvrait sur leur gauche. Buyukdere Caddesi était une sorte d'autoroute urbaine entre les deux ponts qui courait du Nord au Sud, dans le quartier de Sisli. Lorsque le taxi se fut arrêté, le Turc expliqua :

– J'attends un ami. On repart dans cinq minutes, dès qu'il est là.

La cour était vide. De nuit, il y avait beaucoup plus d'animation car l'entrée de la discothèque *Havana* se trouvait au fond. Sur la gauche s'ouvrait une sorte de tunnel. En réalité, une rampe permettant aux voitures d'atteindre la cour par la rue parallèle en surplomb de Buyukdere Caddesi, Eski-Buyukdere Caddesi. Son entrée, dans cette artère, ressemblait à celle d'un parking souterrain.

Dix minutes s'écoulèrent. Habip Aktas commença à s'inquiéter. Il sortit du taxi et s'avança de quelques pas à l'intérieur de la rampe plongée dans la pénombre. Où était passé le consul britannique ? Prudent, il fit passer le Makarov de la poche intérieure de sa veste à celle de côté. Il y avait une balle dans le canon et cela permettait de parer aux mauvaises surprises. Au même moment, il entendit un bruit de pas venant du haut de la rampe et aperçut la silhouette d'un homme se dirigeant dans sa direction. Aucun piéton n'empruntait jamais ce passage. Ce ne pouvait être que le consul de Grande-Bretagne. Il ressortit et s'immobilisa à côté de l'entrée du tunnel. Le Britannique en déboucha presque aussitôt et s'arrêta en face du taxi vide.

Habip Aktas s'approcha alors et George Milken se retourna d'un geste vif, la main droite plongée dans la poche de son imperméable. Lui aussi devait être armé.

Les deux hommes se dévisagèrent quelques instants en silence, puis Habip Aktas dit simplement :

– Montez avec moi.

Ils prirent tous les deux place dans le taxi mais Habip Aktas ordonna au chauffeur, en turc, de ne pas bouger tout de suite. Guettant l'entrée du tunnel, il attendit que deux ou trois minutes s'écoulent, dans un silence pesant, et, enfin certain que le Britannique était seul, dit au chauffeur de repartir en direction du nœud d'autoroute de Gayreteppe et ensuite de revenir sur ses pas. Il se tourna ensuite vers George Milken.

– Merci d'être venu, dit-il. Ce que j'ai à vous dire est important.

– Vous ne connaissez pas Peter Templeton, remarqua le consul, je lui ai téléphoné. Qui êtes-vous ? Mahmoud, c'est arabe. Vous n'êtes pas arabe.

Habip Aktas sourit.

– C'est vrai. Mais Peter Templeton me connaît. Sous un autre nom, mais cela n'a pas d'importance. Voici pourquoi je désirais vous rencontrer : vous détenez illégalement depuis près de deux ans le frère Abu Quttada. Nous vous demandons de le libérer.

– Vos informations sont inexactes, répondit calmement George Milken. Aucune personne de ce nom ne se trouve incarcérée en Grande-Bretagne.

Le Turc ne se troubla pas : cela faisait partie du jeu.

– Ne faites pas l'imbécile, fit-il un peu sèchement. Vous savez très bien qu'il ne se trouve pas dans une prison mais ailleurs, en résidence surveillée, sous la protection de vos collègues du MI5. Peut-être, effectivement, ne savez-vous pas où il se trouve exactement. Mais, étant donné votre connaissance de ces affaires, vous êtes forcément au courant de sa détention.

Le Britannique demeura silencieux. Un peu agacé, Habip Aktas enchaîna alors.

– Vous êtes le chef de station du MI6 à Istanbul, monsieur Milken, et vous ne seriez pas ici, dans ce taxi, si vous doutiez de l'importance de cette rencontre. Donc, ne perdons pas de temps. Je sais que ce genre d'affaire ne peut se régler du jour au lendemain. Cependant, nous ne voulons pas que les choses traînent trop. Donc, je vous accorde une semaine pour transmettre ma demande et me donner une réponse.

Le taxi ralentit. Ils étaient revenus à leur point de départ. Le Britannique se tourna vers lui et demanda calmement :

– Que se passera-t-il si je ne vous donne pas la réponse que vous attendez ?

Habip Aktas demeura impassible.

– Je n'ai pas l'habitude de proférer des menaces. D'ailleurs, nous ne sommes pas animés de mauvaises intentions à votre égard. La Grande-Bretagne est un pays pour lequel nous avons beaucoup de sympathie en raison de son attitude libérale vis-à-vis de nos frères. Nous voulons simplement que vous libériez Abu Quttada et sa famille. Bien sûr, si vous refusiez, cela pourrait entraîner des conséquences fâcheuses pour beaucoup de gens. Voilà. Je vous laisse. Je vous recontacterai dans une semaine exactement.

Après avoir donné l'ordre au taxi de repartir, il sauta à terre et entra à nouveau dans la cour qu'il traversa d'un pas rapide, s'enfonçant ensuite dans la rampe débouchant dans Eski-Buyukdere Caddesi. Arrivé là, il trouva presque aussitôt un taxi et repartit vers le centre.

***

George Milken referma soigneusement la porte de son bureau et attira à lui le téléphone sécurisé le reliant à sa centrale londonienne. En quelques secondes, il eut en ligne le chef du MI6, Sir Charles Bridgestone, à qui il rendit compte de son entretien avec l'envoyé d'Al-Qaida. Il l'avait déjà contacté *avant* son rendez-vous, pour obtenir l'autorisation de s'y rendre.

– Cela paraît sérieux ? demanda le patron du MI6 lorsqu'il eut terminé son compte rendu.

– Oui, sir, fit simplement George Milken. Il a pris toutes les précautions d'un professionnel et je pense qu'il est vraiment mandaté. La lettre que j'ai reçue il y a quelques jours en fait foi.

– Vous pouvez l'identifier ?

– Je vais essayer avec les éléments dont je dispose, mais cela ne nous avancera pas beaucoup. Voulez-vous que je demande l'aide de nos homologues locaux ? Ou de nos amis israéliens ?

– Surtout pas ! répliqua Charles Bridgestone. Cette affaire doit rester strictement à l'intérieur du service. Nous nous en débrouillerons nous-mêmes. Je vais rendre compte au ministre et je vous donnerai des instructions.

Quand il eut raccroché, George Milken alluma une Benson & Hedges avec le Zippo en argent massif offert par son « cousin » de la CIA et souffla pensivement la fumée. Ne pas demander l'aide des autres services allait être très handicapant s'il devait élaborer des contre-mesures. Les Turcs n'étaient pas mauvais et ils étaient chez eux. Il suffisait de les prévenir pour qu'ils interviennent au prochain rendez-vous. Seulement il y avait un hic. Un très gros hic. Jamais le gouvernement britannique n'avait reconnu l'enlèvement d'Abu Quttada. Et jamais il ne le reconnaîtrait. C'était un secret d'État.

Ce genre d'affaire ne pouvait se régler que discrètement. Or, avec le peu d'éléments dont il disposait, il était pratiquement impossible à George Milken de retrouver l'homme qu'il avait rencontré dans une ville comme Istanbul. Même en une semaine.

Sa conviction intime était qu'il ne bluffait pas. Et qu'en cas de réponse négative, il enverrait un « message ».

Soudain, le goût du tabac blond lui parut moins agréable. Silencieusement, il se mit à prier pour qu'une fois de plus, Dieu sauve la Reine.

CHAPITRE VI

Larissa Elmouzaieva descendit du bus au début de Kennedy Caddesi, juste après le pont Galata. La circulation sur la grande avenue à deux voies longeant le Bosphore, au nord de la Corne d'Or, était intense et ininterrompue dans les deux sens, mais une passerelle métallique enjambant la double chaussée permettait de gagner la zone de départ des ferries pour Üsküdar et Harem, sur la rive asiatique du Bosphore. D'énormes ferry-boats, plats comme des punaises, assuraient la desserte toutes les heures. Vingt minutes de traversée. La jeune Tchétchène s'engagea sur la passerelle et gagna le petit bâtiment rond où les passagers à pied devaient patienter jusqu'au prochain départ. Une entrée spéciale, un peu plus loin, était réservée aux véhicules.

Elle obtint un ticket pour un million de livres et se mêla à la foule, après avoir acheté un pain au sésame à un marchand ambulant. L'angoisse lui serrait la gorge. Dans très peu de temps, elle allait entrer en contact avec le « réseau Istanbul », le petit groupe de combattants du Djihad qui se préparaient à commettre les attentats qu'elle était venue organiser. Eux n'étaient pas, comme Habib Aktas, des clandestins organisés, habitués à échapper aux recherches, disposant de multiples identités. C'étaient des gens simples et pauvres qui, une fois dénoncés par elle, ne pourraient pas échapper à leur sort. Même si on ne fusillait plus en Turquie, on mourait encore beaucoup « accidentellement » et, surtout, on disparaissait. Sans compter les peines de prison. Larissa s'était réveillée à cinq heures du matin, priant Allah pour qu'il lui envoie une solution, mais Il ne l'avait pas fait.

De toutes ses forces, elle pensa à sa mère, à sa sœur, à son petit frère. Aux siens. C'était pour les arracher aux griffes du FSB qu'elle allait commettre cette ignominie.

La grille donnant sur le quai fut rabattue avec fracas : le ferry venait d'arriver. Comme une automate, Larissa franchit la passerelle, monta à bord et gagna aussitôt le pont supérieur où se trouvait, à l'avant, une salle bien chauffée, équipée de bancs de bois et d'une télévision suspendue dans un coin. Elle sentit à peine quelques vibrations quand le ferry s'éloigna de la Corne d'Or, coupant le Bosphore en biais. Il passa tout près d'un gros porte-containers qui débouchait de la mer de Marmara, remontant en direction de la mer Noire, puis frôla des pêcheurs de *lüfers*, ancrés au milieu du bras de mer sans souci des énormes bâtiments qui circulaient autour d'eux. La pêche était une seconde nature chez les Stambouliotes. Des dizaines de pêcheurs à la ligne tentaient leur chance depuis les deux ponts au-dessus de la Corne d'Or séparant la vieille ville de la ville moderne.

Larissa avait l'impression d'être en catalepsie, les mains dans les poches de sa doudoune, serrant sous son bras un bouquet d'œillets acheté à côté de l'hôtel. Le signe de reconnaissance. Elle était encore plongée dans sa rêverie morose quand le ferry aborda avec un bref coup de sirène. Déjà, les véhicules alignés sur le pont inférieur débarquaient à grand fracas. Elle descendit et regarda autour d'elle. À droite, un long bâtiment abritant plusieurs boutiques, des petits restaurants, un bureau de vente de tickets. À gauche, une file de taxis, déjà prise d'assaut. Elle s'immobilisa en face, bousculée par les passagers pressés, son bouquet bien visible à la main.

Soudain, elle aperçut une femme qui venait vers elle,

portant le long voile noir des islamistes, serré autour d'un visage ravissant et même légèrement maquillé. Certes, on ne voyait pas un seul de ses cheveux, mais ses sourcils, parfaitement plantés, ses grands yeux sombres et sa bouche rouge charnue étaient des symboles sexuels beaucoup plus évidents. Larissa, qui n'avait jamais porté que le foulard, et encore, pour faire plaisir à sa famille, était toujours étonnée de rencontrer ces femmes qui acceptaient ainsi de dissimuler leur beauté. Celle qui venait vers elle était très belle. Son visage s'éclaira d'un sourire et elle étreignit Larissa, lui glissant à l'oreille :

– *Mehraba !* Tu es Larissa, n'est-ce pas ?

– *Evet.*

– Je suis Fulya.

Elle lui prit les fleurs des mains et l'entraîna, comme une sœur. D'ailleurs, elle devait avoir à peu près le même âge que Larissa. Elles passèrent devant les derniers taxis pris d'assaut, gagnant un petit parking, un peu plus loin, réservé aux voitures privées. Fulya se dirigea vers une vieille japonaise rougeâtre, dont les sièges avant étaient occupés par deux jeunes barbus. Les deux femmes prirent place à l'arrière et la voiture démarra aussitôt, tournant à droite vers le sud, contournant un rond-point avant de repartir sur l'autre voie, en direction du nord. La route longeait le Bosphore, traversant d'abord Üsküdar, puis continuait jusqu'au premier pont et au-delà. Fulya prit la main droite de Larissa et la serra très fort.

– Nous sommes contents de te connaître, ma sœur. Nos frères, Nihat et Hilmi, te souhaitent aussi la bienvenue.

Les deux jeunes gens, à l'avant, ne bronchèrent pas. Larissa les intimidait, ils la trouvaient très belle.

– Où allons-nous ? demanda-t-elle.

– À Umraniyé. C'est assez loin.

***

Elko Krisantem, qui suivait Larissa comme son ombre depuis sa sortie du *Kosova*, était descendu en même temps qu'elle du ferry, mais par l'autre passerelle. À bonne distance, il assista à la rencontre des deux femmes, puis les vit s'éloigner vers une voiture rouge. Il se rua vers les taxis, mais il n'y en avait plus que trois, déjà assiégés par une demi-douzaine de personnes.

Fou de rage, tandis qu'il piétinait dans la queue, il vit la voiture rouge s'éloigner et nota le numéro : 34 HFG 65. Un numéro d'Istanbul. Les taxis démarrèrent les uns après les autres et il se retrouva en tête de la file, mais il n'y avait plus de voiture. Derrière lui, un homme massif, en veste de cuir, trépignait lui aussi, visiblement très énervé. Enfin, un nouveau taxi arriva, juste au moment où la voiture rouge passait devant l'embarcadère, filant vers le nord. Elko Krisantem en aurait grincé des dents. Derrière lui, le gros homme rougeaud, sanglé dans une vieille veste de cuir, attendait, le portable vissé à l'oreille.

À peine le taxi arrêté, Elko ouvrit la portière à la volée. Il y avait peut-être encore une chance de rattraper la voiture rouge. Il n'eut pas le temps de s'engouffrer dans le véhicule. Le gros homme qui se trouvait derrière lui, d'un coup d'épaule puissant, la bouscula pour monter le premier dans le taxi !

Le sang d'Elko ne fit qu'un tour. Alors que le resquilleur avait déjà la moitié du corps à l'intérieur de la voiture, il l'attrapa par le col de sa veste et le tira violemment en arrière. Il y eut un bruit sourd : la nuque du gros homme venait de heurter violemment l'encadrement de la portière. Il poussa un grognement furieux et se retourna, les yeux injectés de sang. Avant qu'il puisse ouvrir la bouche, Elko Krisantem lui jeta.

– *Oruscu cocuglu*[1] *!* Tu as bien vu que j'étais avant toi !

L'autre vrilla sur lui un regard teigneux et cracha menaçant :

1. Fils de pute !

— *Pezevenk*[1] *!* Tu m'as assommé. Je vais t'arracher les couilles.

Étant donné sa carrure, Elko se dit qu'il y arriverait sans trop de mal. Prudent, il sortit la main droite de sa poche, serrant son lacet, prêt à recevoir l'assaut de son adversaire. Celui-ci se ravisa soudain. Entr'ouvrant sa veste, il révéla la crosse d'un gros pistolet passé dans sa ceinture et lança à Elko :

– *Polis !* Je réquisitionne ce taxi. Fous le camp, *buk soyou*[2] !

Il était déjà entré dans le taxi. Cette fois, Elko Krisantem n'insista pas. Édifié. Ainsi, Larissa Elmouzaieva n'était pas surveillée que par lui… Ce gros policier devait appartenir au MIT. Il suivit des yeux le taxi qui filait vers le rond-point avant de revenir dans l'autre direction. Aucune chance, sauf miracle, qu'il rattrape la voiture où avait pris place Larissa.

Partiellement rassuré, Elko repartit vers le ferry pour regagner la rive européenne. C'était la deuxième fois que la jeune Tchétchène lui filait entre les doigts et il était plutôt vexé.

***

Larissa Elmouzaieva, étonnée, regardait les sapins défiler de chaque côté de la route. Depuis un quart d'heure, ils traversaient une zone boisée sans aucune habitation. Plus d'une demi-heure s'était écoulée depuis qu'elle avait quitté le ferry.

– Nous ne sommes plus à Istanbul, remarqua-t-elle.

Fulya sourit.

– Si, mais ce sont des quartiers très éloignés. À une vingtaine de kilomètres du centre. Nous allons arriver bientôt.

Une agglomération apparut devant eux. Une grande

1. Maquereau !
2. Bite d'âne !

avenue bordée de tristes immeubles gris, avec, au milieu, l'inévitable statue d'Atatürk. Quelques *çarşafs* sur les trottoirs. C'était un quartier pauvre et islamiste. D'ailleurs, le boulevard s'appelait Fathi.

– Nous sommes à Sultanbeyli, annonça Fulya. Un nouveau quartier.

Ils roulèrent encore dix minutes. Tout se ressemblait. Une zone urbaine sans plan où les localités s'enchevêtraient les unes dans les autres. Larissa était complétement perdue. Enfin, la voiture rouge ralentit pour entrer dans une grande cour où s'entassaient des matériaux variés. Sacs de charbon, bois de chauffage, carrelage, piles de briques, matériaux de construction, engins de terrassement. Au fond, une petite baraque en bois. Ils s'arrêtèrent devant et Fulya y précéda Larissa. Celle-ci fut tout de suite frappée par la chaleur agréable qui régnait à l'intérieur, dispensée par un poêle sur lequel chauffaient plusieurs théières. Un homme assez âgé, avec des cheveux gris clairsemés, assis derrière un bureau et habillé comme un ouvrier, se leva et lui jeta un regard plein de curiosité et, en même temps, de gêne. Dès qu'il l'eut dévisagée, il baissa les yeux, comme pris en faute.

– *Bismillah Al-Rahim Al-Rahman*[1], je te souhaite la bienvenue, dit-il, mélangeant l'arabe et le turc.

Il ne lui serra pas la main. Pour ce fondamentaliste pur et dur venu du fin fond de l'Anatolie, les femmes devaient être tenues à distance, sauf dans l'intimité d'un couple, et, surtout, ne pas se mêler des affaires des hommes, porter au moins un voile et se conduire d'une façon modeste. Dans son univers étroit, on n'adressait la parole à une femme que pour lui ordonner de retirer sa culotte.

– *Mehraba!* répondit Larissa en turc. Je suis fière de te connaître, *Abi*[2]. Quel est ton nom ?

– Ylias. Tu es venue seule ?

Visiblement, il était surpris de voir une femme jouer

1. Au nom du Dieu Tout-Puisssant et Miséricordieux.
2. Grand frère.

un rôle aussi important. Larissa se contenta de répondre oui, avant de s'asseoir.

– Veux-tu du thé ? demanda Ylias.

– Avec plaisir, accepta Larissa.

Ylias alla lui-même prendre une des théières qui chauffaient sur le poêle et remplit un verre. Deux grandes rides creusaient ses joues, il semblait las mais une lueur brûlante éclairait ses yeux enfoncés sous de gros sourcils restés noirs. Deux autres hommes étaient installés dans la pièce à côté, en train de téléphoner. Elle comprit qu'ils parlaient de livraison de sacs de ciment et de bois. Elle se trouvait dans une entreprise de matériaux de construction. Ylias déposa devant elle le verre de thé brûlant. Après l'humidité glaciale de l'extérieur, elle étouffait et se débarrassa enfin de sa doudoune, apparaissant en pull et en jean. Dans toute la splendeur de son corps épanoui. Elle se savait un objet de désir, mais en eut la confirmation dans les yeux d'Ylias et des deux autres qui, du coup, cessèrent de téléphoner. Ces gens-là ne voyaient d'habitude les femmes qu'enveloppées dans plusieurs couches de vêtements longs. À leurs yeux, la tenue de Larissa était incroyablement provocante. Elle faillit remettre sa doudoune. Pendant un moment, tous burent leur thé en silence, puis Ylias se pencha à travers le bureau.

– Quelles nouvelles nous apportes-tu, ma sœur ? Nous sommes prêts à agir mais nous ne savons pas encore ce que nous devons faire.

Les mains autour de son verre de thé, Larissa lui adressa un sourire encourageant.

– Je vais te l'expliquer.

Momentanément, elle oublia sa famille, là-bas, à Khan Kala, aux mains des Russes, et fit comme si rien n'était arrivé. Ylias écoutait attentivement, prenant quelques notes. Lorsqu'elle eut terminé, il hocha la tête et promit :

– Je vais envoyer quelques frères et, dans trois jours au plus, nous serons prêts. Pour les quatre premiers objectifs, il n'y a pas de problème, mais le cinquième sera très difficile à atteindre. Je t'y emmènerai et tu verras toi-même. Nous ne pourrons faire qu'une action symbolique, sauf si Allah nous aide de toute Sa force.

Larissa lui répondit d'un geste fataliste, signifiant qu'il y avait d'autres problèmes à résoudre, avant cette cerise sur le gâteau. Réchauffée, entourée de gens qui buvaient ses paroles, elle en avait presque oublié son dilemme. La première partie – la plus facile – était réalisée. Elle avait désigné au groupe qui devait passer à l'action ses objectifs, tels que définis par Habip Aktas. Que ces gens-là ne rencontreraient jamais. Plus celui qu'elle avait ajouté, pour régler *ses* comptes.

– Vous êtes nombreux ? demanda-t-elle.

– Plus de vingt, se rengorgea Ylias. Prêts à se sacrifier pour le Djihad.

Il se leva et se dirigea vers la porte, faisant signe à Larissa de le suivre. Il l'ouvrit et lui désigna deux jeunes gens en train de transporter des sacs de ciment, dans la cour.

– Gokhan et Feridoun sont venus de Bingöl pour se joindre à notre action. Ce sont des gens très pieux qui ont déjà lutté contre les mécréants et les impies. Ils sont prêts à donner leur vie. Gokhan a même vendu ses parts dans un café Internet, là-bas. Nous n'avons pas beaucoup d'argent, aussi nous les employons à divers travaux.

Larissa se pencha et, plongeant la main dans son sac, en retira l'enveloppe marron rendue par le FSB. Elle la posa sur le bureau.

– Voici de quoi acheter les cinq véhicules dont nous aurons besoin, fit-elle.

Ylias regarda avec respect l'enveloppe gonflée de billets et un sourire de reconnaissance éclaira son visage ridé.

– Qu'Allah te bénisse, ma sœur ! Les affaires sont difficiles avec l'hiver et nous avons juste pu acheter de quoi préparer les actions. D'ailleurs, nous allons t'emmener voir ce que nous possédons.

– Ce n'est pas ici ?

– Non. Ce serait trop dangereux. Si certains d'entre

nous sont prêts à faire le sacrifice de leur vie, d'autres doivent survivre pour continuer la lutte contre les ennemis d'Allah.

Apparemment, il s'était rangé dans cette seconde catégorie.

– Je vais te conduire là-bas, proposa aussitôt Fulya.

Larissa prit congé d'Ylias et regagna la voiture rouge. Les deux jeunes gens, Gokhan et Feridoun, étaient maintenant en train de charger des paquets de céramique dans un camion. Ils regardèrent à peine les deux femmes. Dès qu'elle fut seule avec Larissa, Fulya sembla se dégeler, lui jetant un coup d'œil envieux.

– Je voudrais bien m'habiller comme toi ! soupira-t-elle. Tu es très belle avec ce jean et tu dois plaire aux hommes.

– En ce moment, je ne pense pas beaucoup aux hommes, répliqua Larissa. Toi aussi, tu es très belle. Où allons-nous ?

– Dans un local que nous avons loué depuis deux mois, afin d'y préparer ce dont nous avons besoin. C'est assez loin.

Effectivement, elles reprirent l'autoroute en direction du premier pont, puis bifurquèrent pour franchir le Bosphore sur le second et emprunter la grande autoroute d'Edirne, qui contournait la ville par le nord, dans un grand arc de cercle. Concentrée sur sa conduite, Fulya ne parlait plus. La chaussée était encombrée d'énormes camions avançant à la queue leu leu, qui projetaient des flots de fumée nauséabonde. Après plusieurs kilomètres, Fulya quitta l'autoroute d'Edirne, en direction de Ikitelli. Ils redescendirent vers le sud, puis quittèrent l'autoroute, pour une grande voie partant vers le nord, à nouveau. Il n'y avait plus de maisons, seulement des zones industrielles coupées de terrains vagues, un paysage sinistre de collines pelées. Fulya tourna à gauche dans le boulevard Bedreddint Balan, qui menait droit à l'entrée d'un gigantesque parc industriel. Une plaque de cuivre indiquait à l'entrée : IKITELLI ORGANISE SANAY BULGESI.

Fulya s'engagea entre les énormes blocs de locaux numérotés qui ressemblaient à des hangars d'aviation. Chacun comportait une cinquantaine de locaux.

Elles roulèrent jusqu'au bloc 10, semblable aux autres, et Fulya s'arrêta en face du local n° 32.

– C'est ici, annonça-t-elle.

Larissa pénétra à sa suite dans le local et ne vit d'abord que des sacs empilés sur tout un mur. De la lessive. Deux jeunes gens manipulaient des cartons. Un mince collier de barbe, des visages émaciés. Ils ne levèrent même pas la tête quand les deux femmes traversèrent l'atelier pour gagner, au fond, un escalier de fer menant à l'étage supérieur. Dans un coin, un petit bureau inoccupé, avec des parois vitrées, et partout des sacs empilés et des caisses. Une grande ouverture donnant sur l'extérieur permettait, grâce à un palan, de monter des charges importantes.

Le regard de Larissa fut attiré par une bétonnière toute neuve, rouge sang, installée à côté des sacs empilés. L'ensemble ressemblait à n'importe quel entrepôt de zone industrielle. Fulya lança un regard plein de fierté à Larissa et se planta devant les sacs. Tous portaient l'inscription UREE GUBRE [1].

– Il y en a trois tonnes, annonça-t-elle, en sacs de cinquante kilos. C'est moins cher de les acheter comme ça. Quarante millions le sac. Bien entendu, nous les avons achetés en plusieurs fois pour ne pas attirer l'attention.

Elle se déplaça légèrement et tendit la main vers des fûts alignés le long du mur.

– C'est du kérosène. Il y a trois fûts de cent litres. Cela suffira ? ajouta-t-elle. La bétonnière, nous l'avons payée un milliard deux cents millions. C'est très difficile à trouver : il n'y a plus qu'un seul fabricant. Maintenant, on livre le béton tout préparé dans d'énormes bétonnières sur camion. Celle-ci peut traiter 250 litres d'un coup. C'est bien ce qu'il fallait ?

– Absolument, confirma Larissa.

1. Engrais UREE.

En mélangeant dans la bétonnière les granulés d'engrais composé d'ammo-nitrate avec environ 5 % de kérosène, on obtenait un explosif très stable, mais assez difficile à amorcer. Ce que les Américains appelaient l'ANFO [1]. Bien sûr, il n'avait que le tiers environ de la puissance d'un explosif militaire, mais il suffisait d'en utiliser de plus grosses quantités, ce qui n'était pas un problème. Larissa regardait l'ensemble, émue et presque amusée. En Tchétchénie, il y avait longtemps que la guérilla avait abandonné les explosifs artisanaux. C'était tellement plus simple de voler ou d'acheter aux Russes de l'explosif militaire. Fulya l'observait anxieusement.

– Tu crois que tu vas y arriver ? demanda-t-elle.

– Oui, s'il y a de quoi amorcer les charges

– Viens, fit Fulya, je vais te monter ce que nous avons.

Elle gagna le bureau où elle ouvrit une armoire métallique. À l'intérieur, Larissa aperçut des rouleaux de cordons détonants, des pains de dynamite, une boîte de détonateurs électriques, d'autres explosifs qu'elle n'identifia pas, des grenades et un pistolet automatique. Il n'y avait aucun dispositif temporisateur. Comme si elle avait deviné ses pensées, Fulya dit fièrement :

– Nos frères venus de Bingöl sont décidés à se sacrifier. Si des milliers de croyants sont prêts à faire la même chose, rien ne pourra résister aux combattants d'Allah.

Brutalement, son regard avait changé, se chargeant d'une volonté farouche, comme éclairé de l'intérieur. On aurait dit qu'elle s'était dédoublée. Larissa croisa son regard. En Tchétchénie aussi, des hommes et des femmes faisaient volontairement le sacrifice de leur vie. C'était l'arme des faibles, de ceux qui n'avaient ni chars ni avions. Devant cette femme jeune, plus belle qu'elle et convaincue de la justesse de ses vues jusqu'à la dernière cellule de son corps, elle eut soudain honte de sa trahison.

C'est vrai, elle était venue à Istanbul principalement comme artificier, car, avec Chamil Bassaiev, le chef de

1. Ammoniac Nitrate Fuel Oil : nitrate-fuel.

guerre tchétchène, elle avait appris autrefois le maniement des explosifs. De tous les explosifs. C'est pour cela qu'elle avait été choisie pour venir à Istanbul. On ne manquait pas de martyrs, mais les jeunes gens fanatiques qu'elle avait vus quelques heures plus tôt, s'ils étaient prêts à se sacrifier, étaient bien incapables de préparer des charges explosives. À aucun moment, les Russes du FSB n'avaient soupçonné la véritable nature de sa mission, obnubilés par les liasses de dollars trouvées dans son appartement.

Brusquement, devant le regard lumineux de Fulya, elle se sentit si mal à l'aise que ses jambes se dérobèrent sous elle et qu'elle tituba. La jeune Turque se précipita et l'aida à s'asseoir sur la chaise du bureau. Larissa avait la tête qui tournait.

Ce n'était pas possible, elle n'allait pas trahir des gens comme Fulya, qui attendaient tout d'elle. Elle se remémora les combattants tchétchènes de Mazar-i-Sharif, en Afghanistan, qui, cernés par les Ouzbeks du général Dostom et incapables de rompre leur encerclement, avaient massacré leurs familles pour ne pas être tentés de se rendre.

– Tu es malade ? demanda Fulya. Tu veux que je te fasse du thé ?

Oppressée, Larissa secoua la tête, des larmes pleins les yeux. Elle ne pouvait plus garder son secret plus longtemps. Trahir sur le papier, c'est facile. Quand on se trouve face à ceux qu'on trahit, ça l'est beaucoup moins. Et pourtant, il fallait qu'elle sauve les siens.

– Fulya, dit-elle, je vais te confier un secret.

CHAPITRE VII

Larissa Elmouzaieva parlait sans interruption, d'une voix monocorde et étouffée, relatant tout ce qui s'était passé depuis la *zatchistka*, sans oublier aucun détail, aussi atroce soit-il. En face d'elle, de l'autre côté du bureau, Fulya semblait boire ses paroles, blanche comme un linge, le regard fixe. On aurait dit une confession. La Tchétchène semblait ne plus pouvoir s'arrêter. Pour la première fois depuis des jours, elle se sentait en paix avec elle-même. Quand elle se tut, n'ayant plus rien à dire, Fulya resta silencieuse un long moment. Dehors, on entendait des gens s'interpeller, des véhicules manœuvrer. Fulya ouvrit enfin la bouche.

– Que vas-tu faire, ma sœur ?

Aucune crainte, aucune menace dans sa voix : seulement une interrogation. Larissa s'était préparée à cette question, tandis qu'elle parlait.

– Les Américains ne connaissent pas la véritable raison de ma venue ici, expliqua-t-elle. Ils pensent que c'est seulement pour vous apporter de l'argent. Je peux gagner un peu de temps, durant lequel je ferai ce que je dois faire. Mais il faudra que je donne quelques informations à cet espion américain.

– Tu crois vraiment qu'il ne communique pas avec les Turcs ?

– Je le crois.

– Alors, dans quelques jours, tu pourras l'amener ici. Quand nous en serons partis. C'est loué pour trois mois, sous un faux nom. Cela ne le mènera nulle part. Mais toi, que va-t-il t'arriver ? Ils seront fous de colère et les Russes vont se venger sur ta famille.

– J'espère qu'Allah me conseillera, répondit Larissa d'une voix lasse. Mais je te jure que je ne ferai rien pour nuire à cette action. Maintenant, il faut que je rencontre cet homme, sinon, il va se méfier et risque de me faire suivre.

– Tu as raison, approuva Fulya. Dis-lui que tu es allée à Umraniyé, mais que tu ne connais pas l'adresse. Propose-lui de l'emmener là-bas. Et montre-lui un endroit qui ressemble à celui où nous étions. Décris tout, donne-lui des noms. Des prénoms plutôt. Il sera content. Explique-lui que tu vas être utilisée pour repérer des objectifs. Ainsi, on l'emmènera sur une fausse piste. Par la suite, tu pourras toujours prétendre que nous t'avons menti, ou que nous avons changé d'avis... Ou alors...

Elle laissa sa phrase en suspens et Larissa chercha son regard.

– Que veux-tu dire ?

– Fais ce qu'il faut pour sauver ta famille. Allah te pardonnera.

Autrement dit, trahis-nous vraiment. Le regard de Fulya ne la lâchait pas. Larissa comprit soudain que cette belle jeune femme était un des cerveaux de ce groupe. Et que, désormais, elle épierait chacune de ses réactions. Mais c'était inutile, elle avait le cœur pur. Bien sûr, elle ferait tout ce qui était en son pouvoir pour sauver la vie de ceux qu'elle aimait. Mais pas au prix de son honneur. De sa vie à elle, il n'était même pas question. Son avenir tenait en très peu de temps. Dans son for intérieur, elle se considérait comme déjà morte. De nouveau, elle affronta le regard de Fulya et dit fermement :

– Vous n'avez rien à craindre de moi. Je le jure sur le Coran.

Fulya eut un hochement de tête approbateur.

– Je te crois. Tu as besoin d'aide et de conseils. Voilà ce que je te propose. Explique à nos frères qui sont ici ce qu'il faut faire pour préparer cet explosif. Ils vont travailler seuls, si ce n'est pas trop compliqué.

– Ça ne l'est pas, assura Larissa.

– Très bien. Ils vont commencer tout de suite. Quand ils auront terminé, je te préviendrai, je te donnerai un rendez-vous dans le Grand Bazar pour acheter des tissus. En réalité, tu feras comme aujourd'hui et tu me retrouveras à Harem. Et à ce moment, tu interviendras à nouveau. Entre-temps, nous aurons acheté les cinq véhicules. Que penses-tu de fourgons japonais ?

– C'est très bien, affirma Larissa.

Cela la soulageait de se sentir prise en main par Fulya qui, pourtant, avait son âge. Celle-ci désigna son sac du regard.

– Maintenant, appelle cet homme. Donne-lui rendez-vous pour le rassurer. Ensuite, tu te sentiras mieux.

Comme une automate, Larissa prit son portable et composa le numéro de l'espion américain, sous le regard vigilant de Fulya. Se disant que sa sincérité l'avait menée à la pire des situations possibles. Désormais, il ne lui restait plus que des bribes de liberté.

***

Malko fut noyé d'adrénaline en entendant la voix de Larissa. Depuis trois heures, il enrageait silencieusement hésitant à le faire lui-même. Elko Krisantem lui avait relaté la façon dont il avait perdu Larissa, mais aussi le fait que la Tchétchène ait été suivie par la police. Donc Zeynel Sokik n'avait pas tenu sa promesse. Ce qui n'allait pas simplifier les choses.

– Où êtes-vous ? demanda-t-il.

– Je peux vous rencontrer, répondit Larissa d'une voix neutre. Où vous voudrez.

Puisqu'elle était surveillée par le MIT, Malko se dit qu'il était inutile de jouer à cache-cache.

– Venez au *Café Marmara*, demanda-t-il, au rez-de-chaussée de l'hôtel. Beaucoup de gens de l'extérieur viennent pour les pâtisseries. Pouvez-vous être là dans une heure ?

– Oui, fit simplement Larissa, avant de couper la communication.

***

– Très bien, approuva Fulya. Je vais te conduire place Taksim. Parle-lui, rassure-le, donne-lui des détails inutiles. Décris ceux que tu as rencontrés, y compris moi. Cela n'a aucune importance. Ensuite, attends que je te donne des instructions. Tout se passera bien.

Larissa, dans le fond de son cœur, ne partageait pas l'optimisme de la belle activiste turque. Pour elle, cela ne pouvait pas bien se passer. Fulya se leva et appela les deux jeunes gens qui travaillaient en bas. Ils rejoignirent aussitôt le premier étage et attendirent en silence, les yeux baissés. Fulya leur expliqua le rôle de Larissa, sans rien dire d'elle, puis se tourna vers la jeune Tchétchène.

– Explique-leur comment ils doivent procéder.

Larissa gagna la grande pièce et s'arrêta devant la bétonnière. Intimidés, les deux jeunes gens regardaient leurs pieds.

– Vous allez vider cinq sacs d'engrais dans la bétonnière, commença Larissa. Ensuite, vous y ajouterez quinze litres de kérosène, puis vous ferez tourner la bétonnière aussi longtemps qu'il faudra pour que tout le kérosène soit absorbé par les granulés d'engrais. C'est très important, il ne doit pas rester de liquide au fond de la bétonnière. Quand le mélange sera bien homogène, vous pourrez le remettre dans les sacs. Mais auparavant, il faudra y enfoncer du cordon détonant sur toute sa longueur, en laissant dépasser environ trente centimètres hors du sac, pour le raccorder ensuite aux autres, et en laissant un nœud au bout.

– Combien de temps faut-il laisser tourner la bétonnière ? demanda Fulya.

– Quatre heures au moins.

– C'est tout ?

– Non. Puisque vous avez de l'explosif militaire, il faut le diviser en morceaux de cent grammes environ, dans lesquels vous enfoncerez l'extrémité du cordon détonant. Cela facilitera l'explosion de l'ensemble. Cet explosif est très stable et n'est pas facile à déclencher.

– Vous pouvez commencer immédiatement, conseilla Fulya. Et travailler jour et nuit.

Un des jeunes gens se précipita pour brancher le moteur électrique de la bétonnière, tandis que l'autre ouvrait un des sacs d'engrais d'où s'échappèrent des granulés blanchâtres : du nitrate d'ammonium, $N0_3NH_4$. La bétonnière se mit en route avec un tapage d'enfer, mais, dans cet environnement, personne n'y prêterait attention : on soudait, on martelait, on emboutissait dans tous les locaux avoisinants.

Larissa et Fulya observèrent quelques instants les deux jeunes gens, puis la Turque fit signe qu'il était temps de partir. De nouveau, ce furent les interminables autoroutes urbaines puis la plongée vers le centre, par des rues où les voitures se traînaient pare-chocs contre pare-chocs. Quand, enfin, elles débouchèrent sur la place Taksim, Larissa avait la gorge serrée par l'angoisse.

Comment allait-elle se comporter vis-à-vis de l'espion américain ? Fulya s'arrêta à l'entrée de Siraselviler Caddesi et se tourna vers elle.

– Qu'Allah te vienne en aide, ma sœur. Souviens-toi de mes recommandations. Je t'appellerai bientôt. *Inch'Allah*.

***

Malko était assourdi par le caquetage des dizaines de femmes de toutes les conditions qui se pressaient au *Café Marmara* pour se goinfrer de pâtisseries orientales. Il était quasiment le seul client masculin. Du coup, les mémères qui l'entouraient, ayant pourtant presque toutes dépassé leur date de préemption, en oubliaient leurs sucreries pour lui expédier des œillades à faire flamber un glacier.

Hélas, même celles qui avaient dû être séduisantes dans leur jeunesse étaient enveloppées de couches de graisse à faire pâlir d'envie un ours en hibernation. Merci le baklava et le rahat loukoum...

Enfin, du coin de l'œil, il vit la doudoune noire de Larissa franchir la porte tournante. La Tchétchène passa sous le portail magnétique et pénétra dans le salon de thé, se dirigeant immédiatement vers lui. Elle lui adressa un vague sourire contraint, plutôt une grimace, et se débarrassa de sa doudoune, dans un mouvement chargé de sensualité, volontaire ou involontaire. Les voisines de Malko piquèrent du nez dans leurs pâtisseries. Avec son visage bien dessiné, sa poitrine épanouie et sa croupe incendiaire, Larissa la Tchétchène était comme un soleil au milieu d'astres morts. Un garçon s'approcha et elle lui lança simplement;

– *Çay*[1].

Malko l'examinait. Elle lui parut absente, tendue, épuisée. Elle dit d'une voix sans timbre :

– Excusez-moi, je suis en retard, mais il n'y avait pas de bus.

Il la laissa tremper les lèvres dans son thé, puis leurs regards se croisèrent. Celui de Malko remontait de la poitrine moulée par le gros pull et Larissa l'intercepta. Il lui sembla, mais cela pouvait être le fruit de son imagination, qu'elle bombait imperceptiblement le torse. Comme si elle avait voulu lui envoyer un message sexuel. Bizarre et très différent de leur première rencontre. Il faillit lui demander si elle s'était rendu compte qu'on la suivait, mais se ravisa. Il réglerait ce problème avec Zeynel Sokik. Il fallait plutôt entrer dans le vif du sujet.

– Vous les avez rencontrés ? demanda-t-il.

1. Du thé.

Elle inclina la tête.

– Oui.

– Dites-m'en plus.

D'une voix monocorde, elle lui raconta comment elle avait pris le ferry pour Harem, où elle avait été récupérée par une femme de son âge et deux hommes qui l'avaient ensuite emmenée très loin à l'est de la ville, dans une entreprise de matériaux de construction, où elle avait rencontré d'autres personnes.

Elle lâcha des prénoms, des descriptions assez vagues, parla de son retour dans la même voiture. Malko notait soigneusement tout ce qu'elle disait. Larissa termina en annonçant :

– Je leur ai remis l'argent.

Elle se tut et but un peu de thé, comme si elle avait terminé. Malko était plutôt sur sa faim. Dans ce qu'elle avait dit, il n'y avait pas un seul renseignement opérationnel.

– Dans quel quartier vous êtes-vous rendue ? demanda-t-il.

– Je crois que cela s'appelle Umraniyé, fit-elle. J'ai vu un panneau.

– Vous avez l'adresse de ce chantier ?

– Non, il n'y avait pas de noms et ils ne m'ont rien dit. Ils semblent très méfiants.

– Qui paraît être leur chef ?

Elle décrivit Ylias, l'affublant du pseudo qu'il utilisait : Huseyin

– Et la femme qui est venue vous chercher ?

Larissa décrivit soigneusement Fulya, en insistant sur sa beauté, ce qui étonna un peu Malko. Mais cela correspondait à la description de Krisantem. Larissa semblait soudain moins froide, moins absente. Comme si cette femme avait déclenché quelque chose chez elle. Il commanda un autre expresso, déçu.

– Que va-t-il se passer maintenant ? interrogea-t-il.

Larissa leva la tête et, pour la première fois, soutint son regard.

– Je ne sais pas, avoua-t-elle. Ils m'ont dit qu'ils me rappelleraient s'ils avaient besoin de moi.

– Pourquoi faire ?

– Repérer des objectifs, je crois.

Un peu d'adrénaline s'infiltra dans ses artères. On entrait enfin dans de vraies informations...

– Quand ? insista-t-il.

– Ils ne me l'ont pas dit. Je vous jure que je ne mens pas.

Soudain, un doute horrible l'envahit. Et si le FSB avait fait fausse route ? Si Larissa, un courrier chargé d'apporter de l'argent n'était pas recontactée par ce groupe terroriste ? Toute la manip' tombait à l'eau. Il se voyait mal rapportant à John Burke les vagues révélations que Larissa venait de faire. D'un autre côté, il ne pouvait pas la forcer.

– Larissa, dit-il avec fermeté, j'ai besoin de plus d'informations, sinon l'accord avec les Russes risque d'être remis en question. Vous savez que cela peut signifier de gros problèmes pour votre famille... Il faut donc coopérer avec moi d'une façon plus concrète.

– Mais je vous ai dit tout ce que je savais ! protesta-t-elle.

– Je vous crois, assura Malko. Mais demain matin, nous allons refaire votre parcours, à partir de Harem. Pour retrouver l'endroit où vous êtes allée. Cela sera déjà un début.

– Si vous voulez, fit-elle d'un ton las.

– J'ai demandé aux Russes des nouvelles de votre famille, compléta Malko pour l'encourager. Je pense en avoir rapidement. Nous pouvons nous retrouver ici demain, à neuf heures.

Larissa ne répondit pas, plongée dans la contemplation des gâteaux à emporter qui occupaient toute une vitrine de l'autre côté du comptoir. Plusieurs femmes y faisaient la queue. La Tchétchène sembla se reprendre et tourna la tête.

– Je serai dehors, en face de l'hôtel, demain à neuf heures, promit-elle. Vous voulez savoir autre chose ?

– Non, dit-il. Voulez-vous que je vous raccompagne ? Larissa secoua la tête.

– Non. Il ne faut pas que l'on puisse vous voir avec moi. Merci.

Elle se leva et enfila sa doudoune. De nouveau, Malko crut deviner un peu de provocation dans la façon dont elle se déhanchait. Essayait-elle de le séduire à des fins professionnelles ? Avec les Tchétchènes, on ne sait jamais. Il se remémora celle rencontrée à Moscou, qui cachait sous une carapace rugueuse, pleine de vertu, une nature brûlante. Larissa franchit la porte tournante et disparut. Il restait désormais un point urgent à régler. Débarrasser Larissa de ses suiveurs turcs. Pour cela, il fallait intervenir auprès de Zeynel Sokik. En admettant qu'il ne se dérobe pas. Tout ça n'allait pas être simple.

Il remonta dans sa chambre et appela John Burke. L'éloignement du consulat américain ne facilitait pas les choses. Or, il ne voulait pas être trop bavard au téléphone, ne disposant pas, à l'hôtel, d'une ligne protégée.

Dès qu'il eut l'Américain en ligne, il lui lança :

– Voulez-vous la bonne ou la mauvaise nouvelle d'abord ?

– La mauvaise, fit John Burke.

– Notre amie a des gens qui s'intéressent à elle. C'est local.

John Burke laissa échapper une horrible volée de jurons, moitié en turc, moitié en anglais.

– Quel *motherfucker*, ce...

Il s'arrêta juste avant de prononcer le nom de Zeynel Sokik. Malko précisa aussitôt :

– C'est à *vous* d'intervenir. Avant que nous allions plus loin.

– Je vais le faire. Et la bonne nouvelle ?

– Le contact est établi. J'ai quelques informations.

– On dîne ensemble, fit aussitôt John Burke. Je viens vous prendre à huit heures.

***

Larissa Elmouzaieva attendait le bus, place Taksim, de plus en plus angoissée. C'est par hasard qu'elle avait repéré Fulya en train d'acheter des gâteaux, à quelques mètres d'eux. Ce qui signifiait que la Turque ne lui faisait pas *entièrement* confiance. Sinon, elle l'aurait avertie. Autrement dit, elle devait redoubler de vigilance, de tous les côtés. Pour la première fois, Larissa se dit qu'elle pouvait utiliser ses atouts physiques pour manipuler dans une certaine mesure l'espion américain. Elle avait intercepté des regards qui ne laissaient aucun doute sur l'attirance qu'il avait pour elle.

Peut-être, par son intermédiaire, parviendrait-elle à obtenir un adoucissement du sort de ses parents. Et ainsi, elle ne serait plus obligée de trahir.

Cela passait par une formalité dégradante, mais elle avait déjà connu pire.

CHAPITRE VIII

– Elle vous enfume ! laissa tomber John Burke. Ce n'est pas possible qu'elle ne sache pas où elle est allée. Et si elle vous dit que les autres ne l'ont plus recontactée, qu'est-ce qu'on fait ? Vous voyez notre tête s'il y a vraiment un gros attentat, alors que Langley et les Russes *savent* que nous infiltrons ce réseau ?

Il se tut pour picorer quelques mézés. Le nouveau *Urcan* qui se trouvait encore plus au nord que l'ancien, à Bebek, au nord du Bosphore, avait récupéré toute l'ancienne décoration de filets et d'objets de la mer, mais faisait nettement plus cossu. À l'entrée, un étal de poissons variés sur un lit de glace accueillait les clients pour un choix direct.

– Je ne crois pas qu'elle m'enfume, protesta Malko. Ses descriptions coïncident avec ce qu'a vu Elko. Même moi, si on m'emmenait dans ces quartiers perdus, je ne saurais pas où je suis...

– O.K., concéda John Burke. Seulement, quand Igor va nous donner des nouvelles de sa famille, il va demander quelque chose en échange. On ne va quand même pas l'enfumer, *lui* !

– Bien sûr que non, fit Malko. Mais on va remonter la piste. Avez-vous pu joindre Zeynel Sokik ?

– Non, il est en Israël. Invité par le Mossad. Injoignable

et personne ne veut me dire combien de temps il y reste…

– Impossible d'emmener les gens du MIT sur nos talons, laissa tomber Malko. D'abord, ils sont voyants et peuvent alerter ceux que Larissa a rencontrés. Et ensuite, on n'aura plus rien à leur apprendre.

C'est ce point-là qui toucha particulièrement John Burke.

– *You made a point*[1] *!* fit-il. On gèle tout jusqu'au retour de Zeynel. Et je le secoue sérieusement. À propos, comment est votre bar ?

– Parfait, assura Malko, l'esprit ailleurs. Larissa me retrouve demain matin au *Marmara*. Je vais lui dire qu'on a décidé d'attendre son prochain rendez-vous pour l'équiper d'un micro enregistreur. Afin d'enregistrer ses conversations avec ceux qu'elle retrouve.

– Excellente idée, reconnut John Burke. Le décryptage nous en apprendra sûrement beaucoup. À propos, relancez votre ami Igor, pour la famille de Larissa.

John Burke lui adressa un regard froid.

– O.K., mais c'est donnant donnant. Elle aura des nouvelles contre une *vraie* information. Sinon, c'est trop facile.

Malko eut envie de lui faire remarquer que ce n'était pas spécialement facile de voir son grand-père abattu sous ses yeux, d'assister au viol de sa jeune sœur et, ensuite, d'être violée soi-même, « de toutes les façons », avait-elle précisé…

Pour se remonter le moral, l'Américain commanda avec son café un double Defender « 5 ans d'âge », tandis que Malko se contentait d'une vodka. L'Américain alluma ensuite un cigare, promenant sur son extrémité, avec une grâce méticuleuse, la flamme de son Zippo "collector" « Débarquement ». La belle manip se révélait plus difficile que prévue.

1. Vous avez raison.

***

Habip Aktas regardait paisiblement la télévision dans sa chambre de *La Maison*. Pour lui, il n'y avait plus rien à faire jusqu'à la fin de l'ultimatum délivré aux Britanniques. Dans la journée, il s'imposait de sortir, afin de faire croire à une activité normale d'homme d'affaires. Il allait au cinéma, se promenait au Bazar ou s'installait dans des cafés, le temps n'étant pas vraiment propice à la promenade. Il avait profité d'une après-midi ensoleillée pour aller lécher les vitrines des magasins luxueux de Nisantasi. Entre les bijoutiers, les boutiques de mode et les expositions de meubles importés, il y avait de quoi faire rêver. Il avait dîner seul d'un poisson grillé égayé d'un peu de Taittinger.

Elena l'avait relancé à plusieurs reprises, mais il faisait une cure de chasteté. Le lendemain de la soirée passée avec elle, il avait pris rendez-vous avec un cardiologue pour un examen Doppler. En attendant, il préférait ne pas se surmener…

D'un café Internet, il avait rendu compte de sa mission à ceux qui l'avaient envoyé en Turquie. Il attendait la fin de la semaine pour relancer Larissa. Lorsqu'il reverrait le consul britannique, il devait être absolument certain de pouvoir mettre ses menaces à exécution si le besoin s'en faisait sentir. Mais il n'était pas inquiet. La Tchétchène était une excellente professionnelle et ceux de la cellule Istanbul grillaient d'envie de faire la preuve de leur dévouement à la cause islamique. Rassuré, il éteignit la télé et chercha le sommeil.

***

Le chauffeur de John Burke venait de déposer Malko au *Marmara*, après avoir déposé l'Américain à son appartement d'Etiler. Il gagna sa chambre. À peine onze heures. Elko Krisantem, ayant quartier libre, était parti voir des cousins. Soudain, Malko repensa à la remarque de John Burke concernant sa « conquête » du *Somdan Park*. Il alla chercher dans la poche d'un de ses costumes d'alpaga le bout de papier où était noté le téléphone de l'inconnue. Miracle : il le trouve ! Laila 535 564 9802. Un numéro de portable. Évidemment, il était tard, mais elle pouvait se trouver au restaurant, comme l'autre soir. Il composa le numéro, tomba sur la messagerie et laissa un message, rappelant leur rencontre et son numéro. Le tout en anglais. Sans trop d'espoir.

***

Malko, assoupi devant la télé, sursauta : son portable sonnait. Il le prit et regarda le cadran. Pas de numéro affiché : cela devait être John Burke. Mais pourquoi l'appelait-il à cette heure tardive ? Il enclencha la communication.

– *Mister* Malko ? demanda aussitôt une voix féminine un peu chantante.

– C'est moi.

– Vous m'avez appelée tout à l'heure.

Laila ! Son pouls fit un bond délicieux. Enfin une bonne nouvelle. Même au milieu des pires problèmes, son goût pour les femmes ne l'abandonnait jamais.

– Laila ?

Son interlocutrice rit.

– Oui, si vous voulez. Je ne m'appelle pas Laila. Je ne donne jamais mon véritable prénom à des inconnus. Mais c'est bien moi qui vous ai laissé le message au *Somdan Park*. J'avais bu un peu trop de raki ce soir-là et mon amie m'a poussée à faire des bêtises…

Ce n'était pas très flatteur pour lui mais il se dit que si elle l'appelait, c'est qu'elle en avait envie. Instantanément, il se jura de ne pas quitter Istanbul sans avoir mis cette perverse salope dans son lit.

– Bien, dit-il, je continue à vous appeler Laila. Où êtes-vous en ce moment ?

– Dans mon lit. Et vous ?

– Moi aussi.

– Alors, bonne nuit !

Furieux, il crut qu'elle allait raccrocher et se hâta de proposer.

– Je peux venir vous rejoindre…

Laila eut un rire de gorge.

– Vous ne manquez pas de culot ! D'abord, je suis en train de regarder un film. Qui vous plairait sûrement, d'ailleurs.

– Pourquoi ?

Nouveau rire.

– C'est un film X. La boutique de DVD s'est trompée : j'avais demandé un film romantique. Mais comme je l'ai.. Après tout, c'est amusant, je découvre des choses.

– Quoi donc ?

– Je ne savais pas que les Noirs étaient faits de cette façon là. C'est impressionnant.

Cette fois, l'adrénaline commença à se répandre dans les artères de Malko. Laila s'amusait à l'allumer. On jouait.

– Je n'entends rien, remarqua-t-il.

– J'ai coupé le son pour vous parler, mais c'est quand même amusant. Voulez-vous que je vous décrive la scène ?

– Oui. Pourquoi pas ?

– Ils sont deux, expliqua Laila. Noirs. L'un est assis dans un canapé, nu. La fille blonde est agenouillée à côté de lui et l'a pris dans sa bouche. Elle a du mal, parce qu'il est… comment dirais-je, très développé. Le second Noir est derrière elle et il la prend de cette façon. Esthétiquement, c'est très beau.

Malko n'en revenait pas de cette description. Concentré de fantasmes classiques.

– Vous aimez ce spectacle ? demanda-t-il.

– C'est assez excitant. Je me mets dans la peau de cette femme. Et puis c'est amusant d'en parler librement avec vous puisque je ne vous verrai jamais.

– Pourquoi alors m'avez-vous donné votre téléphone ?

– Cela m'excite toujours de sentir qu'un homme qui m'attire a envie de moi, avoua-t-elle avec simplicité. Mais je ne vais jamais plus loin : je suis très fidèle à mon mari. Même si j'ai quelques fantasmes.

– Vous vous caressez en ce moment ? ne put s'empêcher de demander Malko.

– Et vous ?

C'était parti comme un coup de fouet.

– Non, pas encore, ajouta-t-il.

C'est vrai que cette conversation commençait à l'exciter.

– Si vous voulez que je vous réponde, caressez-vous, ordonna Laila d'une voix douce. Et ne trichez pas.

Malko, enveloppé dans un peignoir en tissu éponge, avait déjà machinalement posé la main sur son sexe, qui commençait à s'éveiller. La voix de cette inconnue et cette situation l'excitaient prodigieusement. Faire l'amour au téléphone était une forme d'érotisme plutôt sophistiquée. Ses doigts commençaient à courir sur lui et il répondit :

– Je ne triche pas. Vous m'excitez. Mais je me sens un peu seul.

Il entendit une sorte de soupir, puis Laila fit à voix basse.

– Vous n'êtes pas seul. J'avais déjà commencé à me caresser. C'est plus excitant à deux. J'imagine votre sexe en train de grossir. Vous pensez à moi ?

– Bien sûr. J'aimerais que votre bouche remplace ma main.

– Cochon ! fit Laila. Vous êtes comme tous les hommes. Vous vous servez des femmes.

– Pas du tout, protesta Malko, j'aime aussi procurer du plaisir à une femme.

Laila demeura silencieuse quelques instants. Maintenant, il percevait sa respiration rapide, un peu sifflante.

– C'est vrai ? demanda-t-elle. Alors, je veux vous

entendre jouir en pensant à moi. Cela va me faire jouir, moi aussi. Vous êtes dur, maintenant ?

– Oui.

Laila émit un long soupir.

– De vous imaginer en train de vous caresser pour moi, c'est beaucoup plus excitant que ces deux énormes membres noirs.

Malko, maintenant, se caressait avec application, accroché à la voix sensuelle de Laila. Il y eut encore une plage de silence, puis elle demanda :

– Vous allez jouir bientôt ?

– Oui. Je pense.

– Dépêchez-vous ! fit-elle soudain. Plus vite !

À présent, il entendait sa respiration haletante et l'imagina en train de se caresser furieusement, les jambes ouvertes, le sexe offert. Suspendu à ses lèvres, il avait accéléré le mouvement de sa caresse. Son sexe était maintenant tendu au maximum. Il sentit soudain la sève monter de ses reins et poussa un gémissement assourdi, un râle de plaisir auquel Laila ne se trompa pas.

Elle poussa à son tour un cri sourd et dit d'une voix mourante :

– Oui ! Oui ! Oui ! Vous allez me faire jouir. Ahh ! Ahh !

Ses exclamations se muèrent en un soupir prolongé et il n'entendit plus que sa respiration rapide. À son tour, devant cet orgasme qu'il avait en partie provoqué, il se sentit partir et cria dans le téléphone.

Ensuite, ils demeurèrent silencieux. Cela avait été un moment d'érotisme inouï. Et totalement inattendu. La voix de Laila rompit le silence.

– Bonne nuit.

Aussitôt, la communication fut coupée. Malko mit quelques secondes à émerger puis rappela. Laila était déjà passée sur messagerie.

***

Le *baz-müffetis*[1] Denizli frappa timidement à la porte de son chef, le *komiser*[2] Devrek, patron de la section *Istikbahrat*[3] de la division antiterroriste de la police nationale turque. Un organisme presque aussi important que le MIT, situé dans Vatan Caddesi, au QG de la police. Tout le bloc 3, un impressionnant building de béton gris de sept étages, était occupé par cette division antiterroriste. Longtemps, elle n'avait lutté que contre les groupuscules d'extrême gauche et le PKK, infiltrant, liquidant, emprisonnant aussi, dans des geôles secrètes où des« interrogatoires » prolongés se terminaient parfois par la mort de l'interrogé.

– Entrez ! cria une voix furieuse.

Le policier se glissa dans la pièce et s'arrêta à un mètre du bureau de son chef, un homme corpulent, d'habitude débonnaire, à la moustache tombante et aux rares cheveux gris. Un « kémaliste » de choc qui vomissait le gouvernement Erdogan. Interpellant son subordonné, il ne perdit pas de temps en politesse.

– *Bakesak*[4] *!* rugit-il. Tu n'as même pas été capable de suivre une fille qui ne se doutait de rien !

– Notre voiture est tombée en panne, avança timidement Denizli. J'en ai demandé une à la Centrale par radio, mais elle est arrivée trop tard. Elle a mis presque une heure à traverser le premier pont. Il y avait un accident.

– *Peki*[5], grogna le *komiser*. Et le numéro de cette voiture rouge, pourquoi tu ne l'as pas relevé ?

– J'étais en train de me bagarrer avec un type qui voulait mon taxi. C'est un numéro d'Istanbul.

– Tu te fous de moi ! Il y en a un million qui commencent par 34. Tu mériterais que je te mute à Deyarbakir ! Qu'est-ce que je vais dire au *müdür*[6] demain ? Pour

1. Inspecteur chef.
2. Commissaire.
3. Intelligence.
4. Fils d'âne !
5. Bon.
6. Directeur général.

une fois que les collègues du MIT nous donnent une information, nous sommes incapables de l'exploiter.

– On peut réparer tout ça, suggéra l'inspecteur chef Denizli. On a l'adresse de cette Tchétchène. On va l'arrêter et elle nous dira qui elle a été voir.

Le *komiser* Devrek donna un coup de poing si violent sur son bureau que plusieurs dossiers tombèrent à terre. Écumant, il avait presque la bave aux lèvres. Denizli se précipita pour ramasser les documents tandis que son chef se déchaînait à nouveau.

– *Solak*[1] *!* hurla-t-il. Pourquoi crois-tu que je t'ai donné l'ordre de la *suivre* et pas de l'arrêter ? Pour traiter le problème avec intelligence. Et puis, continua-t-il d'un ton doucereux, tu connais les Tchétchènes ?

Denizli, pris de court, bredouilla :

– Non, pas vraiment…

À la division antiterroriste il n'avait jamais traité d'affaires tchétchènes. Ceux-ci, considérés comme des « frères » par les Turcs, avaient toujours, jusqu'à une période récente, bénéficié d'une grande indulgence.

Le commissaire Devrek lança un regard noir à son subordonné et l'apostropha à nouveau :

– Tu crois qu'elle va s'allonger avec deux gifles ! Ce sont des dures. Cette fille, ce n'est pas la première fois qu'elle vient ici. Elle parle très bien turc. Les Russes pensent que c'est une dangereuse terroriste qui vient organiser des attentats ici, à Istanbul. Alors, si tu t'imagines qu'elle va se mettre à table comme ça…

Vexé, l'inspecteur chef Denizli protesta.

– Quand j'étais dans l'Est, j'ai passé des années à couper les couilles de ces enfoirés de Kurdes et ça marchait très bien. Et puis, si cette Tchétchène est si importante, pourquoi le MIT ne s'en occupe pas ?

– C'est pas ton problème, jeta le *komiser* Devrek. Si on ne leur donne rien sur elle, on perd la face. On a deux

1. Connard !

jours pour trouver. Tu es *certain* de pouvoir rattraper ta connerie ?

Debout devant le bureau, Denizli se mit à se dandiner comme un ours, les yeux fixés sur le vieux tapis. S'il disait oui à son chef, il avait intérêt à tenir sa parole. Sinon, il retournait dans cette Anatolie moyenâgeuse d'où il avait eu tant de mal à s'extraire. Réunissant tout son courage, il avoua :

– On n'est pas sûr qu'elle aura un nouveau contact tout de suite…

Devant cet aveu, le *komiser* Devrek retrouva un peu de son calme et s'essuya le front avec un grand mouchoir à carreaux. Muet, les yeux baissés, son gros ventre tendant son vieux chandail gris, le *baz-müffetis* Denizli aurait donné un mois de son maigre salaire pour être ailleurs. Une bouffée de fureur congestionna de nouveau le visage de son chef.

– Et si cette Tchétchène reprend l'avion *demain* ? interrogea-t-il d'une voix trop douce. Qu'est-ce qu'on dit au MIT ?

Devant le silence de son subordonné, il enchaîna :

– Écoute, c'est toi qui vas décider, puisque tu es sur le terrain. Ou tu continues ta surveillance avec ton équipe ou tu l'arrêtes. Mais dans ce cas, tu dois être sûr qu'elle parle. De quoi tu as envie ?

Denizli ne mit pas dix secondes à répondre.

– De l'arrêter, bien sûr ! fit-il avec l'expression d'un chat à qui on demande s'il a envie de croquer une souris bien grasse.

La Turquie avait beau faire de louables efforts sur la question des droits de l'homme, ce n'étaient pas forcément ceux de la femme. Et encore moins ceux d'une supposée terroriste tchétchène. Une espèce que les Russes massacraient joyeusement depuis des années, sans s'attirer autre chose qu'un froncement de sourcils des grandes puissances.

Le *komiser* Devrek pointa vers lui un index menaçant.

– Attention ! Si tu l'arrêtes, il faut que tu lui fasses

cracher tout ce qu'elle sait. Mais sans l'abîmer... Tu peux t'amuser avec elle, mais sans laisser de traces. Sinon tu es muté à Deyarbakir. Et là-bas, tu perdras ta graisse.

Le cœur de la zone kurde. Des montagnes, la misère, le froid, et des Kurdes qui adoraient assassiner des policiers turcs après les avoir torturés.

– Pas de problème, *komiser*. Vous me signez un mandat ?

Le commissaire Devrek faillit s'étrangler, virant de nouveau au pourpre..

– Maquereau ! Tu te fous de moi ! Le MIT ne voulait pas l'arrêter pour certaines raisons. Alors, nous non plus, on ne peut pas. Si tu l'arrêtes, ça doit être discret. Pas de mandat, pas de traces. Tu vas voir Emeht au troisième, à la *logistik*, il te dira où tu peux l'emmener.

La *logistik* était le service qui gérait les prisons secrètes de la police. Là où on interrogeait les « suspects » contre lesquels il n'y avait pas assez de preuves judiciaires. Au temps du PKK et de Delsol, ces locaux, dispersés un peu partout, avaient beaucoup servi. Ceux qui y étaient amenés n'étaient pas officiellement détenus et il n'y avait aucune trace de leur arrestation. S'ils ne résistaient pas aux interrogatoires, ils étaient discrètement enterrés dans des terrains vagues et on n'entendait plus jamais parler d'eux.

– Ce n'est pas la peine, rétorqua Denizli, j'ai toujours la clef d'un local que j'utilisais avec mon équipe pour les gens du PKK. Ce sera plus discret.

– *Tamam*. Comme tu veux. Dans quarante-huit heures, je veux un résultat.

– Merci *komiser*, fit le *baz-müffetis* Denizli. Dans une heure, je vais la cueillir. Ensuite, je vous jure, je connaîtrai tous les recoins de l'âme de cette *sürbük*[1] de Tchétchène.

– Et ceux de son cul aussi, ricana le *komiser*, qui connaissait bien ses hommes.

1. Salope.

Le *baz-müffetis* Denizli sortit du bureau à reculons. Soulagé. En attendant l'ascenseur, il jeta un coup d'œil à sa montre : huit heures dix. Comme il n'était pas loin de Fatih, avant neuf heures tout serait bouclé. Il redescendit prendre sa voiture au parking et roula en direction de Fatih. Si, en deux jours, il ne faisait pas parler cette Tchétchène, il n'oserait plus se regarder dans une glace.

CHAPITRE IX

Elko Krisantem essayait de se réchauffer en buvant un thé brûlant au comptoir de la boutique voisine de l'hôtel *Kosova*. Lorsqu'il était arrivé, vers huit heures, il avait tout de suite remarqué une vieille Renault dans Yeni-Orta Sokak, presque en face de l'hôtel, avec deux hommes à bord qui, à leur allure, ne pouvaient être que des policiers. Cela confirmait l'incident de la veille. Larissa Elmouzaieva était bien prise en compte par le MIT.

Il s'isola dans un coin du minuscule magasin pour appeler Malko et lui signaler cette surveillance.

– Pour aujourd'hui, cela n'a pas d'importance, assura son maître.

Rassuré, Elko Krisantem allait ressortir quand il vit un nouveau véhicule s'arrêter à quelques mètres, presque en face de l'hôtel *Kosova*. Il en jaillit le gros policier avec qui il s'était battu la veille ! Celui-ci se dirigea immédiatement vers la voiture de ses collègues, tandis qu'Elko Krisantem tournait ostensiblement le dos à la rue. La veille, le policier l'avait pris pour un simple citoyen irascible. S'il le retrouvait une seconde fois sur les traces de la Tchétchène, cela risquait de se passer moins bien.

Bien que gelé, il était heureux de se retrouver à Istanbul, là où il avait connu Son Altesse Sérénissime le prince Malko Linge, devenu son employeur et son idole. Elko

Krisantem savait qu'il finirait ses jours à Liezen et serait enterré dans le petit cimetière attenant à la chapelle, au milieu des ancêtres du prince et de ceux qui les avaient servis à travers les siècles.

Bien que turc et musulman, il en éprouvait une certaine fierté. Après tout, Kemal Atatürk avait toujours été tourné vers l'Europe.

Pour l'instant, il grelottait dans sa ville natale et avait à affronter un nouveau problème. Le gros policier était en pleine discussion avec ses collègues. Que pouvaient-ils bien se dire ?

***

Le *baz-müffetis* Denizli répéta pour la dixième fois à ses deux collègues :

– *Peki tanam*[1] *!* Vous pouvez rentrer, je prends la relève.

Pour les opérations « spéciales » comme celle qu'il allait entreprendre, il fallait un minimum de discrétion. Un des deux policiers ricana.

– Tu ne vas pas la perdre, cette fois…

Denizli donna un coup de pied dans la portière.

– *Salak !* Tire-toi.

L'autre n'insista pas, Denizli étant son supérieur. Celui-ci attendit que leur voiture ait tourné le coin de la rue pour pénétrer dans l'hôtel *Kosova*. Le patron était à la réception. Il eut à peine le temps d'esquisser un sourire commercial que Denizli lui mettait sa carte sous le nez.

– *Polis !* Tu as une certaine Larissa Elmouzaieva chez toi ?

– Oui, fit l'hôtelier. Elle a fait quelque chose ?

– Je ne te demande pas ce qu'elle a fait. Quelle chambre ? jappa Denizli.

– Chambre 7. Au deuxième.

1. Bon, ça va.

– Si tu la préviens, je t'arrache la tête, jeta le policier en se ruant dans l'escalier.

Essoufflé, il atteignit le palier du second, trouva la chambre et frappa trois coups secs au battant. La porte s'ouvrit quelques instants plus tard sur celle qu'il avait déjà suivie la veille. En pull et jean, un portable à l'oreille. Le *baz-müffetis* Denizli éprouva instantanément une brutale pulsion sexuelle devant ce corps épanoui. Ils se dévisagèrent quelques secondes, puis il brandit sa carte :

– *Polis !* Lâche ce téléphone.

Les prunelles de la jeune femme s'agrandirent, le sang se retira de son visage, elle bredouilla quelques mots dans son portable et le lança sur le lit, puis recula, demandant d'une voix sans timbre.

– Qu'est-ce qu'il y a ? Qu'est-ce que vous voulez ?

Denizli se radoucit en apparence et esquissa même un sourire.

– Simple contrôle des étrangers, prétendit-il. Prenez votre passeport, tout sera terminé dans deux heures.

Larissa Elmouzaieva ne protesta pas, connaissant les méthodes brutales de la police turque. Étonnée quand même, elle enfila sa doudoune, prit son sac et ouvrit la porte. Ils passèrent sans un mot devant la réception et gagnèrent la voiture du policier. Pendant le trajet, celui-ci lui demanda ce qu'elle faisait à Istanbul, si elle y était déjà venue, pour qui elle travaillait. Larissa répondait calmement, citant son ONG, dissimulant son angoisse.

Ils filèrent le long de Vatan Caddesi, quittant ensuite la grande avenue pour un quartier calme où le policier s'arrêta devant un immeuble banal sans aucun signe distinctif.

– C'est ici, annonça-t-il.

Il ouvrit la porte de l'immeuble et s'effaça pour la laisser passer. Intriguée, elle découvrit un hall vide. Le *baz-müffetis* Denizli passa devant elle, introduisit une clef dans une serrure et ouvrit une porte.

– Entrez.

Larissa Elmouzaieva ne bougea pas, soudain alertée.

Cela ne ressemblait pas à un service de police : il n'y avait ni plaque sur la porte, ni sentinelle.

– Où m'emmenez-vous ? demanda-t-elle.

Pour toute réponse, Denizli la prit par le bras et la projeta violemment à l'intérieur du local, refermant la porte d'un coup de pied. Larissa regarda autour d'elle, ne vit que deux bureaux vides, le couloir où ils se trouvaient et, au fond, un escalier menant au sous-sol. Elle se retourna et voulut ressortir. Aussitôt, le policier ouvrit sa veste de cuir, arracha de sa ceinture un gros pistolet et le braqua sur la jeune Tchétchène.

– Descends ou je t'en mets une dans le ventre ! menaça-t-il, abandonnant le vouvoiement officiel.

Larissa était accoutumée à la violence. Elle ne chercha pas à discuter et s'engagea dans l'escalier, minée par l'angoisse. Tout cela sentait très mauvais.

Le couloir du bas était semblable à celui du haut. Denizli alluma, découvrant une grande pièce sur la droite, violemment éclairée par des néons blafards. Au fond, un lit de fer, avec des menottes. Un bureau avec une machine à écrire datant des croisades. Un tabouret vissé au sol, deux chaises, un lavabo, un établi. Des chaînes pendaient le long d'un des murs, scellées dans le béton et terminées par des menottes.

Larissa sentit son estomac se recroqueviller : elle était tout simplement dans une salle de torture. Au lieu d'être en Tchétchénie, c'était en Turquie, mais la finalité était la même. Elle fit face au policier turc, très pâle. Celui-ci ôta sa veste de cuir et l'installa soigneusement sur le dossier d'une des chaises. Ensuite, il fit face à Larissa, avec un sale sourire.

– Enlève ton truc, ordonna-t-il.

Larissa déboutonna sa doudoune et la jeta sur le sol. Baissant les yeux devant le regard concupiscent du Turc. Celui-ci lui lança sèchement :

– Je n'ai pas plus envie que toi de rester longtemps ici. Alors, fais ce que je te dis et tout se passera bien. Va te mettre contre ce mur.

Elle obéit et il la fit bouger vers la gauche, de façon à ce qu'elle soit encadrée par les deux chaînes pendantes. En un clin d'œil, le policier eut passé les menottes qui les terminaient autour des poignets de la Tchétchène. Les bras en croix, elle était ainsi plaquée contre le mur, impuissante. Elle sentait le béton glacial dans son dos, même à travers son gros pull.

Le policier vint se planter en face d'elle, si près qu'elle sentait son haleine d'oignon.

– Tu vas me dire qui sont les gens venus te chercher hier à Harem, dit-il posément. Et où ils t'ont emmenée. Après cela, je te détache, on va boire un thé et on se quitte bons amis.

Larissa soutint son regard, intérieurement glacée. Elle était entièrement entre les mains de cet homme et il était inutile de le défier.

– C'étaient des amis, dit-elle calmement. Je ne connais que leurs prénoms. Ils m'ont emmenée chez eux, à Umraniyé.

– Tu as l'adresse ?

– Non. Ils m'ont conduite.

– Tu peux m'y conduire ?

– Peut-être, mais c'est difficile. J'étais à l'arrière et je n'ai pas vu grand-chose. C'était une grande avenue.

Les petits yeux noyés de graisse du *baz-müffetis* Denizli se plissèrent et sa bouche se tordit dans un sourire mauvais.

– *Sürtük !* Tu me prends pour un con.

Il s'éloigna, alla jusqu'à l'établi et revint avec une paire de tenailles, qu'il glissa dans sa ceinture. Il posa alors ses mains épaisses sur la poitrine de la Tchétchène, les enfonçant à travers la laine dans la chair tendre, avec un mélange d'excitation et de méchanceté. Son visage à dix centimètres de celui de Larissa, il lui lança à voix basse :

– Si tu ne me dis pas ce que je veux savoir, je vais t'arracher tes gros nichons avec ces tenailles.

Larissa essaya de bloquer sa respiration, pour ne pas

céder à la panique. Sachant qu'elle ne ressortirait pas de cet endroit deux heures plus tard.

***

Malko écoutait le récit de l'arrestation de Larissa, ébahi. Que Zeynel Sokik ait fait suivre la Tchétchène, passe encore, mais qu'on l'ait arrêtée, c'était incroyable !

– On va voir John Burke, dit-il. Vous avez votre voiture ?

– Dans un quart d'heure, promit Elko. Je dois aller la récupérer à l'*otopark*.

Malko remonta dans sa chambre pour appeler l'Américain. Sans lui dire de quoi il s'agissait, il lui expliqua que quelque chose de grave venait de se produire.

– Venez, dit John Burke, j'annule mes rendez-vous.

Malko redescendit, broyant du noir. Toute leur manip' était en train d'exploser. Il connaissait les méthodes des Turcs. *Eux* feraient parler Larissa et fonceraient ensuite, comme des éléphants dans un magasin de porcelaine. Le FSB allait être furieux. C'était incompréhensible. Il fallait coûte que coûte faire relâcher la Tchétchène, assez vite pour que son arrestation passe inaperçue. Sinon, elle serait grillée aux yeux du réseau d'Istanbul et il n'avait plus qu'à reprendre l'avion... Tout en remontant le Bosphore, il ne cessa de ruminer ces problèmes. Inutile d'essayer de joindre Larissa, cela ne ferait que compliquer les choses. En arrivant au consulat général américain, les barrages furent franchis plus rapidement que d'habitude : John Burke avait donné des ordres. Ce dernier accueillit Malko dans le hall en face du parking. Quand ce dernier lui apprit ce qui venait d'arriver, il blêmit.

– C'est impossible ! Zeynel m'avait promis de ne rien faire !

– Il a fait ! lâcha Malko. Et il faut récupérer Larissa dare-dare. Avant que les Turcs ne foutent tout en l'air.

– On va faire l'impossible, promit l'Américain.

Cinq minutes plus tard, il était à son bureau, accroché

au téléphone, à la recherche de Zeynel Sokik. Malko ne put suivre les conversations en turc, mais, à l'expression de John Burke, il était évident que les choses ne se passaient pas bien. L'Américain raccrocha, découragé.

– Impossible de le joindre ! conclut-il. J'avais déjà essayé son portable, mais il est sur messagerie. Je sais qu'il en a un second, mais sa secrétaire refuse de m'en communiquer le numéro. Officiellement, on me dit qu'il est en Israël, pour une mission confidentielle.

– Et si vous appeliez la station de Tel-Aviv ?

L'Américain haussa les épaules.

– Si c'est vraiment une mission *secrète*, les Israéliens ne nous diront rien. On m'a dit aussi qu'il se trouvait à Ankara. Et une troisième personne me jure qu'il est malade, chez lui.

– Si on ne remet pas la main sur Zeynel, conclut Malko, c'est une catastrophe. Il n'a pas d'adjoint ?

– Si, deux, mais ils ne bougeront pas le petit doigt. Et ils ne sont probablement pas au courant. Venez, on va prendre un café à la cafétéria. On doit me rappeler.

***

Fulya, installée seule à une table du café *Duru*, à une dizaine de mètres de l'entrepôt où se préparaient les explosifs, sursautait intérieurement chaque fois qu'un véhicule arrivait dans l'allée desservant les deux blocs de la zone industrielle. À chaque seconde, elle s'attendait à entendre des sirènes de police, à voir le local n° 32 envahi. Lorsqu'elle avait appelé Larissa, deux heures plus tôt, simplement pour lui remonter le moral, elle s'y trouvait, surveillant les deux frères qui faisaient tourner la bétonnière sans interruption depuis la visite de Larissa. Tout se déroulait selon les conseils de la Tchétchène et, au fur et à mesure, les sacs emplis du mélange explosif étaient équipés de cordon détonant et empilés, prêts à servir.

Lorsque Larissa avait murmuré dans son portable « la police vient m'arrêter », Fulya avait cru avoir mal entendu. Puis, la Tchétchène avait coupé et elle n'avait pas pu lui reparler. Impossible de se rendre à son hôtel, il était sûrement déjà surveillé. Fulya s'était repliée sur ce café-restaurant où venaient se restaurer les ouvriers travaillant alentour. Si les policiers débarquaient, elle les verrait et aurait probablement le temps de s'enfuir. Par mesure de précaution, elle avait garé sa voiture dans l'allée voisine. Il lui suffisait de sortir du restaurant et de tourner le coin.

L'angoisse lui serrait la gorge. Elle n'avait rencontré Larissa qu'une seule fois, mais la Tchétchène l'avait touchée par sa sincérité et sa volonté. C'était comme si elle-même avait été arrêtée. Elle se perdait en conjectures sur cette arrestation, ne voyant qu'une explication : Larissa n'avait pas communiqué assez de renseignements à son « traitant » et celui-ci s'était vengé en la faisant arrêter. Les Américains et les Turcs travaillaient la main dans la main depuis toujours… La rage lui tordait l'estomac : elle savait comment on traitait les gens interrogés en Turquie. Surtout les femmes. En ce moment, Larissa devait déjà être torturée et elle ne pouvait rien pour elle… Sauf continuer son action. À la limite, elle pouvait réaliser les opérations prévues sans la Tchétchène. Celle-ci leur avait communiqué les objectifs et leur avait montré comment fabriquer l'explosif et le dispositif de mise à feu. Désormais, c'était une lutte contre la montre. Déjà, Fulya s'était mise d'accord par téléphone avec Ylias pour faire enlever du lot n° 32 les sacs d'explosifs, au fur et à mesure qu'ils seraient prêts. En travaillant nuit et jour, cela pouvait être terminé en trois jours.

Trois interminables jours…

Durant ce laps de temps, Ylias aurait le temps de terminer l'avant des cinq véhicules. Il en avait déjà deux, des fourgons HINO. Dès la fin de la journée, le premier viendrait charger la première charge explosive, environ cinq cents kilos. Le dispositif de mise à feu serait branché plus tard, selon les indications de Larissa. Deux des jeunes gens qui devaient conduire les véhicules avaient déjà été familiarisés avec les explosifs. Ils se débrouilleraient. Une fois toute la quantité fabriquée, ils abandonneraient la zone industrielle. Même si la police venait par la suite, cela ne mènerait à rien.

Il resterait à planquer les cinq véhicules préparés dans un endroit sûr. Un des membres du groupe disposait d'un hangar dans la localité de Mahmut Bey. Les véhicules seraient entreposés là en attendant. Ylias resterait avec eux. Donc, même si la police débarquait au chantier, cela ne serait pas grave. Évidemment, il y avait un hic : ils connaissaient les objectifs, mais les dates des actions devaient être communiquées par Larissa…

Son verre de thé vide, Fulya alla chercher des *doner kebaps* pour les deux jeunes gens qui travaillaient non stop dans le local. Le patron lui adressa un sourire insistant. Même ici, sa beauté frappait les gens.

En sortant, elle regarda autour d'elle. Rien de suspect. Quand elle pénétra dans le dépôt, le ronronnement de la bétonnière lui réchauffa le cœur. Elle gagna le premier étage avec les *doner kebaps*. Déjà huit sacs étaient alignés contre le mur, les filins noirs des cordons détonants dépassant de quarante centimètres.

– Qu'Allah vous aide ! lança-t-elle aux deux jeunes gens couverts de poussière. Arrêtez-vous pour manger et reprenez ensuite.

Elle n'avait pas osé leur dire ce qui se passait pour ne pas les paniquer. À quoi bon ? De toute façon, s'il y avait un problème, ils n'auraient pas le temps de s'enfuir.

***

Trois heures de l'après-midi. Toujours aucune nouvelle de Zeynel Sokik. John Burke avait renoncé à relancer ses collaborateurs. Et le temps s'écoulait inexorablement. Malko soudain, eut une idée.

– On vous a dit qu'il était malade ?

L'Américain secoua la tête.

– Ce n'est pas sûr du tout. Une seule personne me l'a dit. Pourquoi ?

– S'il est malade, il est chez lui. Vous savez où il habite ?

– Oui, bien sûr, j'y suis allé deux ou trois fois. C'est à Etiler, pas loin de chez moi, une très belle maison.

– Si on y allait ?

John Burke serra les lèvres, perplexe, et finit par dire :

– Oui, on peut essayer, mais je n'ai pas son téléphone personnel et le jardin est défendu par des chiens féroces.

– Il suffit de sonner, remarqua Malko. Il y a forcément du personnel. Quand pouvons-nous nous y rendre ?

– Moi, pas avant cinq heures, répondit l'Américain. J'ai des télégrammes urgents à expédier.

Malko ne tenait plus en place.

– J'y vais maintenant. Si je n'arrive pas à entrer, je vous attends là-bas. Donnez-moi l'adresse.

John Burke la lui donna, pas convaincu qu'ils trouveraient le général turc chez lui. Mais au point où ils en étaient… Dix minutes plus tard, Malko, avec Elko Krisantem au volant de sa vieille Mercedes, filait vers Etiler. Ils y furent en quelques minutes. La villa de Zeynel Sokik se trouvait dans une rue en pente, Ahular Sokak, au nord du deuxième pont. À gauche, un terrain non construit, et à droite, un haut mur et un portail blanc, surmonté de deux caméras. À peine Malko eut-il sonné que des aboiements furieux éclatèrent. Les cobans étaient toujours là.

Il attendit. Pas de réponse. Il sonna à nouveau, n'obtenant qu'un nouveau concert d'aboiements. Regagnant la Mercedes, il demanda à Elko d'essayer à son tour. Ce que le Turc fit, sans plus de succès. Il n'y avait plus qu'à attendre John Burke. Peut-être, en fin de journée, auraient-ils plus de chance.

***

Le jour commençait à tomber quand une voiture tourna dans la rue, venant de Nisbetiyé Caddesi. Une BMW série 7, d'un beau vert émeraude. Elle monta la rue, ralentit et se plaça face au portail qui commença à s'ouvrir lentement, actionné par un bip.

Malko sauta hors de la Mercedes et se précipita. Lorsqu'il arriva à la hauteur de la BMW, le portail était presque ouvert. Il se pencha et frappa un coup léger à la glace, côté conducteur. Celle-ci se baissa aussitôt. C'était une femme qui se trouvait au volant. Vêtue d'un pull de laine blanche et d'une jupe en cuir, très courte, qui découvrait la moitié des cuisses gainées de nylon noir. La conductrice leva la tête vers lui, dit quelques mots en turc et se figea. Malko en demeura muet de surprise. Il avait en face de lui l'inconnue du *Somdan Park*, Laila, avec qui il avait fait l'amour par téléphone la veille au soir.

CHAPITRE X

La conductrice de la BMW, fixant Malko avec un mélange de stupéfaction et de contrariété, mit quelques secondes à retrouver la parole pour demander :

– Mais, comment m'avez-vous retrouvée ?

Malko était tout aussi abasourdi qu'elle. Devant eux, le portail claqua en se refermant.

– Je ne vous ai pas retrouvée, corrigea-t-il. J'étais à la recherche de Zeynel Sokik qui habite ici et que j'avais besoin de joindre d'urgence. Je pensais lui laisser un message.

– Vous connaissez Zeynel ! s'exclama-t-elle à mi-voix.

– C'est un ami de longue date, compléta Malko. Et vous…

– C'est mon mari.

– Votre mari !

– Oui. Venez, montez, nous ne pouvons pas rester ici.

Il fit le tour de la voiture et prit place à côté d'elle. Aussitôt, Laila recula et remonta vers le haut de la colline, observée du coin de l'œil par Malko. Avec ses bottes moulantes, ses bas noirs, sa mini de cuir noir et son gros pull blanc, moulant lui aussi, c'était un symbole sexuel assez parfait. Tout à fait en harmonie avec leur flirt téléphonique. Visiblement, la femme du général Sokik était ce que les Turcs appelaient une *sürtük*.

Quelques minutes plus tard, ils atteignirent une zone peu construite et Laila s'arrêta à l'entrée d'un chantier abandonné. Après avoir coupé le contact, elle se tourna vers Malko avec une expression trouble et dit à voix basse :

– Je n'arrive pas à croire que c'est vous ! Tout à l'heure, j'ai cru que mon cœur allait exploser quand je vous ai vu. J'ai cru mourir de honte. Comme si un inconnu m'avait déshabillée d'un coup de baguette magique.

– C'est un peu cela, reconnut Malko, mais je suis aussi stupéfait que vous. Et vous avez ma parole que *personne* ne saura jamais ce qui s'est passé entre nous.

– Il ne s'est rien passé, trancha-t-elle sèchement. J'avais trop bu de raki, j'ai fantasmé tout haut.

– Oublions cet épisode, proposa Malko, galant. Je ne vous poursuivais pas. J'étais ici pour une raison beaucoup plus grave. Que je vais vous expliquer.

Laila tira de son sac un paquet de cigarettes et un petit Zippo Swaroski plein de diamants, que Malko lui prit des mains pour allumer sa cigarette.

Elle souffla la fumée et demanda :

– Comment connaissez-vous mon mari ? Que faites-vous ?

Malko le lui dit, expliquant leur longue relation épisodique et terminant par l'affaire Larissa. Laila, peu à peu, s'était détendue. Involontairement, elle fit remonter sa jupe encore plus haut sur ses cuisses, mais ne parut pas s'en formaliser. Malko ne pouvait s'empêcher de penser à leur dialogue de la nuit précédente. Il devait faire un gros effort de volonté pour ne pas enchaîner avec sa voisine une relation plus physique. Elle devait régulièrement s'inonder de parfum car toute la voiture en était imprégnée. Elle se tourna vers Malko et ses bas crissèrent l'un contre l'autre, petit bruit chargé d'érotisme.

– Je veux bien vous aider, dit-elle, mais c'est délicat.

Je suis la seule à avoir une ligne de portable à laquelle mon mari répond toujours. Si je vous la donne, il saura automatiquement que c'est moi.

– Je lui dirai la vérité, répondit simplement Malko. Je le cherchais et je suis tombé sur vous par hasard.

Laila réfléchit quelques instants et dit finalement :

– Bien. Notez : 537 9847654. Il est en ce moment en Israël, mais on peut le joindre.

Il nota tandis qu'elle remettait en route. Cinq minutes plus tard, ils étaient de retour à leur point de départ. Malko prit la main de Laila et la baisa.

– Merci.

Elle le fixa longuement.

– J'espère ne jamais vous revoir. Si vous profitiez de cette coïncidence, je ne vous le pardonnerais pas. À propos, je m'appelle Siran.

Malko descendit de la BMW comme le portail commençait à s'ouvrir. Déjà, les trois cobans entouraient la voiture en jappant joyeusement. Il regagna à grandes enjambées la Mercedes d'Elko Krisantem.

– On retourne au consulat, lança-t-il, tirant son portable pour avertir John Burke.

***

John Burke et Malko attendaient en silence dans le bureau de l'Américain. Ils avaient laissé deux messages demandant de rappeler la ligne directe de John Burke dès que possible. Trois quarts d'heure s'étaient écoulés depuis. Il faisait presque nuit, mais ils n'osaient pas bouger.

– Un scotch ? proposa John Burke, en prenant sur son bar une bouteille de Defender.

Malko n'eut pas le temps de répondre. Le téléphone sonnait. John Burke se rua dessus.

– Zeynel ! Merci de me rappeler.

Il mit le haut-parleur et Malko entendit la voix du général du MIT, toujours aussi chaleureuse.

– C'est normal, affirma-t-il. Il y a un problème ?

– Oui. Notre protégée a été arrêtée ce matin. Vous voyez qui je veux dire ?

– Oui, bien sûr, fit le Turc, mais je ne comprends pas. Je n'ai donné aucun ordre dans ce sens. C'est peut-être une coïncidence avec une autre affaire.

Il semblait visiblement sincère. John Burke insista.

– Si elle n'est pas relâchée très vite, les conséquences seront d'une gravité exceptionnelle.

– Je comprends, affirma Zeynel Sokik. Je m'en occupe tout de suite et je vous rappelle. Donnez-moi votre portable.

Il n'y avait plus qu'à attendre et prier.

***

Zeynel Sokik, après avoir coupé la communication, demeura perplexe quelques instants. Qu'avait-il bien pu se passer ? La note qu'il avait transmise à son homologue de l'anti-terrorisme de la police était très claire. Surveiller la Tchétchène *discrètement*, mais surtout, ne pas intervenir. Il regarda sa montre : il lui restait une demi-heure avant que la voiture du directeur du Mossad ne vienne le chercher au *Hilton*. Bien sûr, les Israéliens allaient intercepter sa communication, mais il n'en avait cure. Il composa la ligne directe du *müdür* de l'anti-terrorisme, son ami Adnan Cabuk. Sa secrétaire répondit, et lorsqu'il se fit connaître, annonça, désolée :

– Le directeur se trouve à Ankara. Il ne reviendra qu'après-demain matin. Y a-t-il un message ?

Il ne laissa pas de message. Seul son ami pourrait le renseigner de vive voix. Se contentant de demander qu'on le rappelle sur son portable, il appela ensuite son directeur de cabinet, lui expliqua l'affaire et conclut :

– Il faut trouver le fils de pute qui est en train de me faire un enfant dans le dos. Je veux qu'on retrouve cette fille dans les vingt-quatre heures.

***

Le jour s'était levé sans apporter de nouvelles de Zeynel Sokik. Malko n'osait pas le rappeler. À quoi bon ? Cela faisait vingt-quatre heures que Larissa avait disparu, « enlevée » par un policier non identifié. Elko Krisantem n'ayant pas pensé à relever le numéro de sa voiture. Cette inaction le rendait fou.

Il caressa l'idée de rappeler Laila-Siran mais y renonça : la femme de Zeynel Sokik risquait de l'envoyer promener.

On frappa à la porte.

– Entrez, cria Malko.

C'était Elko Krisantem, qu'il avait envoyé prendre des nouvelles de Larissa à l'hôtel *Kosova*.

– Elle n'est pas revenue, annonça le Turc. Le patron a eu très peur. Il a juste consenti à me dire que ses affaires étaient toujours là et que personne d'autre n'était venu.

Un coup d'épée dans l'eau.

***

– *Orüspü ! Sürtük !* Tu vas parler ?

Planté devant Larissa Elmouzaieva, le *bas-muffetis* Denizli crachait sa fureur impuissante. En bras de chemise, le gros Turc réprimait une furieuse envie d'étrangler sa prisonnière. Celle-ci, accrochée par les poignets aux chaînes scellées dans le mur, avait les yeux fermés, et le corps inondé de sueur.

Denizli ne lui avait pas arraché les seins comme il l'en avait menacée, son *komiser* ayant exigé qu'on la remette en liberté en bon état. La veille, après ses menaces, il s'était contenté de la peloter un peu, de lui pincer les mamelons, puis de l'intimider en la menaçant de la laisser crever là si elle ne parlait pas.

En vain, la Tchétchène était demeurée muette comme une carpe. Alors, il lui avait arraché son jean et sa culotte, en dépit de ses mouvements désordonnés, et avait commencé un «traitement» à l'électricité. Cela ne laissait aucune marque, sinon dans la tête. Mû par une fureur froide face à cette femme qui était en train de lui tenir tête, il avait sorti l'attirail de torture de l'établi. Une magnéto, des fils terminés par des électrodes munis de pinces. Il en avait fixé une à l'oreille gauche de la Tchétchène, pinçant l'autre sur les lèvres de son sexe. Dès qu'il avait lancé le courant, Larissa s'était mise à hurler, secouée de mouvements spasmodiques, les yeux révulsés, les jambes tétanisées, se dressant par moments à l'horizontale. Denizli n'était pas un spécialiste de ce genre d'interrogatoire et avait eu peur de ces manifestations spectaculaires.

Lorsqu'elle était retombée comme une poupée cassée, le courant coupé, il l'avait vraiment cru morte.

Mais lorsqu'elle avait repris connaissance, elle était demeurée aussi muette qu'auparavant. Il avait essayé encore une fois, avec le même résultat. Cette fois, une des électrodes s'était détachée, ce qui avait abrégé la séance. Inquiet, il avait aspergée d'eau sa prisonnière, sans obtenir la moindre réaction. Dégoûté, ayant un rapport à terminer, il l'avait détachée et menottée sur le lit, l'abandonnant avec une bouteille d'eau pour la nuit. Il commençait à se demander s'il n'avait pas fait le mauvais choix.

Revenu ce matin, il avait recommencé, l'attachant à nouveau au mur. Après trois séances de torture, il en était au même point. Larissa Elmouzaieva n'était plus qu'une loque, la bave aux lèvres, le regard vitreux. Mais une loque indomptable. Elle savait, pour en avoir parlé avec des amis qui étaient passés par là, que si on commençait à parler, on ne s'arrêtait plus. Parfois, elle souhaitait que les décharges électriques la tuent. Ce qui mettrait fin à son horrible dilemme. Pour l'instant, elle n'était plus qu'un bloc de douleur. Chacune de ses terminaisons nerveuses était comme une pointe de feu sur sa peau. Dans un brouillard de douleur, elle entendit la voix de son tortionnaire.

– *Sürtük !* Je vais te faire bouillir le cerveau. Quand tu sortiras d'ici, tu seras un légume.

Elle ne réagit même pas.

Planté devant elle, Denizli la fixait avec un regard haineux. Il n'osait pas mettre sa menace à exécution, craignant les conséquences pour lui. Le *komiser* ne le couvrirait sûrement pas, en cas de pépin. Soudain, il comprit qu'il avait perdu : il ne parviendrait pas à la faire parler. Il allait se retrouver au Moyen Âge, au fond de l'Anatolie. Et il ne pouvait même pas étrangler cette salope de Tchétchène !

Ses yeux se posèrent soudain sur son ventre et le triangle de fourrure noire de son sexe. Il ne pouvait pas l'étrangler mais il pouvait la violer. Tout à son interrogatoire, il n'y avait même pas encore pensé.

Larissa pendait toujours le long du mur, comme une morte. Le policier s'approcha et plongea la main entre ses cuisses, enfonçant deux gros doigts dans le sexe de la jeune femme.

– On va s'amuser un peu, maintenant, lança-t-il.

Larissa ne réagit pas. De la main gauche, il défit sa ceinture, puis le Zip de sa braguette et sortit de son caleçon un gros sexe mou. De la main gauche, il commença à se masturber, tout en remuant les doigts à l'intérieur du sexe de la Tchétchène. Puis, il les retira et commença à lui pétrir la poitrine. Elle ne réagissait toujours pas. Le contact des seins, même à travers le lainage, l'excita prodigieusement. Son sexe se dressa enfin et il poussa un grognement de satisfaction.

– Je vais bien te la mettre, *sürtük*, lança-t-il.

Il fléchit un peu les genoux pour mettre sa menace à exécution. Larissa ne bougeait toujours pas. Il sentit son gland entrer en contact avec le sexe de sa prisonnière et une onde délicieuse parcourut sa colonne vertébrale. Cela ne dura que quelques secondes. Le pied droit de la Tchétchène se détendit avec une force incroyable, le frappant en plein dans le ventre et l'envoyant valdinguer en arrière. Il tomba comme une masse sur le sol de ciment, de toute sa hauteur. Il y eut un bruit atroce. Comme un gros œuf qui se brise.

Le *bas-muffetis* Denizli ne se releva pas, la nuque explosée. Une grosse tâche se sang commença à s'élargir autour de sa tête et son sexe se recroquevilla rapidement. Larissa avait rouvert les yeux et contemplait le corps inerte. Sans réaliser encore.

Ce n'est qu'après un bon moment qu'elle se mit à prier pour que quelqu'un sache où elle se trouvait. Sinon, elle risquait de mourir de faim et de soif en face du cadavre du policier turc.

CHAPITRE XI

Fulya regarda avec un soulagement indicible le fourgon blanc Hino s'éloigner du bloc 10, emportant les derniers sacs d'explosifs. Les deux jeunes « préparateurs » avaient mis les bouchées doubles, ne dormant pratiquement pas, pour intégrer l'engrais, le fuel et le système de mise à feu. Il ne restait plus dans le local n° 32 que des sacs vides et la bétonnière, trop lourde pour être transportée, et désormais inutile.

Le local était encore loué pour deux mois, mais si la police débarquait, elle se heurterait à un mur : il avait été payé en liquide, et loué sous un faux nom.

En dépit de ce succès partiel, Fulya n'arrivait pas à oublier le sort de Larissa. Toujours aucune nouvelle de la Tchétchène. Ce qui signifiait qu'elle avait été arrêtée pour un motif sérieux. Et, en tout cas, qu'elle n'avait pas parlé. Maintenant, il restait à continuer sans elle la préparation finale des attentats. C'est-à-dire le réglage des dispositifs de mise à feu. Ce que Larissa aurait dû faire. Ils s'étaient réunis et avaient décidé que si elle ne réapparaissait pas, ils déclencheraient eux-mêmes les actions à une date qu'ils choisiraient. Désormais, le repérage des cibles effectué, il ne restait plus qu'à désigner les objectifs aux courageux jeunes martyrs qui avaient décidé de faire le sacrifice de leur vie, en tuant le plus possible d'ennemis de l'islam.

Comme Fulya mourait de faim, elle s'arrêta au restaurant et commanda un *doner kebap* avec du yoghourt, qu'elle mangea pratiquement seule dans la salle. L'endroit était étrangement sophistiqué pour une zone industrielle, avec des tableaux abstraits sur les murs.

En sortant, la jeune femme jeta un dernier coup d'œil au local n° 32. Elle ne reviendrait jamais ici. Elle reprit sa voiture et descendit vers Atatürk Boulevard sans cesser de penser à Larissa la Tchétchène. Où pouvait-elle se trouver en ce moment ? Elle savait que les Turcs avaient souvent fait disparaître leurs ennemis politiques, parfois même en dissolvant les corps dans de l'acide. Ou, tout simplement, avec une balle dans la tête et une fosse anonyme. Quand ce n'était pas un sac plombé au fond de la mer de Marmara. Elle conduisait comme une automate. Arrivée enfin à Sultanbeyli, elle se reprit. Une idée commençait à l'obséder. Il fallait venger leur sœur tchétchène. Mais comment ?

***

Malko se réveilla, la gorge nouée d'angoisse. Cela faisait plus de quarante-huit heures que Larissa avait disparu. Zeynel Sokik n'avait pas rappelé, ce qui n'était pas bon signe... Il avait appellé son portable, qui passait directement sur messagerie. Il venait de remonter de la *breakfast room* lorsque le téléphone sonna dans sa chambre. C'était John Burke.

– Zeynel nous attend à son bureau d'ici une demi-heure, annonça-t-il. Je passe vous prendre. Il m'a dit qu'il avait avancé dans son enquête.

– Il a retrouvé Larissa ?.

– Je l'ignore, avoua l'Américain. En tout cas, on va en savoir plus. Je suis en bas dans cinq minutes.

Malko descendit. Effectivement, la Buick du consul général apparut très peu de temps après. John Burke avait pris son chauffeur. Ils redescendirent vers le Bosphore pour emprunter la rue en pente menant au MIT. La lourde porte d'acier noir surmonté d'un mirador coulissa lentement après que le poste de garde eut identifié le véhicule. Ensuite, un civil les escorta jusqu'à l'ascenseur. Zeynel Sokik les attendait à la porte de son bureau, aussi chaleureux que d'habitude. Il s'excusa longuement de ne pas s'être trouvé à Istanbul lorsqu'ils le cherchaient et sourit à Malko.

– Ainsi, vous avez fait la connaissance de mon épouse ! Elle vous a trouvé très sympathique, il faudra que vous veniez dîner à la maison. Elle aime beaucoup bavarder avec des étrangers, cela améliore son anglais.

– Merci, dit Malko. Ce sera avec plaisir.

On se serait cru dans un palais des *Mille et Une Nuits.* D'épais tapis recouvraient le sol, les meubles étaient en marqueterie rehaussée de nacre, sûrement d'origine syrienne, de splendides gravures anciennes ornaient les murs et même l'immense bureau Louis XV derrière lequel trônait l'officier général du MIT, sous un grand portrait d'Atatürk, semblait authentique.

Zeynel Sokik, en civil, dans un discret costume sombre rayé, faisait honte à John Burke qui ressemblait, avec son blouson de cuir, à un paysan du Danube. Assis du bout des fesses sur un canapé de cuir rouge, l'Américain, de toute évidence, avait du mal à se retenir de poser des questions. Un serveur apporta un plateau avec des verres de thé. Zeynel Sokik prit place en face d'eux et John Burke put enfin poser la question qui lui brûlait les lèvres.

– Zeynel, vous avez retrouvé Larissa Elmouzaieva ?

Le Turc affronta son regard inquiet avec un sourire diplomatique, but une gorgée de thé brûlant, alluma une cigarette avec le Zippo Play boy que lui avait offert jadis John Burke et laissa tomber :

– Pas encore, mais cela ne saurait tarder.

– Donc, vous savez ce qui lui est arrivé ? lança Malko.

– En quelque sorte, oui, avoua l'officier du MIT. J'ai fait procéder à une enquête serrée, dès votre coup de téléphone. D'abord, je dois vous dire que mon service n'est absolument pour rien dans cette « disparition ».

– Mais elle a bien été arrêtée par la police, s'insurgea John Burke.

– Exact, reconnut Zeynel Sokik. Par des hommes de la division antiterroriste de la Sécurité nationale. Ceux qui sont basés dans Vatan Caddesi. Je viens seulement d'en avoir confirmation par leur directeur général, un de mes amis.

– Mais pourquoi ?

– Affaire de routine ! soupira Zeynel Sokik. Depuis quelques mois, ce service a reçu des instructions très strictes au sujet des Tchétchènes pour lesquels on avait jusqu'ici une certaine indulgence. On leur communique donc toutes les fiches des voyageurs arrivant de Moscou ou à travers la Géorgie. C'est ainsi qu'ils sont tombés sur cette Tchétchène. Or, ils avaient une fiche à son sujet où étaient mentionnés ses liens avec des ONG suspectées d'être en contact avec des terroristes.

– Donc, vous savez *qui* l'a arrêtée ? coupa John Burke.

Zeynel eut un sourire gêné.

– Je sais *quel service* l'a arrêtée. Le contre-terrorisme. Mais à partir de là, j'ai rencontré une difficulté. Il semble qu'un policier ait fait du zèle.

– C'est-à-dire ?

Le général turc prit une fiche sur son bureau et lut :

– Larissa Elmouzaieva a été interpellée à son hôtel vers neuf heures moins le quart par l'inspecteur chef Denizli, agissant sur l'ordre de son supérieur, le *komiser* Devrek. Il s'agissait d'une enquête préliminaire destinée à vérifier si son séjour n'était pas en relation avec une entreprise terroriste.

– Où a-t-elle été emmenée ? demanda aussitôt Malko.

Zeynel lui adressa un sourire désolé.

– C'est là que se situe le problème. Nous ne le savons pas ! L'inspecteur chef Denizli et Larissa Elmouzaieva ont disparu. Ce policier n'est pas revenu à son bureau et il est impossible de le joindre depuis qu'il est parti interpeller cette Tchétchène.

– Il était seul ?

– Oui, hélas. Cela peut vous paraître invraisemblable, mais malheureusement, en Turquie, certains services de police ont pris de mauvaises habitudes durant la lutte contre le PKK. Des supects étaient retenus dans des locaux officieux lorsque les charges contre eux n'étaient pas suffisantes.

John Burke était au bord de l'apoplexie.

– Vous voulez dire que cette Tchétchène a été arrêtée illégalement et emmenée dans un endroit inconnu, pas dans un local de la police ?

– Je le crains, avoua le Turc.

– O.K., même si c'est le cas, cet inspecteur chef rend des comptes à sa hiérarchie ?

– Certainement. Mais il a disparu. Il n'est pas revenu chez lui, ne répond plus sur son portable.

C'était une histoire de fou.

– Même s'il a disparu, objecta Malko, ses chefs savent où il a pu emmener la personne qu'il a arrêtée, non ?

Zeynel Sokik poussa un profond soupir.

– Cela peut vous paraître invraisemblable, mais non. Denizli a appartenu longtemps à une unité spéciale de l'anti-terrorisme. Ils avaient leurs locaux à eux. Cette unité a été dissoute, mais il semble qu'il ait utilisé dans ce cas un de ces anciens centres d'interrogatoire. La liste en a été égarée, mais on la recherche activement. C'est une question d'heures. Ensuite, il faudra les vérifier un à un.

Cette histoire ne surprenait qu'à moitié John Burke. Les services turcs partaient dans tous les sens. Les arrestations secrètes avaient été longtemps monnaie courante. Quelques semaines plus tôt, un groupe du MIT avait fait assassiner un responsable kurde à Kirkouk, dans le Kurdistan irakien, sans l'autorisation de sa hiérarchie. Cependant, il y avait quand même un hic.

– Comment expliquez-vous la disparition de ce policier ? interrogea Malko.

– Je ne l'explique pas, avoua Zeynel Sokik. C'est le mystère de cette affaire. Et *personne* n'a d'explication.

Un silence ébahi accueillit sa déclaration. Malko retrouva le premier la parole.

– Que comptez-vous faire ?

– Je vous l'ai dit, répondit le général, nous allons vérifier tous les centres d'interrogatoire. Si on ne l'y trouve pas, alors…

John Burke s'ébroua et se leva.

– Nous comptons sur vous, dit-il. J'attends pour rendre compte à mon ami du FSB de savoir ce qui s'est réellement passé. J'espère que nous n'aurons pas de mauvaise surprise.

– J'espère aussi, fit Zeynel Sokik en se levant pour les raccompagner.

Dans l'ascenseur, John Burke murmura :

– *It's crazy*[1].

– C'est la Turquie, soupira Malko. En plus, je suis sûr qu'il nous dit à peu près la vérité. Il y a quelque chose d'incompréhensible dans cette affaire.

– En tout cas, conclut l'Américain, notre manip' est mal partie…

***

Larissa Elmouzaieva avait mal à la gorge d'avoir trop appelé. Maintenant, elle n'essayait même plus, certaine que personne ne viendrait à son aide. Le local était désert et sa voix ne portait pas au-delà du sous-sol. Ses poignets lui faisaient horriblement mal. Elle tremblait de froid, sa gorge sèche la brûlait. Elle avait essayé d'arracher un de ses poignets des menottes, ne réussissant qu'à se mettre la peau en sang. L'odeur fade du sang se mêlait à celle, plus aigre, du cadavre du policier.

1. C'est dingue.

Elle se dit qu'elle allait mourir là, de soif, d'épuisement et de faim. Devant le cadavre de l'homme qui avait voulu la violer. Elle pensa à Fulya qui devait la croire aux mains de la police. Ce qu'elle vivait était encore pire. Son portable avait sonné trois fois. Ce pouvait être Fulya, l'espion américain ou Habip Aktas. Épuisée, elle ferma les yeux.

***

Fulya s'était retirée dans une petite pièce attenant au hangar où étaient garés les cinq fourgons achetés grâce à l'argent de Larissa. Dans chacun d'eux, il y avait cinq cents kilos d'explosifs munis de leur dispositif de mise à feu. Certes ce n'était pas parfait, mais les jeunes de Bingöl avaient fait de leur mieux.

En l'absence de Larissa, ce serait Ylias qui déciderait du timing des frappes. Depuis la veille, elle priait sans interruption. D'abord pour Larissa. Et aussi pour elle. Peu à peu, sa tristesse s'était transformée en un furieux désir de vengeance. Il fallait faire payer les responsables de l'arrestation de la Tchétchène. Évidemment, elle ne pouvait pas s'attaquer à la police turque. Il ne lui restait donc qu'une seule solution.

***

Malko broyait du noir. En plus, il pleuvait. Quelque chose lui disait qu'on ne reverrait pas Larissa. Il avait dû se produire une bavure, un événement imprévu. Avec les Turcs, il ne saurait jamais la vérité. Sans Larissa, la manip' tombait à l'eau. Et il n'avait même pas assez d'éléments pour contrer les probables attentats à venir !

Son portable sonna, puis coupa aussitôt. Il sonna à nouveau deux minutes plus tard. Cette fois, il entendit une voix de femme inconnue qui prononçait des mots inaudibles d'où émergea le nom de Larissa. Son pouls fit un bond vertigineux.

– Larissa, c'est vous ?

La voix de femme bredouilla.

– *No Larissa. Larissa, sick. You come to see. Tomorrow, nine, post office Taksim meydan*[1].

La communication fut brutalement coupée. Il mit quelques secondes à retrouver son calme. Qui lui envoyait cet étrange message ? Quelqu'un en tout cas proche de Larissa, puisqu'on l'avait appelé sur son portable.

Comme il ignorait où se trouvait la jeune Tchétchène, tout était possible. Il traversa la suite et pénétra dans la chambre d'Elko Krisantem.

– Elko, il y a une poste place Taksim ?

– Oui, confirma le Turc, juste au début de Cumhuriyet, de l'autre côté de la place. Un petit bureau.

– Quelqu'un m'y a fixé rendez-vous demain à neuf heures, expliqua Malko. Pour me donner des nouvelles de Larissa.

Il fallait prévenir John Burke sans délai.

***

John Burke accueillit l'histoire du rendez-vous avec une méfiance manifeste. Malko l'avait rejoint au consulat et depuis une heure, ils se creusaient la tête pour trouver une explication. D'accord sur un seul point : ne pas prévenir Zeynel Sokik.

– Je ne risque rien à y aller avec Elko, plaida Malko. C'est un lieu public, à deux pas de l'hôtel. Si c'est vraiment Larissa qui appelle au secours, on ne peut pas la laisser tomber.

– Yeah… fit l'Américain. Mais ça me semble tordu. Allez-y. Soyez sur vos gardes et prenez ça.

Il ouvrit un tiroir et en sortit en Sig Sauer automatique qu'il tendit à Malko par le canon.

– N'hésitez pas à vous en servir. Appelez-moi tout de

1. Pas Larissa. Larissa malade. Venez la voir. Demain 9 heures à la poste de Taksim.

suite après. Voulez-vous des « baby-sitters » du consulat ? J'ai ce qu'il faut.

– Je pense qu'Elko suffira, dit Malko. Surtout si vous lui donnez une arme.

John Burke prit dans le même tiroir un Beretta 92 qu'Elko Krisantem glissa dans sa ceinture.

– *Take care*[1], recommanda l'Américain. J'espère que vous allez ramener la Tchétchène. Sinon, vous pourrez repartir pour les neiges autrichiennes.

***

Un gros chat doré, installé sur la banquette de l'Abri bus de la place Taksim, attendait l'autobus en compagnie d'une douzaine de personnes. Spectacle courant à Istanbul, la ville des chats, où ils pullulaient, nourris et protégés par la population. Malko passa devant, pour gagner le large trottoir de Cumhuriyet Caddesi, vingt mètres plus loin… Une pancarte jaune indiquait : PTT TAKSIM MÜRÜRLÜGÜ[2].

D'épais grillages protégeaient les vitrines de ce modeste bureau. En face, deux cireurs de chaussures, bonnet de laine enfoncé jusqu'aux yeux, attendaient le client. L'un d'eux, par patriotisme ou esprit marketing, avait planté deux drapeaux turcs sur son attirail. Il était neuf heures moins dix.

Malko pénétra dans le petit bureau, inspecta rapidement du regard les guichets répartis des deux côtés de la salle. Personne. Il ressortit et s'immobilisa entre les deux cireurs. Le Sig était dans sa ceinture, une balle dans le canon. Elko Krisantem humait l'air comme pour renifler un danger. Tout semblait parfaitement normal. Sur le côté de la poste, des gens téléphonaient d'une douzaine de cabines installées sur le trottoir. Malko baissa les yeux sur sa Breitling. Neuf heures moins une.

1. Faites attention.
2. PTT Taksim Administration.

Malko vit soudain une femme tourner le coin, venant des cabines téléphoniques. Elle portait le *çarşaf* noir des islamistes, enveloppant jusqu'aux chevilles. Il fut frappé par la pureté de son visage encadré par le foulard noir. Des sourcils bien dessinés, de grands yeux et une large bouche très rouge contrastant avec sa tenue austère. Elle marchait d'un pas calme dans sa direction.

Elko Krisantem sursauta.

– Mais je la connais ! C'est elle qui est venue chercher Larissa à Harem.

Malko fixa l'inconnue. Elle avançait d'une démarche un peu raide, les traits figés dans une expression bizarre, le regard absent. Il la détailla et remarqua l'épaisseur de sa taille. Comme si elle avait été enceinte. Il eut une telle poussée d'adrénaline qu'il crut que ses artères allaient exploser.

Il avait devant lui une kamikaze.

Sa main droite disparaissait sous son vêtement. Elle allait se faire sauter d'une seconde à l'autre. Une dizaine de mètres les séparaient encore mais au moment où elle actionnerait sa charge, tout être vivant serait déchiqueté dans un rayon de plusieurs mètres.

Le cerveau gelé, il n'arrivait pas à quitter des yeux la Mort qui venait droit sur lui.

CHAPITRE XII

Malko dut faire un effort surhumain pour décoller ses pieds du sol. Son instinct de conservation lui hurlait de s'enfuir, mais sa raison lui disait le contraire : à la seconde où la kamikaze le verrait courir, elle actionnerait sa charge et il était trop près d'elle pour y échapper. À côté de lui, Elko Krisantem était, lui aussi, transformé en statue de sel. Malko tourna la tête et réussit à lui dire, d'une voix presque normale.

– On entre dans la poste.

Il s'y dirigea d'un pas calme, sans un regard pour la kamikaze en noir qui continuait de s'approcher. Celle-ci ne pouvait s'alarmer en l'y voyant entrer. Au contraire, à ses yeux, il se jetait dans un piège mortel. Il réussit à ne se retourner qu'une fois Elko Krisantem à l'intérieur, et lui sur le pas de la porte.

La femme en noir avait infléchi sa marche dans sa direction. Le piège avait fonctionné, mais le plus dur restait à faire. La kamikaze avançait dans sa direction. La main droite enfoncée sous son vêtement à la hauteur de la taille, la gauche retenant son foulard. Elle se trouvait environ à dix mètres de l'entrée du bureau de poste. Malko prit une profonde inspiration et lança à Elko Krisantem :

– Couchez-vous de côté ! Vite !

En même temps, il arracha le Sig de sa ceinture, repoussa le cran de sûreté et tendit le bras en hurlant :

– *Dur*[1] !

Cela allait se jouer en une fraction de seconde. La femme marqua un imperceptible temps d'arrêt, puis reprit sa marche en avant, le visage toujours aussi figé. Ce fut la dernière vision que Malko eut d'elle. Au moment où il appuyait sur la détente du Sig, il se laissa tomber sur le côté gauche du bureau de poste, à l'abri du socle de béton soutenant la vitrine. L'explosion assourdissante lui déchira les tympans alors qu'il n'avait pas encore touché le sol. Une tornade brûlante pulvérisa la porte et les vitrines. Heureusement, celles-ci étaient protégées par un épais grillage, ce qui limita la projection d'éclats. Le souffle de l'explosion balaya les guichets, détruisant tout. Le plafond s'effondra en partie, blessant les employés.

Le silence retomba. Malko mit presque une minute à se relever, couvert de poussière, sonné, des sifflements dans les oreilles. Elko, lui aussi, réussit à se mettre debout. Malko réalisa qu'il serrait toujours le Sig dans sa main droite. Il remit le cran de sûreté et le replaça dans sa ceinture avant d'émerger à l'air libre. Il découvrit un spectacle de désolation. Une voiture brûlait au bord du trottoir, les vitrines alentour avaient toutes été brisées. Il y avait des corps étendus partout. Le cireur aux deux drapeaux turcs avait été coupé en deux. Son voisin ne valait guère mieux, presque décapité. Un enfant gisait sur le dos, à côté d'une vieille femme, à moitié déshabillée par le souffle. À l'endroit où la kamikaze s'était fait sauter, il y avait une excavation noirâtre dans le trottoir et des lambeaux de chair humaine. Soudain, le regard de Malko se porta un peu plus bas et il faillit vomir.

La tête de la kamikaze, coupée proprement comme par une guillotine, avait roulé à terre, ses yeux encore ouverts semblaient le regarder.

L'âcre odeur de l'explosif le fit tousser. Des gens

1. Stop.

accouraient de tous côtés. Quelques policiers, des badauds abasourdis. Comme un automate, escorté par Elko Krisantem, il s'éloigna du carnage. Il y avait encore des corps étendus à l'arrière du bus dont toutes les vitres étaient brisées. Le chat doré gisait dans une mare de sang.

Malko ne saurait jamais si la balle du Sig avait fait exploser la charge de la kamikaze ou si celle-ci l'avait déclenchée elle-même. Il vit Elko bouger les lèvres, mais n'entendit aucun son. L'explosion l'avait rendu sourd. Les hurlements de plusieurs ambulances se rapprochaient. Deux voitures bleues marquées POLIS s'arrêtèrent en face du trottoir où avait eu lieu l'explosion. Malko traversa la place Taksim, marchant comme un vieillard. Il ne recommença à entendre un peu qu'une fois à l'intérieur du *Marmara*.

***

John Burke avait son visage des mauvais jours. Il parlait, mais Malko ne saisissait que vaguement ses paroles. Il baissa les yeux sur sa Breitling qui avait résisté au choc. Onze heures et quart. Pourtant, il avait l'impression que l'explosion venait juste d'avoir lieu.

L'Américain se pencha sur lui et hurla :

– Vous êtes O-K. ?

Malko hocha affirmativement la tête. C'est vrai, il n'avait aucune blessure, juste quelques coupures superficielles, mais il était choqué. Comme s'il avait servi de punching-ball à un boxeur poids lourd. Sa tête bourdonnait, il avait froid. Il garderait longtemps dans ses oreilles le fracas assourdissant de l'explosion. Et le spectacle de cette tête coupée, intacte, encore belle, totalement surréaliste.

Qu'est-ce qui avait pu pousser cette femme jeune et belle à sacrifier sa propre vie pour le tuer ?

Il s'ébroua. Il fallait réagir. Comme un zombie, il se traîna vers la salle de bains, se déshabilla et se jeta sous la douche, s'appuyant au mur pour ne pas tomber. Il y resta un temps qui lui parut très long. Peu à peu, ses tympans se débouchaient, l'état de choc se dissipait. La chaleur le ramenait à la vie. Quand il ressortit, enveloppé dans une serviette, il se sentait presque normal.

John Burke s'approcha de lui et hurla à son oreille :

– Ils ont retrouvé Larissa !

Malko sursauta : l'Américain avait crié trop fort. Et il mit quelques secondes à *comprendre* ce que John Burke venait de dire.

– Où ? s'entendit-il demander.

– Je vous expliquerai, fit l'Américain. Je vais aller la récupérer.

– Non, protesta Malko. Pas vous. J'irai.

– Vous n'êtes pas en état.

– Donnez-moi une heure.

L'Américain hésita.

– Elle aussi a eu des problèmes. On ne peut pas la laisser où elle se trouve en ce moment. Elle va craquer.

– Où est-elle ?

– Au QG de la police, Vatan Caddesi. Il y a un de leurs hommes en bas qui attend pour nous y conduire.

– Bien, soupira Malko, je m'habille et on y va. Où est Elko ?

– Ici, fit Elko Krisantem.

Lui non plus ne paraissait pas en pleine forme : poussiéreux, les traits creusés, le regard vide. Malko, au prix d'un effort surhumain, gagna sa chambre. Il lui fallut un quart d'heure pour s'habiller tant bien que mal. Il avait encore de la poussière plein les cheveux. Revenu dans le salon, il prit de la vodka dans le bar et en but une large rasade. L'alcool glacé lui fit du bien.

– On y va, dit-il.

Un homme vint à leur rencontre lorsqu'ils sortirent de l'ascenseur. Un Turc dont Malko ne retint pas le nom. John Burke eut un bref conciliabule avec lui et se tourna vers lui.

– Vous prenez ma voiture, je vous attends ici.

***

Guidé par le policier turc, Malko franchit tous les contrôles du QG de la police pour se retrouver dans le bloc C, celui de l'antiterrorisme. Là, on le guida jusqu'à un bureau du rez-de-chaussée où on le laissa pénétrer seul.

Larissa Elmouzaieva était tassée sur un vieux canapé. Elle semblait dormir mais sursauta en entendant la porte s'ouvrir. Son teint était gris, ses cheveux collés par la transpiration, elle avait des marques rouges aux poignets et son regard était celui d'un animal traqué. Elle se leva et s'avança vers Malko.

– Je peux partir ?

Elle paraissait terrifiée.

– Bien sûr, dit-il, je suis venu vous chercher.

Ils sortirent ensemble et le policier qui avait accompagné Malko les précéda jusqu'à la sortie. Dès qu'elle fut dans la Buick, Larissa se mit à trembler. Elle claquait des dents. Visiblement, elle n'était pas en meilleur état que Malko.

– Que s'est-il passé ? demanda-t-il. Je sais que vous avez été arrêtée, mais je n'y suis pour rien. Il s'agit d'une erreur de la police turque.

– Je ne veux pas en parler maintenant, bredouilla-t-elle. Je suis fatiguée. Je veux me reposer.

– Je vous ramène à votre hôtel ?

Elle tourna la tête vers lui.

– Vous savez où j'habite ?

– Oui, mais…

– Non, je ne veux pas aller là-bas, j'ai peur.

– Bon, conclut Malko, je ramène à *mon* hôtel. Vous vous reposerez et on verra après.

Larissa ne protesta même pas, et n'ouvrit plus la bouche jusqu'au *Marmara.* En un clin d'œil, Malko lui eut pris une chambre. Elle attendait, prostrée dans un des fauteuils du *lobby*, et se laissa conduire au 15e étage. Elle jeta un coup d'œil indifférent à la chambre, bredouilla « merci » et referma la porte. Malko en fut soulagé : il ne se sentait pas capable d'aborder une conversation sérieuse.

***

Habip Aktas était glué à son écran de télévision. Torturé par l'angoisse. On ne parlait que de la kamikaze qui s'était fait exploser place Taksim. Toutes les dix minutes, la photo de sa tête arrachée de son corps gisant sur le sol envahissait l'écran. Grâce à ses papiers, trouvés sur elle, on l'avait facilement identifiée. Elle s'appelait Fulya Bakkal, était préparatrice en pharmacie à Sultanbeyli et n'avait jamais fait parler d'elle, ne se différenciant de ses amies que par sa grande piété. Elle avait effectué le pèlerinage de La Mecque et écrivait souvent aux familles des kamikazes palestiniens pour les réconforter.

On ignorait même pourquoi elle s'était fait sauter à cet endroit précis, causant la mort de huit personnes et en blessant une vingtaine. La police pensait à une explosion accidentelle et se demandait où elle devait vraiment se faire sauter.

Fulya Bakkal… Ce nom ne disait rien à Habip Aktas, mais en revanche, Sultanbeyli était l'épicentre du réseau Istanbul… Depuis qu'il avait appris la nouvelle, il essayait en vain de joindre Larissa. Son portable passait immédiatement sur messagerie. Cela non plus n'était pas rassurant. Sans son intermédiaire, il ne pouvait transmettre ses ordres aux exécutants. Or, à la fin de la semaine, il serait peut-être forcé d'agir, si les Britanniques traînaient les pieds. Il décida, pour se détendre, d'aller dîner dans le meilleur restaurant italien d'Istanbul, le *Papermoon*, là où on trouvait les plus belles call-girls de la ville. La veille, il avait dégusté des *kakorec* [1] dans un bouiboui. Cela le changerait. Habip Aktas était un bon

1. Tripes.

musulman, dévoué à la Cause, ne fumait pas, buvait peu, mais il aimait les femmes. Comme le Prophète, qui en avait eu un nombre considérable. Il savait qu'il pouvait se retrouver en prison pour très longtemps, aussi valait-il mieux profiter de la vie.

***

Malko se réveilla en sursaut. Les aiguilles lumineuses de sa Breitling indiquaient dix heures. Il avait faim, et ses oreilles bourdonnaient encore. Il demeura quelques instants à réfléchir dans l'obscurité. Pourquoi cette femme avait-elle voulu le tuer ? Comment avait-elle eu son nom ? Son numéro de portable ? Cela ne pouvait être que par Larissa.

Maintenant qu'il avait remis la main dessus, il faudrait qu'elle lui fournisse une explication.

Son portable se mit à vibrer, et il répondit.

– J'ai su que vous aviez échappé à un attentat, dit une voix qu'il mit quelques secondes à identifier. J'espère que vous allez bien…

Laila. Ou plutôt Mme Sokik.

– C'est vrai, fit Malko, je suis encore sous le choc.

– Je vous laisse, dit Siran Sokik.

Comme si elle regrettait de l'avoir appelé. Complètement réveillé, Malko appela la chambre de Larissa. À la dixième sonnerie, une voix presque inaudible bredouilla quelques mots incompréhensibles avant de raccrocher. La Tchétchène n'avait pas encore récupéré. Demain serait un autre jour. Malko éteignit et se rendormit.

***

Il faisait un froid de gueux à Grozny et cela allait durer quatre mois. Oleg Kouzmine, conscrit de la région de la Volga qui se trouvait en Tchétchénie depuis neuf mois, n'en pouvait plus. Et encore, il avait eu de la chance : depuis un mois, il avait été affecté à la garde des prisonniers tchétchènes retenus dans un coin éloigné de la base de Khankala. Avec une douzaine de ses camarades, cela consistait surtout à extorquer aux familles venues aux nouvelles de la vodka, des roubles ou des bijoux. Et, au besoin, une femme, si elle n'était pas trop moche. Pour ceux qui payaient assez, ils acceptaient de porter un pain, une couverture ou des médicaments aux détenus. Les autres, on les chassait en tirant des rafales en l'air. Ou sur eux, quand l'humeur était mauvaise. De toute façon, qui allait se plaindre ?

Les prisonniers étaient divisés en deux catégories. Les ordinaires, raflés dans des *zatchistka*, un peu au hasard.. Ceux-là, hommes et femmes mélangés, étaient groupés dans de grands trous creusés dans la terre gelée et recouverts de planches. Beaucoup mouraient de faim ou de maladie, ou encore quand des soldats ivres s'amusaient à jeter des grenades dans leur trou pour voir s'ils les renverraient assez vite… Et puis il y avait les prisonniers « de luxe », qui avaient droit à des baraques de bois, non chauffées, bien sûr, mais c'était quand même mieux que les trous. Parmi eux, se trouvait une famille de six personnes retenues pour une raison inconnue, sous la responsabilité personnelle du colonel Mitchorine. La famille avait droit de sortir deux heures par jour et Oleg Kouzmine avait été frappé par la beauté de la plus jeune des femmes. On aurait dit une Russe avec ses cheveux blonds.

Il lapa la dernière goutte de vodka de sa bouteille et la lança au fond de la pièce. Elle rebondit sur le poêle et se brisa. Son copain, Sacha Ermolov, se réveilla en sursaut.

– *Sto*[1] !

– *Nitchevo*[2], grommela Oleg Kouzmine. Tu as encore de la vodka ?

– *Niet.*

Le cerveau embrumé par le litre qu'il avait bu, Kouzmine n'arrêtait pas de penser à la jeune fille blonde.

1. Quoi ?
2. Rien.

– Ça te dirait de te taper une belle petite Tchétchène ? proposa-t-il à son copain.

– Pas celles des *zindans*[1], protesta Sacha, elles sont pleines de maladies.

– Non. Une du « Gastronom ».

C'est ainsi qu'ils avaient surnommé les baraques où on détenait les prisonniers « de luxe ».

– Pourquoi tu as besoin de moi ?

Oleg Kouzmine ricana.

– Elle est pas seule : il y a toute sa famille. Il faudra qu'on se relaie. On amène la petite ici à tour de rôle, pendant que l'autre empêche la famille de gueuler… Elle a un beau petit cul et elle est propre.

Sacha s'arracha à sa couchette. Lui aussi était imbibé de vodka et cette petite expédition nocturne lui plaisait assez.

– *Karacho*[2], fit-il. On y va.

Ils enfilèrent leurs manteaux rembourrés, prirent leur kalachnikov et sortirent dans le froid. Arrivés à la maisonnette, Oleg Kouzmine frappa du poing le battant de bois.

– Ouvrez ! On a du courrier !

Peu après, le battant s'entrouvrit sur la tête d'une vieille femme qu'Oleg repoussa à l'intérieur.

– C'est pas pour toi le courrier, lança-t-il. C'est pour la petite. Où elle est ?

On avait trop l'habitude des Russes en Tchétchénie pour ne pas se méfier.

– Elle dort, prétendit la vieille femme.

Oleg Kouzmine, qui n'avait pas envie de fouiller la pièce, la repoussa d'une bourrade.

– Eh bien, réveille-la !

Terrifiée, la grand-mère se dirigea vers un matelas au fond de la pièce. Il y eut un chuchotis et une forme se leva. Oleg Kouzmine vit les cheveux blonds et sentit son

1. Les trous.
2. Ça va.

ventre s'embraser. D'une voix presque douce, il lui lança :

– *Goloubtchika*[1], viens avec moi, j'ai une lettre pour toi. Ici, il n'y a pas de lumière.

La jeune fille ne bougea pas, terrifiée. Oleg l'attrapa par le bras pour la traîner vers la porte. Mais, immédiatement, il se trouva entouré d'une muraille humaine. Les cinq autres membres de la famille encerclaient les deux soldats en les menaçant de se plaindre au colonel. Oleg décida de passer outre, prit la jeune fille sous son bras et fonça vers la porte. Il ne l'atteignit pas. Une furie aux cheveux gris venait de se dresser devant lui : la grand-mère de la fille. Sans hésiter, elle planta ses ongles dans le visage d'Oleg Kouzmine.

Le soldat poussa un hurlement et lâcha la blonde qui s'enfuit au fond de la pièce. Du sang coulait dans les yeux d'Oleg Kouzmine. Ivre de rage, il fit glisser sa kalachnikov de son épaule, appuya l'extrémité du canon sur le ventre de la vieille femme et pressa la détente. Les détonations assourdissantes firent trembler les murs. Quand le tir s'arrêta, la vieille femme n'était plus qu'un petit tas sur le sol. Les autres commencèrent à gémir, et même à menacer…

– *Bolchemoi*[2] ! fit Sacha entre ses dents. On est dans la merde.

Oleg Kouzmine eut alors une idée de génie. Il lui souffla à l'oreille :

– On va dire qu'il y a eu une tentative d'évasion,et…

– Hourrah ! s'écria Sacha, en ouvrant toute grande la porte. Allez donc vous plaindre au colonel Mitchorine, bande de garces !

Les cinq membres survivants se précipitèrent sans méfiance à l'extérieur. Oleg et son copain attendirent que le dernier soit sorti pour ouvrir le feu. Un vrai « fermé »

1. Petite pigeonne.
2. Bon Dieu !

de lapins. En deux minutes, il n'y eut plus que des cadavres sur le sol gelé. Oleg et Sacha rentrèrent dans la baraque et tirèrent à l'extérieur la vieille femme massacrée. Ils venaient juste de finir quand une douzaine de soldats accoururent avec des lampes.

– Eh, qu'est-ce qui se passe ? demanda un *praportchik*[1] ?

– Tentative d'évasion ! fit sobrement Oleg Kouzmine.

Hautement vraisemblable, étant donné les champs de mines et les barbelés.

– Ils ont réussi ? s'inquiéta le *praportchik*.

– *Niet*, fit joyeusement Oleg, tu ne penses pas qu'un « Tchèque[2] », ça court plus vite qu'une balle de nos bonnes kalachnikovs !

1. Adjudant.
2. Surnom des Tchétchènes.

CHAPITRE XIII

Un soleil radieux brillait sur Istanbul. Malko avait dormi d'un trait, d'un sommeil profond comme la mort. Du drame de la veille, il ne lui restait que des bourdonnements d'oreille et la vision atroce de cette tête coupée sur le trottoir. Seule Larissa pourrait lui fournir une explication. Il appela sa chambre et, cette fois, elle répondit immédiatement.

– Voulez-vous venir prendre le breakfast en bas ? proposa-t-il. Vous devez avoir faim.

– Si vous voulez, dit-elle d'une voix morne, abattue.

Ils se retrouvèrent à la sortie des ascenseurs. Elle portait toujours le même pull et le même jean, les cheveux en désordre, le visage marqué par la fatigue. Malko attendit qu'elle soit installée en face de lui, avec une assiette pleine de fromage, de fruits et de pain, pour lui poser la question qui lui brûlait les lèvres.

– Que s'est-il passé ? Où aviez-vous disparu ?

Il avait la version de Zeynel Sokik, mais préférait vérifier. Larissa eut du mal à parler, comme si elle voulait oublier cet épisode. Puis, peu à peu, elle se dégela, racontant comment elle avait été torturée, puis la mort accidentelle du policier qui voulait la violer.

– Je ne suis pour rien dans cette arrestation, affirma Malko. Les Turcs ont fait du zèle.

Larissa secoua la tête avec résignation.

– C'est fini, je ne veux plus en parler. Je voudrais seulement acheter de la pommade pour mes poignets. Ils me font très mal.

– Pas de problème ! assura Malko. Maintenant, je voudrais vous poser une question. Savez-vous qu'hier, j'ai failli être victime d'un attentat, commis par quelqu'un que vous connaissez ?

Elle releva la tête.

– Que je connais ! Qui ?

– Une femme qui s'appelait Fulya Bakkal. Elle s'est fait sauter pas loin d'ici, de l'autre côté de la place, en voulant me tuer. Il y a eu huit morts. Des passants.

– Fulya est morte ! fit Larissa d'une voix bouleversée. Non, je ne le savais pas. J'ai dormi jusqu'à ce matin. Je n'en pouvais plus.

– Vous la connaissiez, insista Malko. C'est elle qui est venue vous chercher à Harem.

– Comment le savez-vous ?

– Le policier qui vous a arrêtée vous suivait déjà. Il l'a décrite à ses supérieurs. Pourquoi a-t-elle voulu me tuer ?

– Je ne sais pas, prétendit la Tchétchène. Je la connaissais à peine.

Visiblement, elle ne disait pas la vérité.

– Elle avait mon numéro de portable…

Larissa ne répondit pas, le regard perdu sur la place Taksim. Malko sentait qu'elle ne voulait rien dire. Mais aussi qu'elle avait été surprise par l'acte désespéré de la kamikaze. S'était-elle ouverte à elle de sa trahison ? De toute façon, c'était dépassé. Il était vivant et il devait tenter d'accomplir sa mission, si c'était encore possible. Il laissa la Tchétchène terminer son thé avant de demander :

– Que comptez-vous faire maintenant ?

Elle leva la tête et dit de la même voix basse :

– Je ne sais pas.

– Vos parents sont toujours internés en Tchétchénie, continua-t-il. Nous avons un accord avec les Russes. Le suicide de cette Fulya prouve que nous avons affaire à des gens extrêmement dangereux, en train de préparer des attentats. Vous me l'avez confirmé. Il faut donc reprendre vos contacts.

Larissa secoua la tête.

– C'est impossible.

– Pourquoi ?

– Ils savent que j'ai été arrêtée. Au moment où ce policier a surgi dans ma chambre du *Kosova*, je parlais avec Fulya. Ils vont me fuir.

– Donc, elle a cru que j'étais responsable de votre arrestation…

– Je l'ignore.

– Et maintenant ?

– Elle est morte, fit tristement Larissa. Ses amis ne me contacteront plus. Ils me croient aux mains de la police turque. Et si j'essais, moi, de le faire, ils penseront que la police est avec moi. Ils n'ont plus besoin de moi : je leur ai remis l'argent.

C'était frappé au coin du bon sens et Malko n'avait pas d'argument à lui opposer. Son arrestation par les Turcs avait détruit leur manip' : désormais, la Tchétchène était forcément suspecte. Ils étaient dans l'impasse.

– Vous voulez retourner à votre hôtel ? proposa Malko.

– Je ne sais pas. Je voudrais me changer. Je me sens sale avec ces vêtements dans lesquels j'ai souffert. Ils me font horreur.

Malko sauta sur l'occasion. Sortant une liasse de billets de vingt millions de livres, il la poussa vers la Tchétchène.

– Larissa, conseilla-t-il, allez faire un peu de shopping. Ce sera une faible compensation pour ce que vous avez subi. Dans Istiklal Caddesi il y a des centaines de boutiques. Après, vous vous sentirez mieux.

Pour ne pas lui laisser le temps de refuser, il se leva et se dirigea vers les ascenseurs.

***

Larissa Elmouzaieva descendait lentement Istiklal Caddesi : léchant les vitrines. Elle avait failli refuser l'argent puis son instinct de survie avait pris le dessus. C'est vrai, elle n'avait presque pas de vêtements et le jean arraché par son violeur lui faisait horreur. Et puis, la vie était si dure en Tchétchénie... Il y a longtemps qu'elle n'avait pas vu de magasins semblables. Sans réfléchir, elle entra dans une boutique, fut aussitôt happée par une vendeuse.

Lorsqu'elle ressortit, une demi-heure plus tard, elle avait acheté trois pulls, deux longues jupes, des collants et un jean neuf. Un peu plus loin, elle pénétra dans une boutique de chaussures et acheta deux paires de bottes. Elle n'en avait jamais vu d'aussi belles. C'était la première fois de sa vie qu'elle se trouvait ainsi avec tant d'argent, juste pour se faire plaisir. Une sensation extraordinaire. Même si elle se sentait un peu coupable. Ce qui la fit repenser à sa famille.

Eux n'avaient pas sa chance.

Il fallait absolument qu'elle les sauve. Et, désormais, cela risquait d'être difficile. Ylias, le chef de Fulya, ne la recontacterait sûrement pas. Par prudence. *Elle* pouvait le faire, connaissant l'adresse de l'entreprise de construction. Mais elle devait faire extrêmement attention, à présent.

Il y avait aussi Habip Aktas, dont elle n'avait pas soufflé mot à l'espion américain. Il la contacterait sûrement. Son portable était en charge dans sa chambre du *Marmara* et elle pourrait bientôt prendre ses messages. Elle continuait à descendre la rue, cherchant une solution. Soudain, elle aperçut le drapeau russe derrière deux grilles imposantes : le consulat de Russie. Ce qui raviva sa haine. Et soudain, elle eut une idée : donner quelque chose à son « traitant » qui ne lui coûterait rien, la dédouanerait et lui permettrait d'améliorer le sort de ses parents. Permettre aux Américains et aux Turcs de dire qu'ils avaient démantelé un réseau terroriste. Juste le temps pour sa famille d'échapper aux griffes du FSB.

Ensuite, elle pourrait continuer sa *vraie* mission.

Cela la rendit si euphorique qu'elle poussa brusquement la porte d'une boutique de lingerie. Pour la première fois depuis très, très longtemps, elle se sentait femme.

*
* *

Le téléphone sonna dans la chambre de Malko.

– Je suis revenue, dit simplement Larissa. Je prends un thé en bas.

Malko descendit. La Tchétchène était en face du grand aquarium, seule à une table. Méconnaissable. Une brume de maquillage, un pull marron seyant, une longue jupe noire retenue par une large ceinture et des bottes assorties.

– Vous êtes magnifique, ne put s'empêcher de dire Malko.

Elle détourna le regard.

– Merci. J'ai dépensé presque tout votre argent. Je suis désolée.

– Moi, je suis ravi, fit-il.

Elle lui jeta un regard intense.

– J'ai réfléchi, dit-elle. Et j'ai une proposition à vous faire.

– Je vous écoute.

– Je suis prête à vous conduire à l'endroit où ces gens préparent leurs explosifs. Mais après, vous ne me demanderez plus rien.

– Cela me paraît possible, dit Malko.

– Moi, je veux quelque chose en échange, fit-elle aussitôt. Auparavant, que les Russes libèrent ma grand-mère et ma sœur.

Malko demeura silencieux, pesant les termes de cet ultimatum, cohérent avec la mentalité de la Tchétchène. C'était tentant. S'en sortir ainsi après le fiasco de l'arrestation de Larissa, c'était inespéré.

– Cela me paraît jouable, répondit-il, mais je ne peux pas prendre de décision seul. Je dois obtenir le feu vert du FSB.

– Allez-y, fit-elle. Je monte me reposer.

***

Igor Verchinine les avait accueillis dans un somptueux bureau aux boiseries réhaussées de dorures, donnant sur le parc du consulat russe et l'église voisine de Saint-Antoine-de-Padoue. À la demande de Malko, John Burke avait quitté son bunker d'Istinyé pour venir faire le siège du représentant du FSB.

Ce dernier les avait quand même reçus avec une boîte de cinq cents grammes de caviar osciètre et une bouteille de Stoljchnaya « Cristal ». Intéressé mais méfiant devant la proposition de Malko. John Burke essayait de le convaincre que le succès rejaillirait *aussi* sur le FSB, mais que si la manip' se terminait par un échec, on risquait de l'en tenir responsable à Moscou. Et les bonnes vieilles méthodes du KGB étaient toujours en vigueur : quand un agent décevait, il se retrouvait à Irkousk, au fond de la Sibérie, ou dans une obscure ville de l'Oural pour quelques années. Or, Igor Verchinine aimait beaucoup Istanbul, où il avait deux maîtresses turques.

– Je vais transmettre votre proposition à Moscou, promit-il, avec un avis favorable. Si tout se passe bien, j'aurais peut-être la réponse demain. Ensuite, cela prendra un peu plus de temps pour concrétiser les choses à Grozny.

– Ne tardez pas trop, conseilla Malko. Si un attentat se produisait pendant que nous réfléchissons, cela ferait désordre.

Le Russe entassa une petite montagne de caviar sur un toast et l'avala d'un coup. John Burke, nerveux, alluma une cigarette avec son Zippo commémorant le Débarquement.

– Je vais faire l'impossible, jura le Russe. J'espère que les responsables liront mon message rapidement.

C'était l'hiver et la vodka faisait des ravages…

***

– J'ai transmis votre proposition, annonça Malko à Larissa Elmouzaieva. Je pense avoir une réponse dès demain. Au moins sur le principe, le FSB ne s'y oppose pas. Êtes-vous satisfaite ?

– Je le serai lorsqu'ils seront libérés, répondit avec tristesse la Tchétchène. J'ai honte d'être ici, au chaud, de bien manger, alors qu'ils sont dans des baraques pas chauffées, à peine nourris. Si on ne les a pas mis dans un *zindan*.

Elle lui expliqua de quoi il s'agissait. Glacé d'horreur, Malko n'en croyait pas ses oreilles. La fin de l'Union soviétique n'avait pas changé grand-chose. Ils prenaient le thé dans le *lobby*, à côté du grand aquarium, et cette ambiance luxueuse contrastait tellement avec ce qu'elle évoquait que cela le mettait mal à l'aise. Insensiblement, Larissa s'était dégelée, comme si ses nouveaux vêtements lui donnaient une autre personnalité. Malko voulut profiter de cette accalmie.

– Vous avez besoin de vous changer les idées, proposa-t-il. Voulez-vous que nous dînions au restaurant du dernier étage ? C'est excellent et il y a une vue magnifique sur toute la ville.

Larissa demeura un long moment silencieuse avant de laisser tomber un « oui » du bout des lèvres. Son regard fuyait celui de Malko et celui-ci sentait qu'elle luttait de toutes ses forces pour garder ses distances. Mais elle s'ébroua, comme si elle regrettait d'avoir accepté et annonça :

– Je vais me reposer, en attendant.

– Vous n'avez aucune nouvelle ? demanda Malko.

– Aucune.

Il la regarda s'éloigner vers les ascenseurs. Superbe avec sa longue jupe noire et ses bottes. Elle s'était enfin dépouillée de sa carapace de haine, du moins en partie, et le fait de parler russe avec Malko paraissait la rassurer.

Pourvu que le FSB donne son feu vert, permettant de sauver une mission en perdition.

***

Debout en face de la fenêtre de sa chambre donnant sur la Corne d'Or et la mer de Marmara, Larissa Elmouzaieva pleurait. C'était la raison pour laquelle elle avait quitté brusquement Malko. La pensée de Fulya déchiquetée, transformée en poussière pour l'éternité, lui brisait le cœur. D'autant que c'était un peu de sa faute. Elle avait reconstitué le cheminement mental de la jeune Turque. La sachant arrêtée, celle-ci en avait rendu responsable l'espion américain et l'avait vengée à sa manière. Il s'en était fallu de quelques heures…

Si Larissa avait pu la prévenir de sa libération, rien ne serait arrivé. Elle retourna s'allonger sur son lit. Ses poignets la brûlaient encore, mais les choses se remettaient en place dans sa tête. Elle avait enfin eu un appel de Habip Aktas qu'elle avait rassuré en prétextant une panne de portable. Inutile de l'inquiéter. Elle était de nouveau disponible pour faire l'interface entre lui et le « réseau Istanbul ». Comme les amis de Fulya n'oseraient plus la contacter, elle irait elle-même les voir. Et vérifierait que tout se passait bien.

Son raisonnement était le suivant : à cause de sa disparition, Fulya et ses amis avaient dû accélérer la préparation des explosifs, les mettant ensuite à l'abri dans un autre local. Livrer celui de la zone industrielle n'aurait aucune conséquence fâcheuse, mais obtiendrait la libération de deux membres de sa famille. Et ensuite, elle pourrait prétendre avoir terminé son travail de taupe et repartir en Tchétchénie, la conscience tranquille. Évidemment, il y avait beaucoup de si. Mais elle n'avait guère le choix. Les Turcs la laisseraient tranquille désormais. Elle n'avait donc à gérer que les Américains et les Russes. Pour la première fois depuis longtemps, le poids qui lui écrasait la poitrine semblait plus léger.

***

Le *Panorama*, restaurant au dernier étage du Marmara, méritait bien son nom : la vue était à couper le souffle. La table choisie par Malko plongeait directement sur le sud du Bosphore, parcouru d'innombrables embarcations. C'était féérique.

– Vous buvez de l'alcool ? demanda Malko.

Larissa le regarda, étonnée.

– Oui, quelquefois. Pourquoi ?

– Je peux vous offrir du champagne ?

– Si vous voulez. Ça ressemble au mousseux de Crimée ? J'en ai bu parfois dans des mariages.

– C'est nettement meilleur que le mousseux de Crimée, affirma Malko avec un sourire.

Séance tenante, il commanda au maître d'hôtel une bouteille de Taittinger Comtes de Champagne Blanc de Blancs millésimé 1995. Si, avec ça, Larissa ne se dégelait pas, c'était à désespérer. Il la guida dans son choix. Des écrevisses – elle ne connaissait pas – et ensuite, un *lüfer* grillé. Larissa semblait absente, encore tendue. Lorsqu'on versa le champagne dans leurs flûtes, il leva la sienne.

– À la libération de vos parents.

Elle leva sa flûte et il vit des larmes perler dans ses yeux. Mais elle la vida d'un coup. Aussitôt, le maître d'hôtel se précipita et, presque automatiquement, Larissa vida à nouveau sa flûte.

– C'est bon, dit-elle, ça pique.

Leurs regards se croisèrent et elle détourna vivement le sien, comme si elle avait peur de se faire apprivoiser.

– Pourquoi avez-vous choisi cette vie ? demanda Malko avec douceur. Vous êtes jeune, très belle, vous pourriez vous marier, être heureuse.

Larissa le regarda, ahurie, puis furieuse.

– Je n'ai *rien* choisi ! fit-elle. Ce sont les Russes qui ont choisi de nous exterminer, de brûler nos maisons, de détruire notre pays. Nos enfants meurent de faim, nos filles sont violées, même à l'école. Depuis huit ans, il n'y a plus de vie en Tchétchénie. Un endroit comme ici, j'avais même oublié que cela pouvait exister. Chez nous, il n'y a que des ruines.

Malko remplit sa flûte et elle la vida encore d'un trait. Comme si l'évocation de ces horreurs lui asséchait le gosier. Il la laissa se calmer puis enchaîna :

– Je comprends que vous luttiez contre les Russes, mais pourquoi venir ici en Turquie participer à des attentats ? Les Turcs ne sont pas vos ennemis.

Elle le foudroya du regard.

– Les wahhabites sont venus nous aider. Des gens comme Hattab[1]. Plusieurs sont morts pour nous aider à libérer notre terre. Certains des nôtres ont pu aller en Afghanistan s'entraîner pour ensuite combattre les Russes. Alors, quand ils nous demandent de l'aide, nous la leur donnons. Et puis, je suis musulmane et l'Islam est opprimé partout. Je me sens solidaire d'eux. Les Américains sont les ennemis de l'Islam.

Malko esquissa un sourire.

– Je ne suis pas un ennemi de l'Islam. Mais du fondamentalisme qui essaie de terroriser le monde. Ce n'est pas la même chose.

– Vous travaillez pour les ennemis de l'Islam, lança-t-elle. En Tchétchénie, nous essayons de tuer le plus de Russes possible, pour leur faire payer très cher le pillage de notre pays. Si je vous avais rencontré là-bas, avec eux, je vous aurais tué aussi.

Nouvelle flûte de champagne Taittinger. Larissa buvait sans arrêt, comme grisée par ses propres paroles. Peu à peu, ses joues rosissaient et, à son regard un peu flou, Malko réalisa qu'elle était tout simplement en train de se saouler, sans en avoir conscience. Comme les Russes qui commencent à la vodka et ne peuvent plus s'arrêter. Discrètement, il commanda une autre bouteille de Taittinger.

1. Arabe venu combattre en Tchétchénie.

***

Ils étaient les derniers clients du *Panorama*. La troisième bouteille de Taittinger Comtes de Champagne était pratiquement vide. Et Larissa n'arrêtait pas de parler. Intarissable. Malko ne l'interrompait que pour l'orienter. Peu à peu, elle racontait sa vie, sa première et unique passion, un homme qui lui faisait l'amour avec une force extraordinaire, jusqu'à l'aube. Mais elle était restée vierge jusqu'à vingt-cinq ans.

Le champagne lui ôtait toutes ses inhibitions. Ses yeux jetaient des éclairs, sa poitrine palpitait, elle ne se rendait même pas compte à quel point elle était sexy, avec cette magnifique poitrine qui semblait tendue vers Malko. À elle seule, elle avait dû vider deux bouteilles de Taittinger. Malko craignait le pire lorsqu'elle aurait à se mettre debout. Soudain, elle réalisa qu'ils étaient les derniers et s'arrêta brusquement de parler.

– Il faut partir, dit-elle.

Elle était déjà debout, le regard allumé, mais la démarche ferme. Malko signa la note à toute vitesse et la retrouva dans l'ascenseur. Direction le quinzième. Comme elle n'arrivait pas à mettre sa clef magnétique dans la fente, il l'aida et s'effaça pour la laisser entrer. Au passage, ils se frôlèrent et il sentit fugitivement le poids tiède de ses seins contre l'alpaga de sa veste. Elle s'arrêta au milieu de la chambre, oscillant légèrement, prête à perdre l'équilibre.

– Larissa, lança-t-il, attention !

Elle se tourna vers lui avec une expression bizarre et répondit :

– Attention à quoi ? Je vais me coucher.

Tranquillement, comme si elle était seule, elle fit passer son pull par-dessus sa tête, révélant un soutien-gorge pourpre bien rempli. Malko n'en croyait pas ses yeux. De nouveau, elle tituba et il se précipita pour l'empêcher de tomber. Leurs corps entrèrent en contact mais Larissa recula.

– Laissez-moi dormir, dit-elle en le repoussant.

– Bonne nuit ! lança-t-il, vaguement frustré.

Il avait déjà presque atteint la porte quand elle lança à la cantonade, d'une voix pâteuse mais décidée :

– J'ai envie de faire l'amour.

C'était tellement inattendu qu'il crut avoir mal entendu. Larissa, plantée en face de la télé, le fixait avec une expression nouvelle. Sa poitrine se soulevait rapidement. Malko s'approcha lentement, méfiant, devant le changement brusque d'attitude. Il réalisa, en voyant la lueur qui flottait dans les prunelles sombres de la jeune Tchétchène, que celle-ci avait basculé dans un état second. Deux bouteilles de Taittinger, pour quelqu'un de peu habitué à l'alcool, venant après pas mal de chocs, en avaient fait une autre femme. Ou plutôt, celle qu'elle avait été jadis. Quand ils ne furent plus qu'à quelques centimètres l'un de l'autre, les pointes des seins de la jeune femme effleurant son costume, il posa ses mains sur ses hanches. Doucement, Larissa vint vers lui et l'embrassa, le bas de son corps soudé au sien. Un baiser impérieux, profond, violent, sans même reprendre son souffle. Il caressa sa croupe, puis remonta, prenant ses seins lourds dans ses mains, sans qu'elle interrompe son baiser sauvage.

C'est presque involontairement qu'ils se retrouvèrent sur le lit, toujours enlacés. Il fit sauter son soutien-gorge, libérant deux seins magnifiques aux pointes épaisses et sombres. Quand il les effleura, Larissa se colla encore plus à lui, avec un bruit de gorge extraordinairement sensuel. Il caressa son sexe, par-dessus la longue jupe, et elle vint aussitôt au-devant de lui. Depuis sa « déclaration liminaire », elle n'avait plus dit un mot. D'un geste direct, elle s'attaqua à sa ceinture, grogna parce qu'elle n'arrivait pas à en défaire la boucle. Il l'aida et, dès qu'il eut ouvert son pantalon, elle glissa sa main avide et referma les doigts autour de son sexe déjà dur.

Il n'avait même pas ôté sa chemise. À son tour, elle

arracha sa ceinture, puis descendit si brutalement le long Zip de sa jupe qu'il se coinça. Ce qui ne l'empêcha pas de s'en débarrasser avec des sauts de carpe, découvrant un slip de dentelle pourpre dont elle se débarrassa aussi vite, d'un coup de pied. Elle n'avait plus que ses bottes, ce qui ne semblait guère la gêner. D'un geste possessif, elle attira Malko sur elle, maintenant un bras autour de sa taille. Ses jambes s'ouvrirent, elle cambra son bassin, et, presque sans effort, il entra en elle, jusqu'à la garde. Elle était inondée, ouverte, brûlante.

Dès qu'elle le sentit au fond de son ventre, ses mouvements brusques se calmèrent. Ses bras se refermèrent dans le dos de Malko. Elle cessa de l'embrasser, murmurant les yeux fermés quelques mots dans sa langue, incompréhensibles pour Malko.

Ses hanches commencèrent alors à onduler d'une houle douce et régulière, comme si elle voulait profiter pleinement de la sensation de ce sexe en elle. À son tour, Malko se mit à la prendre avec beaucoup de douceur, ressortant presque entièrement d'elle puis revenant jusqu'au fond de son sexe. Il sentait le clitoris de la jeune femme, gonflé de sang, frotter contre lui et, à ses gémissements rythmés, il comprit qu'elle allait jouir de cette façon-là.

Il ralentit son rythme. Quelque chose lui disait qu'il s'agissait d'une expérience unique, que Larissa ne se donnerait plus jamais à lui. C'était un moment magique dont il fallait profiter le plus longtemps possible. Et, tout à coup, le corps de la jeune femme fut secoué d'une houle brutale et elle cria, retombant aussitôt, maintenant Malko dans son ventre d'un bras possessif noué autour de sa taille.

Elle avait joui, mais cela ne l'avait pas apaisée.

Elle arrêta presque de bouger sous lui, pour reprendre progressivement sa houle sensuelle. Maintenant, ils ondulaient à l'unisson. Cette fois, il sentit le moment où elle allait jouir et l'accompagna d'une poussée plus profonde. De nouveau, elle cria. Elle était si ouverte, si humide qu'il arrivait à se retenir sans trop de mal. Pendant un certain temps, il resta presque immobile, abuté au fond de son ventre, et cela ne parut pas lui déplaire. Il sentait sa muqueuse palpiter autour de lui, comme une bête vivante. Puis, ils reprirent un rythme plus soutenu. Cette fois, Malko comprit qu'il ne pourrait plus se retenir. Alors qu'il sentait la sève monter de ses reins, il se mit à marteler Larissa de plus en plus violemment. Jusqu'à ce qu'ils hurlent ensemble.

Les jambes de la jeune femme retombèrent, le bras autour de la taille de Malko se fit plus lourd, sa respiration redevint plus régulière. Il était toujours enfoncé dans son ventre, mais celui-ci ne réagissait plus. Il appela doucement :

– Larissa.

Pas de réponse.

Elle s'était endormie, enfin apaisée. Il s'arracha d'elle avec douceur et elle ne bougea même pas, foudroyée par le plaisir et le champagne. Il se rhabilla, éteignit et referma doucement la porte. Il avait l'impression d'avoir vécu une expérience merveilleuse, unique.

***

Épuisé par le relâchement de la tension nerveuse, Malko émergea brutalement du sommeil. Sa Breitling indiquait onze heures dix ! Pas de message. Il se sentait bien. Comment allait se comporter Larissa à son réveil ? Il décida de se conformer à l'attitude de la jeune Tchétchène.

Il sortait de la douche quand son portable sonna. C'était John Burke.

– Où êtes-vous ? demanda l'Américain.

– Au *Marmara*.

– Larissa est avec vous ?

– Non.

– Bien. Venez me rejoindre au consulat.

– Vous avez des nouvelles de Russie ?

– Oui. Elles sont mauvaises. Très mauvaises.

CHAPITRE XIV

– Nous sommes vraiment dans la merde !

Le visage d'habitude débonnaire de John Burke était comme froissé, son regard éteint, ses larges épaules affaissées… Il n'était plus que l'ombre de lui-même. Même sa moustache semblait en berne. Malko en regrettait de s'être autant pressé pour gagner le consulat américain. Igor Verchinine avait appelé John Burke une heure plus tôt pour lui annoncer que toute la famille de Larissa Elmouzaieva avait été abattue au cours d'une tentative d'évasion. Tout tombait à l'eau, et son conseil immédiat était de faire arrêter la Tchétchène par les Turcs avant que la nouvelle ne lui parvienne aux oreilles et qu'elle ne disparaisse.

– Cette histoire d'évasion ne tient pas debout, remarqua Malko. Ils ont été assassinés, tout simplement.

– Mais les Russes contrôlaient Larissa par ce biais, protesta l'Américain. Ils n'auraient pas fait une chose pareille.

Malko hocha la tête avec tristesse.

– John, vous ne connaissez pas les Russes. Quand ils ont bu, ils sont capables de n'importe quoi. Oh, bien sûr, ce n'est sûrement pas le fruit d'une décision à froid. Mais il a dû y avoir une bavure. En tout cas, cela met fin définitivement à la manip'.

John Burke lui jeta un regard en coin.

– Pas forcément. Larissa n'est peut-être pas encore au courant. Cela nous laisse un peu de marge. Si vous pouviez la convaincre de nous mener *maintenant* à cette cache d'explosifs…

Malko lui jeta un regard glacial.

– Vous me demandez de ne pas lui dire ce que vous venez de m'apprendre ? De la faire trahir en lui cachant l'assassinat de sa famille… C'est monstrueux. C'est la première chose que je vais lui apprendre en rentrant à l'hôtel. Et, croyez-moi, cela ne va pas être facile pour moi.

Il n'osait même pas parler à l'Américain de ce qui s'était passé la veille au soir et qui ne regardait que Larissa et lui. Il imaginait la réaction de la jeune femme. Cela allait être horrible.

– Vous pouvez prétendre ne pas encore avoir la réponse du FSB, suggéra John Burke. Ou qu'ils sont d'accord sur le principe, mais que cela prendra un peu de temps.

Malko secoua la tête, atterré.

– Jamais, fit-il simplement. Au cours de mes missions pour vous, j'ai souvent contourné des principes qui me paraissent essentiels. J'ai tué pour ne pas être tué. Mais il y a des limites.

John Burke, blanc comme un linge, gagna le bar, y prit une bouteille de Defender et d'en versa une solide rasade qu'il but d'un trait. Ensuite, il fit face à Malko.

– Vous vous souvenez de ce qui est arrivé il y a deux jours ? Vous avez vu le carnage : huit morts, vingt-deux blessés, dont des enfants. Vous-même avez échappé à la mort de justesse. Vous avez envie de voir ça à la puissance dix ?

Pris à contrepied, Malko ne répondit pas. C'était l'éternel dilemme des *Mains sales*. John Burke pointa un index vengeur dans sa direction.

– Les beaux sentiments, c'est parfait pour les diplomates. Nous, on a les mains dans le cambouis. Et des responsabilités. Vous savez très bien que nous ne traquons pas des enfants de chœur. Des attentats se préparent à Istanbul. Nous ne savons ni où ni quand. Cette Tchétchène peut nous aider à les éviter, à sauver des dizaines de vies innocentes. Alors, si vous devez lui mentir, il faut lui mentir. C'est la guerre. Si vous refusez, quand ça pétera, je vous forcerai à aller voir les morts et les blessés. Et vous pourrez vous dire que c'est un peu grâce à vous.

John Burke criait si fort que la secrétaire entrebâilla la porte et la referma aussitôt. Malko était blême. Chaque mot de l'Américain le transperçait comme un clou. Quelque part, il savait que dans l'absolu, c'est lui qui avait raison. La guerre en dentelles, c'est au théâtre. Le Renseignement n'était pas toujours un métier de Seigneur. Le silence se prolongea un temps qui lui parut très long, puis John Burke se laissa tomber sur son fauteuil et grommela :

– *Shit*[1]. Faites ce que vous voulez. Je ne vous balancerai pas à l'Agence. Je sais que ce n'est pas facile. Mais, vous autres Européens, avez trop de choses dans la tête.

Malko se sentait vidé. Il s'assit à son tour, le cerveau en ébullition. Cherchant désespérément une solution, tout en sachant qu'il n'y en avait pas. Il se raccrochait à une ultime possibilité. Si Larissa était déjà au courant, toute cette discussion était totalement inutile…

– John, dit-il, je vous comprends. Mais c'est la décision la plus difficile que j'ai jamais eu à prendre. C'est vrai, je connais à peine cette Tchétchène, elle n'est pas de notre camp, mais elle a droit à un minimum de respect. Lui faire croire qu'elle va sauver ses parents alors que nous les savons morts, c'est abject.

– Les attentats aveugles aussi, c'est abject, répondit du tac au tac l'Américain. Et notre job, c'est de les empêcher. Si nous le pouvons. Et là, c'est le cas.

1. Merde.

– Vous auriez dû me mentir, fit tristement Malko.

John Burke secoua la tête.

– On ne ment pas à son partenaire.

Nouveau silence, insoutenable. C'est Malko qui le rompit d'une voix blanche.

– Je vais essayer de convaincre Larissa, dit-il. Je ne garantis rien. Je le fais pour sauver des vies humaines. Je vous tiens au courant.

Il sortit du bureau sans serrer la main de John Burke, furieux contre l'Américain, furieux contre lui-même et surtout furieux contre la vie. Lui qui s'était apitoyé sur Larissa, prise dans un effroyable dilemme, se retrouvait dans le même cas.

***

Larissa Elmouzaieva écoutait, le visage fermé. Elle avait mis son jean neuf, un autre pull et, en retrouvant Malko dans le *lobby*, n'avait manifesté aucune émotion apparente. À croire qu'il avait rêvé, la veille. Ou alors, elle ne se souvenait de rien… Il avait présenté son offre le mieux possible, avec une voix intérieure qui lui disait de se taire. Mais apparemment, Larissa le croyait.

– Qui me dit que le FSB tiendra parole ensuite ? demanda-t-elle. Je les connais. À leurs yeux, un Tchétchéne, c'est tout juste un animal.

– Ils n'ont pas la même attitude avec nous, corrigea Malko. Si j'insiste, c'est qu'il y a urgence. N'oubliez pas que si vous vous décidez trop tard, vous n'aurez plus de monnaie d'échange. Au premier attentat, les Turcs vous arrêteront et nous ne pourrons rien pour vous.

C'était bien la seule chose vraie dans tout ce qu'il lui avait dit. Elle demeura silencieuse un long moment, puis releva la tête et dit d'une voix absente :

– D'accord, je veux bien vous conduire à cet endroit, mais j'espère que vous tiendrez votre promesse.

– Je ferai mon possible, fit Malko.

Intérieurement rouge de honte. Promettre de libérer des morts… Larissa se leva.

– Très bien, je vais prendre mon manteau et j'arrive.

***

Larissa composa soigneusement le numéro qu'elle savait par cœur. Celui qu'elle avait composé à son arrivée à Istanbul. Ce jour-là, c'était Fulya qui avait répondu. Cette fois, ce fut une voix d'homme.

– Ylias ? demanda-t-elle aussitôt.

Il y eut un long silence puis Ylias demanda :

– Larissa, c'est toi ? Qu'est-ce…

– Ne pose pas de question, dit-elle, je n'ai pas le temps. Je t'expliquerai. Je veux seulement savoir une chose. Vous avez fini la préparation ?

– Oui, mais… Depuis deux jours.

– Il n'y a plus rien là-bas ?

– Non.

– Bien. Je te rappelle.

Elle coupa. Même si cette communication était écoutée par les Américains ou les Turcs, cela ne les mènerait nulle part. Le portable qu'elle appelait était au nom d'un homme parti depuis belle lurette de Turquie et tué en Afghanistan.

Elle enfila son manteau, le cœur plus léger. Désormais, elle pouvait conduire celui qu'elle continuait d'appeler l'espion américain là où les amis d'Ylias avaient conditionné les explosifs. Cela n'empêcherait en rien le déroulement des opérations. Elle gagna l'ascenseur, luttant contre un mal de tête persistant. Trop de champagne. Elle se souvenait vaguement de ce qui s'était passé la veille, mais préférait croire qu'elle avait rêvé.

***

Ils montaient le grand boulevard d'Atatürk, perdus dans un flot de camions. Serpentant au milieu de collines pelées, hérissées de zones industrielles, de chantiers, d'entrepôts de matériel. Malko avait pris le volant de la vieille Mercedes utilisée par Elko Krisantem.

– À gauche, dit Larissa.

La jeune Tchétchène était étrangement calme. À tout hasard, Malko avait emporté le Sig Sauer, discrètement glissé dans la poche de son manteau de vigogne. Il tourna dans une large avenue escaladant la colline, le boulevard Beduttin Balan. Un grand portail ouvert, surmonté de l'inscription IKITELLI ORGANISE SAWAY BULGESI apparut sur la droite.

– C'est là, dit Larissa.

Il s'agissait d'un énorme parc industriel se composant de blocs, bâtiments longs de plus de cent mètres, semblables à d'énormes hangars, portant chacun un numéro.

– Nous allons au bloc 10, annonça Larissa.

Ils durent traverser tout le parc. C'était à l'autre bout, près d'une seconde entrée. Le 10 et le 12 se faisaient face, séparés par une allée encombrée de véhicules. Chaque bloc était divisé en locaux beaucoup plus petits, ouverts sur l'extérieur. Dans un des premiers, des ouvriers soudaient une énorme cuve, à grands renforts d'étincelles.

– Et maintenant ? demanda Malko.

– Local n° 32, répondit Larissa.

C'était un peu plus loin sur la gauche. Malko s'arrêta en face du 34. Le 32 semblait désert. Aucune activité. Pas de lumière.

– Il n'y a personne, remarqua-t-il.

– Ils ne travaillent pas tout le temps.

– C'est là que se trouve l'explosif destiné aux attentats ?

– Oui.

– Il y en a beaucoup ?

– Plusieurs tonnes.

Il avança un peu, passant devant l'entrée. La porte coulissante était fermée par un cadenas. Visiblement, le local n'était pas occupé. Malko descendit et s'approcha de la porte vitrée. Il distingua des cartons empilés, un petit Fenwick et un escalier, au fond.

– Où se trouve l'explosif ? demanda-t-il, une fois revenu à la voiture.

– Au premier étage. C'est plus discret. Au rez-de-chaussée, ils vendent du détergent industriel. Vous en avez assez vu ?

– Oui, je pense.

– Allons-nous-en. Il ne faut pas qu'on me voie ici avec vous. Ils peuvent revenir à n'importe quel moment.

Ils ressortirent de la zone industrielle d'Ikitelli et repartirent vers le centre. Larissa ne semblait pas bouleversée par sa trahison. Elle ne s'anima qu'en se rapprochant du *Marmara*.

– Quand vais-je avoir des nouvelles de ma famille ? demanda-t-elle. Maintenant, j'ai fait ce que vous vouliez.

– Je m'en occupe tout de suite, promit Malko.

Elle descendit devant le *Marmara* et Malko fila à Istinyé rendre compte à John Burke.

***

Le responsable de la CIA à Istanbul ne tenait pas en place.

– Il faut prévenir les Turcs immédiatement, dit-il. Maintenant, on a quelque chose de concret à leur dire. J'appelle Zeynel Sokik. Il va nous devoir une fière chandelle…

– Ne vendons pas la peau de l'ours, conseilla prudemment Malko.

John Burke était déjà au téléphone avec le MIT. La conversation fut très brève. L'Américain annonça à Malko :

– On y va tout de suite. On les retrouve là-bas. Zeynel est fou de joie.

Cinq minutes plus tard, ils fonçaient dans la Buick blindée de John Burke. Direction Ikitelli, au nord de l'autoroute d'Edirne qui contournait Istanbul jusqu'au deuxième pont. Sur le boulevard Atatürk, ils furent doublés par un convoi composé de deux cars de policiers et de plusieurs véhicules banalisés. Le MIT avait fait vite.

Zeynel Sokik lui-même les attendait à côté de sa voiture, une Mercedes 560 noire, lorsqu'ils arrivèrent au bloc 10. Les deux extrémités de l'allée étaient bouclées par des policiers en uniforme. D'autres étaient regroupés devant le local n° 32.

– Faites sauter le cadenas, ordonna Zeynel Sokik.

En un clin d'œil, cela fut fait, et une meute de policiers, armes au poing, envahit le local. Très vite, ils purent constater qu'il n'y avait personne. Ils gagnèrent alors le premier, où flottait une forte odeur d'ammoniac. Il n'y avait qu'un monceau de sacs d'engrais vides entourant une bétonnière toute neuve. Un fût de gas-oil était encore plein. Un spécialiste en explosifs amené par le MIT fureta un peu partout et vint rendre compte au général Sokik.

– On a très certainement fabriqué une grande quantité d'explosif dans ce local, annonça-t-il. Au moins deux tonnes, d'après le nombre de sacs vides. Du nitrate-fuel, à base de nitrate d'ammonium. Mais tout a été déménagé. Il n'y a même plus un papier. J'ai l'impression que c'est définitif.

Malko et John Burke ne dissimulaient pas leur déception. Larissa était-elle au courant de ce déménagement ? Un policier accourut.

– Le restaurant à côté a des informations, annonça Zeynel Sokik.

Ils y filèrent tous. Le patron du *Duku*, intimidé, raconta tout ce qu'il savait. Le local avait été loué par des marchands de détergent industriel, trois mois auparavant. Tout y semblait parfaitement normal. Deux ou trois jeunes gens y travaillaient, quelquefois même la nuit, surtout pendant le ramadan. Ils venaient se nourrir chez lui. Mais, depuis quarante-huit heures, il ne voyait plus personne. Plusieurs véhicules étaient récemment venus, des fourgons japonais Hino.

– C'est tout ? demanda Zeynel Sokik.

– Non. Une femme apportait parfois à manger aux ouvriers. Avec un *çarşaf*, mais très belle. Je l'ai aperçue une fois avec une autre femme plus grande qu'elle. Celle-là ne portait rien sur la tête.

L'adjoint de Zeynel Sokik sortit de sa serviette une photo de Fulya Bakkal et la montra au restaurateur.

– C'est elle, fit-il aussitôt.

Et l'autre femme correspondait au signalement de Larissa Elmouzaieva. Tout se recoupait. Seulement, cela signifiait qu'il y avait dans la nature deux tonnes d'explosifs prêtes à servir. Et qu'ils n'avaient pas la moindre idée de l'endroit où aller les chercher. Zeynel Sokik prit John Burke à part, le visage grave.

– Il faut retrouver ces explosifs, coûte que coûte, dit-il. Je lance une enquête pour identifier ceux qui ont loué ce local mais cela peut prendre du temps. Je vais avertir immédiatement Genkal Atasagün [1] à Ankara, et lui dire le rôle crucial que vous avez joué dans cette découverte. Mais il faut que j'interroge cette Tchétchène d'urgence. Elle possède sûrement d'autres éléments.

– Laissez-nous la traiter dans un premier temps, rétorqua John Burke avec beaucoup de diplomatie. Elle n'a pas gardé un bon souvenir de son dernier contact avec la police turque…

Ce n'était visiblement pas la solution préférée du général, mais il se résigna, avec une réserve :

– D'accord, mais il faut me communiquer des informations très vite. Sinon, je serai obligé de reprendre ma liberté.

***

John Burke jeta un coup d'œil angoissé à Malko, tandis qu'ils descendaient le boulevard Atatürk.

– Vous croyez pouvoir arracher quelque chose de plus à cette Tchétchène ? Je comprends Zeynel. Il est obligé

1. Directeur journal du MIT.

de réagir. Les considérations amicales et diplomatiques risquent de ne pas peser lourd.

– Vous connaissez la situation, rétorqua Malko. Larissa ne dira rien de plus tant qu'elle n'aura pas eu satisfaction. Or, il est impossible de lui donner satisfaction.

Un ange traversa la voiture, enveloppé de crêpe noir. Ils étaient assis sur de la dynamite. Une petite idée désagréable commençait à faire son chemin dans la tête de Malko. L'attitude de Larissa lorsqu'elle l'avait amené à la zone industrielle d'Ikitelli. Étrangement calme, comme si ce qu'elle faisait n'avait pas vraiment d'importance. Est-ce qu'elle l'aurait enfumé ? Du coup, il se sentait un peu moins coupable de lui avoir menti. Il n'avait plus qu'un argument pour la forcer à en dire plus : lui reprocher d'avoir communiqué un renseignement sans véritable importance et la menacer de n'obtenir satisfaction, pour sa famille, qu'après avoir fait d'autres révélations exploitables.

Cela allait être une sacrée partie de poker menteur. Parce que Malko était assis sur un bombe à retardement qui pouvait exploser à chaque seconde. Si la Tchétchène apprenait le sort de sa famille, elle redeviendrait instantanément une ennemie féroce.

– Déposez-moi au *Marmara,* dit Malko. Je vais monter à l'assaut. Et priez très fort.

CHAPITRE XV

La chambre de Larissa Elmouzaieva était vide à l'exception d'une femme de ménage qui s'y affairait. Seule trace de la jeune Tchétchène : un chargeur de portable encore branché et des affaires de toilette dans la salle de bains. Malko ressortit de la chambre, bouillant d'anxiété. Larissa allait forcément réapparaître pour demander des nouvelles de sa famille. Il suffisait d'attendre.

Soudain, il pensa à Elko. Lui aussi avait disparu. Fiévreusement, il composa le numéro de son portable. Miracle, le Turc répondit aussitôt.

– C'est moi, dit Malko. Où êtes-vous ?

– Je la suis, annonça calmement Elko. Elle a pris un taxi près de l'hôtel et elle semblait très pressée. En ce moment, elle roule vers Fathi.

– Ne la lâchez surtout pas, adjura Malko. Je suis à l'hôtel.

***

Larissa Elmouzaieva monta quatre à quatre l'escalier raide menant à la permanence de l'amicale tchétchène. Le pouls à 150. Une demi-heure plus tôt, un des deux militants occupant la permanence l'avait appelée sur son portable pour l'avertir qu'il avait reçu un message pour elle, de Grozny. Il ne voulait pas en parler au téléphone. Tout en escaladant les marches, Larissa priait silencieusement, partagée entre la joie et l'angoisse. Elle allait peut-être apprendre la libération de sa mère et de sa grand-mère ! Elle pénétra en trombe dans le petit bureau et les deux jeunes Tchétchènes se levèrent vivement en la voyant. Elle apostropha le plus âgé.

– C'est toi qui as pris un message pour moi ?

– Oui, fit le jeune homme, visiblement mal à l'aise.

Le cœur de Larissa se recroquevilla dans sa poitrine. Brusquement, elle regretta d'être monté si vite.

– Qu'est-ce que c'était ?

– Un de tes amis, Alikhan, bredouilla le jeune Tchétchène. Il m'a dit de te dire qu'un grand malheur était arrivé.

– Quoi ?

– Tes parents. Les Russes les ont tous tués, dit-il avec une maladresse abrupte.

– Non ! Ce n'est pas vrai, hurla-t-elle, en se laissant tomber sur la chaise.

Larissa eut l'impression d'être frappée par la foudre. Pendant plusieurs secondes, elle fut incapable d'articuler un mot. Puis un cri sauvage jaillit de sa gorge. Ce ne pouvait être qu'une erreur. L'espion américain attendait de *bonnes* nouvelles.

– Voilà le numéro que tu peux rappeler, dit le jeune Tchétchène, horriblement gêné.

Elle le prit. C'était celui d'Alikhan, l'ami qui devait porter du courrier à sa mère. Elle le composa fébrilement. Sa main tremblait et elle dut s'y reprendre à trois fois pour arriver à faire le bon numéro. Pour rien. Il n'y avait pas de réseau. Enfin, au cinquième essai, la communication s'enclencha. Dès qu'une voix fit *Da,* elle cria dans l'appareil :

– Alikhan ! Qu'est-ce que c'est que cette histoire ! Tu as dit que…

Elle s'arrêta, étouffée par un sanglot, entendit comme

dans un cauchemar la voix de son ami égrener des horreurs.

– Quand je suis allé chercher la réponse à ma lettre, expliqua-t-il, on me l'a rendue. Les soldats m'ont dit qu'ils avaient essayé de s'évader, qu'ils avaient été abattus par les sentinelles. On n'a même pas rendu les corps. Ils ont dû les mettre dans la grande fosse, derrière le camp.

Il continua mais Larissa n'écoutait plus. Les pensées s'entrechoquaient dans sa tête : douleur, rage, folie, haine. Et elle avait eu l'imprudence de croire l'espion américain, l'ami du FSB ! Qui lui parlait encore une heure plus tôt de libérer une partie de sa famille. Elle se raccrocha à un ultime espoir.

– Ils t'ont menti, affirma-t-elle, parce qu'ils n'avaient pas pu donner ta lettre. Les Russes sont des menteurs.

– Je ne sais pas, c'est possible, bredouilla Alikhan, bouleversé par la douleur de la jeune femme. Je retournerai au camp pour essayer d'en savoir plus.

Larissa avait déjà raccroché. Elle rafla son sac, jeta un mot de remerciement aux deux Tchétchènes et dévala l'escalier, courant pratiquement jusqu'à Fevsi-Paşa Caddesi, où elle savait pouvoir trouver un taxi. Effectivement, elle n'attendit pas une minute.

– Taksim meydan [1], lança-t-elle. *Marmara Otel.* Dépêche-toi.

Elle comprima sa poitrine, avec l'impression que son cœur allait en jaillir. Sûrement, l'espion américain allait la rassurer. Durant tout le trajet, elle trépigna à chaque feu rouge et, arrivée au *Marmara*, bondit littéralement hors du taxi.

D'un trait, elle fila jusqu'au quinzième étage et frappa à la porte de Malko. En la voyant s'encadrer sur le seuil, une vague de soulagement l'envahit et elle sentit ses jambes se dérober sous elle. Il lui souriait. Sa voix lui parvint comme si elle venait de loin.

1. Place Taksim.

– Je me demandais où vous étiez passée ! dit-il.

Elle pénétra dans la pièce et, sans même s'asseoir, lui jeta :

– Vous avez eu des nouvelles de ma famille ?

Il mit quelques secondes à lui répondre.

– Pas encore. Pourquoi ?

D'un trait, Larissa lui lança :

– Un ami de Grozny m'a téléphoné pour me dire qu'ils avaient été tués par les Russes.

Elle vit le bref flash qui passa dans les yeux dorés de son interlocuteur et eut l'impression qu'on lui plantait un poignard dans le cœur.

– Cela me paraît peu vraisemblable, répondit-il. Mais, moi aussi, je voulais vous dire quelque chose. À la suite de notre visite à Ikitelli, la police y a perquisitionné. Il y avait bien des sacs d'engrais vides et une bétonnière, mais aucune trace d'explosifs. Ils ont été déménagés. Les Turcs veulent absolument savoir où ils se trouvent maintenant. Et je pense que vous le savez.

Larissa Elmouraieva ne réagit pas, visiblement ailleurs. Puis, elle esquissa un sourire forcé et tourna les talons.

– Je vais me reposer un peu. Appelez-moi quand vous saurez. *Après* seulement, nous parlerons du reste.

Elle ressortit sans même fermer la porte. Malko traversa aussitôt la *sitting room* et rejoignit Elko Krisantem qui venait d'y entrer.

– Où est-elle allée ? demanda-t-il.

– Dans un petit immeuble, près de la mosquée Fathi. Elle n'est restée que quelques minutes. En sortant, elle semblait bouleversée.

***

Larissa enroula avec un soin exagéré le cordon électrique du chargeur de son portable et l'enfouit dans son sac. Rapidement, elle entassa dans le sac qui avait servi à ramener les bottes tout ce qu'il y avait à elle dans la chambre. Ensuite, elle gagna l'ascenseur. Au lieu de s'arrêter au *lobby*, elle descendit jusqu'au niveau de la place, celui du café *Marmara*. Elle le traversa rapidement, ressortant directement place Taksim. Ensuite, elle fila jusqu'au métro et s'engouffra dans les escaliers mécaniques.

Elle se retenait pour ne pas hurler sa douleur. La tête lui tournait. Bien sûr, elle avait d'abord chercher à se leurrer. Mais, au fond d'elle-même, elle savait qu'Alikhan avait dit la vérité. Et la réponse évasive de l'espion américain avait confirmé ses craintes. Elle ne comprenait pas. Pourquoi les Russes avaient-ils tué ses parents ?

Quand le métro s'arrêta à Levent, elle dut faire un effort surhumain pour se lever de sa banquette, puis pour remonter à la surface. Elle n'avait pas le courage de prendre un bus. Aussi, se jeta-t-elle dans un taxi, revenant vers le centre. Elle descendit juste après le pont Galata et marcha jusqu'au ferry de Harem. De là seulement, elle appela Ylias de son portable, lui demandant de venir la chercher à son arrivée sur la rive asiatique. Elle était tranquille : elle avait fait tout ce qu'il fallait pour semer une éventuelle filature et sur les ferries, il n'y avait jamais aucun contrôle. Le temps passait : la police turque était peut-être déjà à ses trousses. Pour ne pas penser à l'impensable, il fallait qu'elle agisse, qu'elle se venge, qu'elle venge tous ceux qui, comme elle, souffraient mille morts.

Assise dans un coin de la salle ronde où on attendait le ferry, elle se mit à pleurer silencieusement, les poings serrés au fond de ses poches.

***

Dès qu'il vit que le chargeur du portable avait disparu, Malko sut que Larissa Elmouzaieva était partie pour de bon. Il n'avait rien appris à la permanence tchétchène, sinon qu'elle était passée prendre un message d'un ami de Grozny. Toute la diplomatie d'Elko Krisantem n'y avait rien fait. Les deux jeunes Tchétchènes étaient restés muets comme des carpes. Hélas, vu ce que Malko savait, il n'était pas difficile de deviner le genre de message que Larissa avait reçu...

La guerre était déclarée : il y avait dans la nature deux tonnes d'explosifs et une femme assoiffée de vengeance, appuyée par un réseau terroriste dont il ne savait rien. Il regagna sa suite où Elko Krisántem l'attendait.

– On va au consulat ! dit-il.

Durant le trajet, il appela John Burke et le mit au courant de la disparition de Larissa.

– C'est épouvantable ! conclut l'Américain. Les Turcs vont être fous furieux.

– S'ils ne l'avaient pas arrêtée et torturée, et si les Russes n'avaient pas massacré sa famille, remarqua amèrement Malko, nous n'en serions pas là. Et, même si elle n'avait pas filé, on ne l'aurait pas fait parler. Avez-vous des détails sur ce qui s'est passé à Khankala ?

– Oui. Igor a eu le FSB Moscou. C'est bien une bavure. Un soldat ivre qui voulait violer la sœur de Larissa. Ça a mal tourné. Il va peut-être prendre des sanctions disciplinaires, mais le mal est fait.

Pour une fois, cela roulait bien et il fut à Istinyé en vingt minutes. John Burke avait pris vingt ans. Affalé dans un fauteuil, un verre de Defender à portée de main, il jouait distraitement avec son Zippo.

– Quels éléments avons-nous pour retrouver Larissa et surtout ses complices ? interrogea-t-il.

– Presque rien, avoua Malko. Elle m'a parlé d'Umranyié, un nouveau quartier sur la rive asiatique, mais c'est immense. La seule personne que nous connaissions physiquement, c'était Fulya Bakkal. La police turque n'a rien trouvé sur ses connexions islamistes. Ils cherchent. Elle travaille aussi sur les locataires du local n° 32 dans la zone industrielle d'Ikitelli. Je viens de parler avec Zeynel Sokik. Il est effondré lui aussi. Tout ce que les hommes du MIT ont appris, c'est que des fourgons japonais, des Hino et des Isuzu, sont venus à plusieurs reprises charger des sacs là-bas. De couleur rouge ou blanche. Mais on n'a pas les numéros.

Un ange passa, un brassard de deuil autour des ailes. Il y avait des milliers de fourgons japonais à Istanbul.

– Attendez ! Si, on a quelque chose. Le numéro de la voiture rouge qui a emmené Larissa à la sortie du ferry de Harem. Elko l'a relevé.

Immédiatement, il appela Elko Krisantem resté dans la Mercedes au parking. Interrogé, le Turc donna aussitôt le numéro qu'il avait noté : 34 HFG 65.

– Il faut le communiquer à Zeynel, conseilla John Burke.

Il appela le MIT et donna le numéro au général turc.

– Je vérifie et je vous rappelle, promit celui-ci.

John Burke se reversa une rasade de Defender avec beaucoup de glace. Malko était trop tendu pour boire. Zeynel Sokik rappela une demi-heure plus tard.

– Le propriétaire de cette voiture est mort il y a deux ans, annonça-t-il. La police a retrouvé celui qui l'a revendue. À un inconnu qui l'a payée en liquide et a donné une fausse identité. Et, bien entendu, n'a pas changé d'immatriculation.

Encore une piste qui s'effondrait.

– Demain matin, j'irai avec Elko ratisser Umraniyé, suggéra Malko. À la recherche d'un chantier de matériaux de construction. Il ne doit pas y en avoir des dizaines.

– C'est comme chercher une aiguille dans une botte de foin, soupira l'Américain. Allons manger quelque chose. Je vous emmène chez *Urcan*, ce n'est pas loin.

***

Habip Aktas était en train de diner au *Papermoon*, seul. La salle de l'élégant restaurant était pleine à craquer. Un des endroits les plus mondains d'Istanbul, avec beaucoup de jolies femmes, locataires de la luxueuse résidence Akmerkez, située dans le même immeuble. Il avait commandé un cocktail de crevettes et une escalope milanaise, mais, depuis un moment, était surtout intéressé par la table voisine, où trois femmes discutaient avec animation. Deux très jeunes, et la troisième qui aurait pu être leur mère. Une brune et une blonde. Cette dernière portait une casquette rose et un blouson assorti s'ouvrant sur un T-shirt moulant une poitrine sans le moindre soutien-gorge. Elle fascinait le Turc avec ses jambes de deux mètres, son visage aigu et son air assuré. Semblant sortir des pages d'un magazine de mode. Sûrement un des nombreux mannequins des pays de l'Est, qui, installés à Istanbul, vivaient plus ou moins de leurs charmes. Le *Papermoon* était leur QG. Habip Aktas fit traîner son repas pour profiter le plus possible de ce sulfureux voisinage. La plus âgée des trois femmes semblait avoir repéré son intérêt et lui adressait parfois un sourire complice.

Elles eurent terminé avant lui et il les vit gagner le bar qui prolongeait la salle du restaurant. Elles s'y trouvaient encore lorsqu'il demanda l'addition. Après avoir payé, il allait commander un taxi quand il eut un regret. Le lendemain était un grand jour. Son second rendez-vous avec le consul de Grande-Bretagne, qui devait lui dire si son pays était prêt à libérer Abu Quttada. Il se persuada qu'il avait droit à un peu de détente avant ce rendez-vous difficile et gagna à son tour le bar, où les trois femmes s'étaient installées sur des tabourets. Il s'assit à une table juste en face et commanda un Defender « 5 ans d'âge », de la glace et des olives. Comme tous les gens du Moyen-Orient, il adorait le scotch.

L'interminable blonde à la casquette rose se trouvait de profil par rapport à lui et discutait avec sa copine. Croisant et décroisant si haut ses incroyables jambes qu'Habip Aktas entr'aperçut fugitivement le noir de sa culotte. Ou elle le faisait exprès ou c'était une fieffée salope, ou simplement une allumeuse naturelle. La plus âgée des trois se laissa soudain glisser de son tabouret et s'approcha de la table de Habip Aktas.

– Il me semble vous avoir déjà rencontré, dit-elle avec un sourire.

Le Turc surpris, bafouilla :

– Oui, c'est possible, je viens assez souvent ici.

– Toujours seul ?

Elle le fixait avec une moue pleine de sous-entendus.

– Je n'habite pas Istanbul, précisa-t-il aussitôt. Je suis seulement de passage.

– Mais vous connaissez les bons endroits…

Habip Aktas en rougit d'orgueil et proposa aussitôt.

– Puis-je vous offrir un verre ?

– Si mes amies le veulent, avec plaisir.

Elle retourna au bar et, après un bref conciliabule, les trois femmes rejoignirent sa table. La plus âgée fit les présentations.

– Je m'appelle Huneyda et j'ai une agence de mannequins. Fedora et Tatiana se partagent entre Moscou et ici et travaillent dans mon agence. Elles adorent le champagne français ! ajouta-t-elle avec un rire de gorge.

Fedora, la brune, avait un nez retroussé et l'air coquin, de beaux seins et des jambes bien en chair. Mais c'est Tatiana, avec son allure de princesse, qui fascinait Habip Aktas. Celui-ci héla le garçon et, héroïque, commanda du champagne français. L'autre revint, portant solennellement dans un seau à glace une bouteille de Taittinger Comtes de Champagne 1995. Le bouchon sauta, ils trinquèrent et Habip ne put s'empêcher de fixer son regard sur ce T-Shirt bien rempli de Tatiana. Son adrénaline monta d'un cran. Sa raison avait beau lui dire que les honnêtes femmes ne se comportent pas ainsi, il n'arrivait pas à se raisonner. Au Pakistan, on ne croisait pas ce genre de mammifère. Ils se mirent à bavarder du temps, des restaurants, d'Istanbul. La tête un peu penchée de côté, Tatiana semblait boire ses paroles, lui envoyant parfois des regards à la fois directs et pleins de soumission, contrastant avec son allure hautaine. Tandis que Fedora bavardait en russe avec Huneyda. Celle-ci regarda soudain sa montre, finit ce qui restait de son champagne et se leva.

– Il faut que je vous quitte, lança-t-elle. J'ai des coups de fil à donner. Vous pourrez raccompagner mes amies ?

– Je n'ai pas de voiture, observa Habip Aktas.

Huneyda sourit.

– Pas besoin de voiture ! Elles habitent à vingt mètres, dans la résidence.

Encouragé par cette perspective, Habip Aktas commanda une seconde bouteille de Taittinger. C'était inespéré. Les deux Russes y firent honneur. Puis la conversation languit un peu. Habip Aktas ne pensait qu'à une chose : planter son sexe dans cette superbe plante blonde qui semblait tantôt inaccessible, tantôt à portée de main.

La dernière goutte de champagne bue, Tatiana lui expédia un regard soumis mais désolé.

– Habip, je me lève tôt demain. Je défile au *Hilton*. Il faut que je rentre.

Habip Aktas chargea sur une des cartes de crédit de l'Organisation une somme qu'il aurait du mal à justifier, mais il était trop euphorique pour s'en soucier. Quand elle se leva, il put constater que Tatiana avait une chute de reins cambrée à souhait. L'entrée luxueuse de la résidence Akmerkez était vraiment à vingt mètres. Les deux Russes semblèrent trouver naturel que Habip monte avec elles.

Elles habitaient au huitième. En sortant de l'ascenseur, Fedora dit au revoir et fila vers le fond du couloir. Tatiana s'arrêta deux portes plus loin. Habip entra derrière elle, le cœur battant. Découvrant un living cossu, avec une grande alcôve occupée par un lit immense très hollywoodien, recouvert de soie rose. Tatiana se retourna alors et dit avec un naturel parfait :

– Je crois que je vais vous laisser, Habip. Il faut que je me couche.

Elle le fixait par en dessous, avec toujours ce sourire soumis. Un peu déhanchée. Comme il ne bougeait pas, elle avança le visage et proposa d'une voix sensuelle :

– *Kiss me good night*[1], et sauvez-vous.

Lorsque leurs lèvres se frôlèrent, Habip Aktas eut l'impression d'avoir marché sur un transformateur. Dix secondes plus tard, il embrassait la Russe sauvagement, la serrant contre lui à lui briser les os. Il surleva le T-shirt empoigna le sein qu'il avait lorgné toute la soirée, fit rouler sa pointe entre ses doigts, puis courut plus bas, épousant la chute des reins, tentant ensuite un raid sur la culotte noire. Tatiana se dégagea en riant. Un rire plein d'indulgence.

– Comme vous êtes fort ! fit-elle, vous avez failli m'étouffer. Mais il faut être sage.

Autant dire à un lion d'abandonner une gazelle bien grasse. Il se rua à nouveau à l'assaut, poussant sournoisement Tatiana en direction du lit. Comme elle résistait, il pensa à un argument plus direct, qui, parfois, impressionnait. D'un geste rapide, il descendit le zip de son pantalon et en fit jaillir un gros sexe raide comme un bâton de maréchal. Hélas, Tatiana ne fondit pas.

Au contraire, elle recula un peu, mais efleura le membre raide du bout des doigts, avec un commentaire qui acheva de transformer Habip Aktas en bête.

– Vous êtes très sexy mais je dois me coucher.

– *I want you now*[2], grogna le Turc.

Cette fois, il plaqua la main sur le ventre de la Russe, bien déidé à lui arracher sa culotte. Une femme qui acceptait de toucher son sexe était forcément prête à se faire baiser. Il n'eut pas le temps de parvenir à ses fins. Refermant les doigts autour de son membre, Tatiana s'était mise à le masturber à toute vitesse. Pris par surprise, Habip Aktas éjacula sur le parquet avec un gémissement d'agonie. Cela fit une belle tache blanche que Tatiana sembla ignorer.

1. Dites-moi bonne nuit.
2. Je vous veux, maintenant.

– Cette fois, je vais vraiment me coucher ! fit-elle. Vous n'êtes pas sage du tout.

Habip, décontenancé, regarda son sexe en train de s'incliner comme un roseau fatigué. Vaincu par cette habile salope.

– Je veux vous revoir, bredouilla-t-il.

– Bien sûr, accepta aussitôt Tatiana, téléphonez-moi. 535 672 4487. Pas trop tôt le matin.

Sur le pas de la porte, elle glissa rapidement une langue agile entre les lèvres du Turc avec un regard évocateur et promit :

– Je suis sûre qu'on passera une très bonne soirée.

***

Malko n'arrivait pas à trouver le sommeil. La journée avait été dure. Le dîner avec John Burke n'avait rien donné. Ils étaient dans les cordes. Le MIT allait commencer à ratisser la banlieue est d'Istanbul, sans grand espoir. Bien entendu, l'enquête sur les locataires du box n° 32 n'avait rien donné : paiement en liquide, faux noms, adresses bidons et signalement passe-partout.

La sonnerie de son portable l'arracha à sa méditation morose.

– Allô ?

Il y eut quelques secondes de silence puis une voix qu'il connaissait bien demanda en russe.

– C'est bien l'espion américain ?

Larissa. Le pouls de Malko grimpa à une vitesse vertigineuse.

– Où êtes-vous ? demanda-t-il.

– En enfer ! dit-elle d'une voix cassée mais chargée de haine. À cause de vous. Mais vous m'y rejoindrez bientôt. Et vous ne serez pas le seul. Je voulais vous dire quelque chose. Je ne suis pas venue seulement apporter de l'argent à mes frères. Je suis venue faire ce que j'ai appris dans mon pays : fabriquer des bombes.

La communication s'interrompit aussitôt. Il faillit

appeler John Burke puis se dit que l'Américain serait assez tôt au courant. Larissa, la Tchétchène, s'apprêtait à mettre Istanbul à feu et à sang. Et ils n'avaient aucun moyen de l'arrêter.

CHAPITRE XVI

Le consul général de Grande-Bretagne attendit que la herse protégeant l'entrée s'efface dans le sol pour rentrer la Jaguar bleue dans la cour du consulat. À cause des travaux, il s'était installé avec son équipe dans des baraquements provisoires, à droite de l'entrée. Il était un peu plus de neuf heures. Il alla rendre visite à son secrétariat et, comme tous les jours, annonça qu'il ressortait à pied pour une demi-heure. Il donnait toujours ses rendez-vous professionnels – c'est-à-dire ceux du MI6 – dans la galerie s'ouvrant en face du consulat, parallèle à Istiklâl Caddesi.

Ce matin, il avait rendez-vous avec un journaliste de *Cumhuriyet*, assez bien informé sur les islamistes et assez peu gourmand en dollars. Il était en avance.

Au moment où il allait s'attabler à la terrasse ouverte du premier restaurant de Cicek Passage, il entendit une voix lancer derrière lui.

– *Good morning!* Je pensais vous appeler, mais le hasard fait bien les choses…

George Milken se retourna. L'homme qu'il connaissait sous le nom de Mahmoud lui souriait aimablement. Pas une seconde il ne crut à une coïncidence. L'envoyé de Bin Laden avait simplement voulu éviter le risque d'un rendez-vous organisé. C'était aujourd'hui qu'il devait l'appeler. Il se força à sourire.

– Bonne surprise ! Voulez-vous que nous prenions un thé ou un café ?

– Avec plaisir.

Ils s'assirent à une des tables à l'extérieur et commandèrent deux thés. Lorsqu'ils furent servis, le Turc adressa un grand sourire au consul.

– Avez-vous eu le temps de penser à mon petit problème ?

– Bien sûr, assura George Milken. J'ai câblé à Londres le jour même.

– Bien.

Il ne posa pas de question, attendant la réponse du consul. Ce dernier but un peu de son thé et précisa d'une voix posée :

– Je n'ai pas encore la réponse. Il s'agit d'un problème un peu délicat, n'est-ce pas. Mais je pense que mon département fera tout ce qu'il peut pour le résoudre.

– Je n'en doute pas, affirma chaleureusement son interlocuteur, mais nous nous étions mis d'accord sur une date. Aujourd'hui.

George Milken eut un sourire poli.

– Nous n'étions pas vraiment d'accord. C'est une date que *vous* aviez proposée. Mais je ne fais pas ce que je veux…

– Je comprends tout à fait, affirma le Turc. Je vais donc transmettre votre réponse à ceux qui m'ont envoyé. Je suis ravi de vous avoir revu.

Il finit son thé d'un trait, se leva et s'éloigna dans la galerie. Le consul n'avait plus du tout envie d'aller à son rendez-vous. À grandes enjambées, il reprit le chemin du consulat, maudissant ses supérieurs à Londres, qui ne prenaient jamais rien au sérieux. Il ne pouvait pas dire la vérité à l'émissaire de Bin Laden : personne ne voulait prendre la décision de relâcher Abu Quttada, et les différentes administrations concernées se renvoyaient la balle.

***

John Burke et Malko se regardaient sans rien dire. Le coup de fil de Larissa ne présageait rien de bon... Zeynel Sokik avait été averti, mais ne pouvait rien faire, à part renforcer les patrouiles de police. Un téléphone sonna. C'était justement le général du MIT.

– Nous avons localisé l'endroit d'où venait l'appel du portable, cette nuit, annonça-t-il. Grâce aux relais. Cette femme se trouvait à l'est d'Istanbul, dans un nouveau quartier islamiste. À l'opposé de l'endroit supposé où elle était allée retrouver ses complices.

***

Nakyié-Ergul Sokak était une petite voie étroite en sens unique s'enfonçant dans l'élégant quartier de Sisli. Beaucoup de boutiques, des trottoirs étroits, de vieilles maisons qui alternaient avec des immeubles modernes. Il était onze heures dix lorsqu'un fourgon Hino rouge s'engagea à vive allure dans la rue. Les passants s'écartèrent pour ne pas être écrasés, injuriant copieusement le chauffeur. Le véhicule continua sa route et s'arrêta brusquement au milieu de la rue, face à la synagogue Beth Israel. L'entrée principale se trouvait sur la rue parallèle, aussi beaucoup de gens dans le voisinage ignoraient son existence.

Un policier, en voyant le fourgon arrêté, bloquant la circulation, s'approcha et demanda au conducteur, un jeune homme barbu, de déplacer son véhicule. Ce fut la dernière phrase qu'il prononça. Le fourgon se transforma en une boule de feu et une puissante déflagration détruisit tout en une fraction de seconde dans un rayon de cinquante mètres. Des façades s'effondrèrent, des centaines de vitres volèrent en éclats, des voitures prirent feu et des passants furent enveloppés par le nuage brûlant. Quand la fumée se dissipa, il y avait des corps étendus partout, des morts et des blessés. La façade de la synagogue avait été éventrée et on voyait des corps étendus à l'intérieur. Une horrible odeur d'ammoniac flottait dans l'air, étouffant les survivants. Du fourgon, il ne restait que des tôles froissées et, du conducteur, des débris humains projetés un peu partout. Hébétés, les survivants couraient dans toutes les directions.

Personne ne comprenait ce qui venait d'arriver.

Quand les premières ambulances survinrent, une maison brûlait, des gens se tordaient de douleur sur le sol et on comptait une douzaine de cadavres sur la chaussée.

***

– *My God!* s'exclama le consul de Grande-Bretagne, bouleversé, en raccrochant. Appelez-moi Londres tout de suite.

Il se dit qu'il était sûrement la seule personne à Istanbul à savoir pourquoi cette synagogue venait de sauter. À peine vingt-quatre heures s'étaient écoulées depuis son rendez-vous avec l'émissaire de Bin Laden. Il était encore au téléphone avec Londres quand sa secrétaire entra, affolée, dans le bureau.

– *Sir,* lança-t-elle, il vient d'y avoir un deuxième attentat. La synagogue Nove Shalom dans Karaköy. Une voiture piégée, il y a beaucoup de morts et de blessés.

Le consul se prit le visage entre les mains. C'était signé. À Istanbul, les Juifs étaient parfaitement intégrés. Il n'y avait pas de quartier juif et ils étaient répartis un peu partout, libres de se livrer à leur culte. Les Turcs, depuis le califat, avaient toujours été très tolérants. Il n'y avait qu'une explication à ces deux attentats, commis avec des voitures piégées : jadis, Abu Quttada avait inspiré le groupe Tawfik, spécialisé dans la destruction des synagogues en Égypte.

George Milken revit le sourire patelin de son interlocuteur et se maudit de ne pas avoir compris le message. Seulement, il lui était impossible de livrer Abu Quttada. Il subodorait ce qui s'était passé : le MI5, jaloux de ses prérogatives, avait fait la sourde oreille à ses homologues du Mi6. Et aujourd'hui, des dizaines de morts gisaient dans les rues d'Istanbul.

***

L'odeur d'ammoniac rendait l'air presque irespirable. On avait jeté des couvertures sur les morts et emmené les blessés. D'autres étaient soignés sur place. Des murs éventrés continuaient à tomber des moellons. Abasourdis, les habitants du quartier essayaient de comprendre ! La plupart des morts étaient des passants ou des boutiquiers turcs. Il n'y avait que quatre morts juifs à l'intérieur de la synagogue.

Accompagné d'Elko Krisantem, Malko contemplait le massacre, avec un goût de cendres dans la bouche. Larissa, la Tchétchène, avait commencé à tenir parole. Mais pourquoi une synagogue ? Des policiers grouillaient partout quand John Burke arriva à son tour, suivi très vite par Zeynel Sokik, blanc comme un mort. On avait ramassé les morceaux du kamikaze qui s'était fait sauter avec le fourgon Hino dont la plaque était restée intacte.

– Il faut retrouver cette fille ! lança Zeynel Sokik. Une seconde synagogue a sauté dix minutes après celle-ci. Attentat – suicide aussi.

Il dut s'interrompre à cause d'une quinte de toux. L'ammoniac. C'était bien le même explosif que celui signalé par Larissa. Apparemment, une partie mal amorcée n'avait pas explosé. Sinon, toute la rue aurait été détruite. Piètre consolation. Un policier apporta un portefeuille taché de sang au général du MIT. Celui du kamikaze. Le Turc l'ouvrit et examina les papiers à l'intérieur, laissant tomber :

– Il venait de Bingöl, en Anatolie. Il faut qu'ils soient sûrs d'eux pour garder leurs papiers. On va quand même essayer de remonter cette piste. Mais je n'y crois pas trop.

***

Dans sa chambre de *La Maison*, Habip Aktas regardait la télévision qui passait en continu des scènes des deux attentats et les interviews des survivants et des officiels. Un policier brandissait la carte d'identité d'un des kamikazes, un certain Gokhman Elaltuntas. Né à Bingöl, âgé de vingt-deux ans.

Habip Aktas ne l'avait jamais rencontré. Ce jeune homme faisait partie de ceux qui n'avaient pas combattu en Afghanistan et brûlaient de se racheter par des actions d'éclat.

Il bénit les talents de Larissa. Sans elle, ce message n'aurait pas pu être envoyé… Maintenant, on allait le prendre au sérieux. Il n'éprouvait absolument rien à la vue des corps étendus. C'était la guerre. Une guerre impitoyable entre deux civilisations, deux religions. Les Turcs étaient des traîtres et des mécréants. Quant aux Juifs, ils n'avaient qu'à s'en prendre aux Israéliens.

Il enfila son manteau et descendit, marchant jusqu'à Ciragan Caddesi. Il prit un taxi et se fit conduire dans Beyôglu. Là, tout en marchant, il composa le numéro du consul général de Grande-Bretagne. Ce dernier répondit tout de suite. Habip Aktas dit simplement :

– C'est moi. Je regrette d'avoir dû vous mettre les points sur les i. Nous sommes des gens sérieux. Ce qui arrive aujourd'hui est de votre faute.

– *Your'e a fucking bastard*[1] ! lança le consul, oubliant provisoirement son éducation oxfordienne.

– Cela ne sert à rien de dire cela, fit paisiblement Aktas. Dites-moi plutôt si vous avez averti Londres. Je vous donne un dernier délai : cinq jours. Je pense que cette fois vous me croirez. Donc, à la semaine prochaine.

Il raccrocha et composa le numéro de Larissa qui répondit aussitôt.

1. Vous êtes un enfoiré !

– Bravo, ma sœur ! fit le turc. J'ai beaucoup pensé à toi ce matin.

– Cela n'a pas bien marché, rétorqua la Tchétchène. Je suis certaine qu'une partie de l'explosif a été gaspillée. Sinon, les dégâts seraient plus importants. Que devons-nous faire, mon frère ?

– Rien pour le moment. Mais si je ne t'ai pas contactée dans cinq jours, tu agiras de nouveau. Comme nous l'avons dit. Je peux compter sur toi !

– Tout à fait, *inch' Allah.*

Il faillit lui poser des questions sur l'attaque kamikaze de la poste de la place Taksim, puis y renonça. Il valait mieux être prudent au téléphone. La communication coupée, il se demanda quoi faire de son temps. Jusqu'à l'ultimatum posé aux Britanniques, il n'avait strictement rien à faire à Istanbul. Sinon profiter de la vie. S'il arrivait à faire libérer Abu Quttada, ce serait une formidable victoire pour l'islam.

Il se sentait un peu grisé de penser que seules deux personnes *savaient* exactement le pourquoi de ces attentats. Les Turcs étaient dans le brouillard.

Il toucha dans sa poche le papier avec le numéro de Tatiana et une petite bouffée de chaleur l'envahit. La longueur des jambes de la Russe le faisait encore fantasmer. Il avait beau se dire que ce n'était qu'une call-girl, elle l'avait fait bander comme jamais depuis longtemps. Un dîner suivi de quelques gâteries ne lui coûterait pas plus de cinq cents dollars. C'était encore dans son budget. Et il le méritait : si les Turcs le prenaient, il croupirait quelques dizaines d'années dans une prison turque. S'il survivait.

Il sortit le numéro et le composa. Tomba sur un répondeur.

Il ne laissa pas de message et continua sa promenade. Le temps était frais mais beau. Il allait peut-être neiger. Au passage, il acheta *Posta* dans un kiosque. Toute la une ne parlait que des deux attentats presque simultanés contre les synagogues. En tout, vingt-cinq morts et trois cents blessés. Il en ressentit une légitime fierté. Le Front Islamique mondial contre les Juifs et les Croisés se distinguait à nouveau.

***

– Leur enquête piétine, annonça John Burke à Malko. L'un des deux kamikazes avait quitté sa ville natale, Bingöl, il y a trois mois. Mais personne ne savait où il logeait à Istanbul. Les explosifs, nous savons à quoi nous en tenir… Quant à Larissa, elle s'est évanouie dans la nature. Et il y a dix millions d'habitants à Istanbul…

– Je n'ai rien trouvé ce matin, avoua Malko.

Dès sept heures, il était parti avec Elko passer les nouveaux quartiers de la rive asiatique au peigne fin. C'était chercher une aiguille dans une botte de foin, mais cela valait mieux que de rester dans sa chambre du *Marmara*.

– Les interceptions de portables n'ont rien donné non plus, continua l'Américain. Ces gens-là se déplacent sans arrêt. Les Turcs sont hystériques. Ils viennent de découvrir que le type qui s'est fait sauter avait travaillé avec le MIT, comme supplétif dans la lutte contre le PKK. Autrement dit, il était déjà catalogué comme islamiste. Mais un « bon » islamiste.

– Ils ne le surveillaient pas ? s'étonna Malko.

– Non, en 2000, après l'arrestation d'Öcalan, ils ont dissous ces groupes clandestins qui exterminaient les militants du PKK en Anatolie et ils ne s'en sont plus occupés. En Turquie, la menace islamiste n'a jamais été prise au sérieux.

– Maintenant, elle l'est, mais c'est un peu tard, conclut Malko.

– Vous ne voyez rien dans ce que vous a dit Larissa qui pourrait nous mettre sur une piste ? insista John Burke. À Langley, ils sont survoltés aussi. Je leur ai dit d'aller se plaindre à nos camarades russes.

– Non, je ne vois pas, avoua Malko. Elle était extrêmement prudente.

Installés dans le bureau de l'Américain, dans le « bunker » de Istinyé, les deux hommes se creusaient la tête en vain. Malko se mit à repasser mentalement tout ce qu'il savait. C'était peu. Tout à coup, son esprit se fixa sur un gros objet rouge que personne ne semblait avoir remarqué.

– La bétonnière ! s'écria-t-il. Elle m'a semblé toute neuve. Ils l'ont bien achetée quelque part !

– Jésus-Christ ! fit John Burke en sautant sur ses pieds. Vous êtes génial. J'appelle Zeynel Sokik.

– Non, dit Malko. Je vais m'en occuper moi-même avec Elko.

CHAPITRE XVII

George Milken, le consul général de Grande-Bretagne, enfermé dans son bureau, tapait sur son ordinateur un long compte rendu à l'intention de sa Centrale de Londres. Le bilan des deux attentats était lourd. Pour la plupart, des Turcs. Pour avoir parlé avec ses homologues du MIT, il savait que ceux-ci n'avaient pour le moment aucune piste, sinon un attentat d'Al-Qaida. Seulement, s'ils arrêtaient certains des participants, ils risquaient de découvrir le pot aux roses. C'est-à-dire que ces attentats n'étaient pas liés à la Turquie, mais le résultat d'un affrontement entre la Grande-Bretagne et Al-Qaida. Or, sur instructions de Londres, il n'avait pas soufflé mot aux Turcs de la menace qui pesait sur eux, à la suite de la visite de l'envoyé d'Al-Qaida.

Il y avait de quoi provoquer de graves problèmes diplomatiques. Sans parler des Israéliens, pas au courant non plus. Or, George Milken était certain que si le problème Abu Quttada n'était pas réglé, les islamistes récidiveraient. Le délai de cinq jours avait commencé à courir. Hélas, il lui était interdit de parler aux Turcs de cette nouvelle menace.

C'est pourquoi il conseillait vivement de remettre en liberté Abu Quttada.

Son mémo terminé, il le porta à la salle du chiffre pour diffusion immédiate. Il ne restait pas beaucoup de temps.

***

Elko Krisantem arrêta la Mercedes juste en face du local n° 32. Malko vit immédiatement les scellés apposés sur la porte coulissante. Sans hésiter, il arracha le cachet de cire et, à deux, ils firent coulisser le lourd battant. Le local sentait un peu l'ammoniac, rien n'avait bougé et ils gagnèrent le premier étage.

La bétonnière rouge était toujours là.

Malko l'examina. Elle n'avait visiblement pas beaucoup servi. Il y avait des numéros et une marque : Tanmaksan. Il nota le nom et ils redescendirent. Dans ce coin, personne ne pouvait les renseigner.

– Allons à Umraniyé, suggéra Malko. On va essayer de savoir où on peut trouver des bétonnières.

De nouveau, l'interminable autoroute urbaine. Les camions, les ralentissements. Il leur fallut vingt minutes pour franchir le deuxième pont, puis redescendre à travers des bois de sapins. Enfin, ils retrouvèrent une agglomération. Laide et triste à mourir. Elko pila soudain, désignant à Malko un écriteau : HAZIR BETON.

– Là, on devrait trouver, dit Krisantem.

C'était un petit magasin. Les murs étaient couverts de photos d'énormes bétonnières. Elko expliqua qu'ils voulaient en louer une et aussitôt, on leur montrat des photos de monstres de dix mètres de long. Le Turc expliqua alors qu'ils voulaient une *petite* bétonnière, pour un petit chantier. Navré, le patron se lança dans une grande explication.

– Depuis les tremblements de terre, les gens ne font plus leur béton eux-mêmes, il était de trop mauvaise qualité. Il est fabriqué industriellement et livré tout fait.

– On doit bien en trouver des petites ? insista Elko.

Finalement, le patron leur dit qu'il y avait peut-être un fabricant dans une rue donnant dans Alemdag Caddesi, beaucoup plus loin vers l'est. Ils repartirent. La zone désignée était un fouillis de petites rues donnant sur une grande autoroute urbaine. Pour tout arranger, il pleuvait. Elko se mit à faire du porte à porte. Une demi-heure plus tard, il émergea d'un petit restaurant, euphorique.

– J'ai trouvé, annonça-t-il, c'est à côté, dans Erciyes Sokak.

Ils garèrent la Mercedes et partirent à pied. Enfin, sur une porte de bois, ils aperçurent un panneau cloué, annonçant : TANMAKSAN. Malko poussa la porte et eut l'impression de pénétrer en enfer. C'était un atelier de métallurgie avec de la feraille partout. Un boucan infernal, des ouvriers qui soudaient, martelaient, assemblaient. Un Turc massif à grosse moustache, sanglé dans un bleu de travail, vint à leur rencontre. Elko expliqua ce qu'ils cherchaient. Le visage de l'ouvrier s'éclaira et Elko expliqua :

– Il n'y a plus qu'eux à fabriquer ces petites bétonnières !

Bingo ! Le patron les emmena dans un minuscule bureau suspendu au-dessus de l'atelier et leur montra triomphalement son catalogue où figurait en bonne place la petite bétonnière, entièrement assemblée chez eux. Pour pas cher : un milliard deux cents millions pour la version électrique, trois milliards deux cent cinquante mille pour le diesel.

– Ils doivent en vendre des tonnes ! soupira Malko.

Elko Krisantem traduisit et le patron lâcha une phrase brève en éclatant de rire.

– Il en ont vendu une en six mois ! traduisit le Turc.

Malko crut avoir mal entendu. C'était le miracle ! Le patron se lança dans une longue explication selon laquelle les gens préféraient acheter leur béton tout fait, à cause des tremblements de terre. Malko trépignait, il connaissait la chanson.

– Il sait à qui il l'a vendue ?

Complaisant, le patron se plongea dans un vieux registre et finit par trouver ce qu'il cherchait.

– C'était en octobre, dit-il. Le type m'a dit qu'il s'appelait Ylias. Il a payé en liquide et il est venu la chercher avec un fourgon. J'étais bien content, ça m'évitait d'en louer un.

La joie de Malko était retombée. Soudain, le patron posa un index noirâtre sur un numéro de téléphone écrit au crayon en travers de la commande.

– Tiens, je crois bien que c'est lui. Je vais l'appeler, il pourra vous dire qu'il en est content

Il composait déjà le numéro. Elko appuya sur le récepteur avec un sourire.

– Pas la peine, dit-il, on ne va pas y aller maintenant. Laissez-nous le numéro.

Le patron n'insista pas, un peu étonné quand même. Malko ne ressemblait pas vraiment à un entrepreneur turc, plutôt à un *yabuci*[1]. Ils repartirent et, à peine dehors, Malko demanda :

– Il y a un service de renseignements téléphoniques ?

– Bien sûr, mais il ne marche pas toujours bien. On peut essayer.

Ils regagnèrent la voiture. Il fallut à Elko Krisantem dix bonnes minutes pour obtenir le renseignement qu'il nota fébrilement.

– C'est une entreprise de matériaux de construction, dit-il. Balkaya. Dans Lise Caddesi. Pas très loin d'ici. Qu'est-ce qu'on fait ?

– On y va, décida Malko.

Cette fois, ils étaient sur une vraie piste. Heureusement, le Sig était dans la boîte à gants de la Mercedes. Pendant qu'ils roulaient, il appela John Burke. L'Américain bondit en apprenant qu'ils se rendaient chez les acheteurs de la bétonnière.

– Pas question ! rugit-il. Nous sommes en Turquie, c'est au MIT de prendre la suite.

– Et s'ils disparaissaient entre temps ? objecta Malko.

1. Étranger.

– Planquez. Suivez-les s'ils partent. Donnez-moi l'adresse, j'appelle tout de suite Zeynel.

Le temps de communiquer les informations, ils avaient atteint Lise Caddesi, grand boulevard à deux voies dans une zone industrielle. Malko passa lentement devant le portail de l'entreprise Balkaya. Cela semblait tout à fait innocent. Des piles de sacs de ciment, de bois, de céramiques, de poutrelles, de briques. Plusieurs jeunes gens s'agitaient dans la grande cour, en train de charger et de décharger des matériaux.

Malko s'arrêta un peu plus loin, en vue du portail, et commença à compter les minutes. Sauf à venir en hélico, les gens du MIT en avaient au minimum pour une demi-heure…

Pendant vingt minutes, rien ne se passa. Puis, tout à coup, un véhicule s'arrêta derrière eux. Un fourgon blanc. Deux hommes en descendirent. Malko sentit son pouls sauter au plafond. Un des deux tenait une kalachnikov. Il la porta à son épaule et ouvrit le feu.

Malko n'eut que le temps de plonger sur la banquette, tandis que les impacts pulvérisaient la lunette arrière, puis le pare-brise, s'enfonçant dans le haut des sièges. Elko Krisantem, lui, s'était tassé sur le plancher de la Mercedes. À tâtons, il ouvrit la boîte à gants et arriva à saisir le Sig. Puis il ouvrit la portière droite et se laissa glisser sur le trottoir.

Quand il se redressa, le tireur à la kalach' venait de remonter dans le fourgon, qui, démarrant brutalement, fila devant eux. Malko se redressa et sortit à son tour. La Mercedes n'était plus qu'une passoire, mais les pneus n'avaient pas souffert.

– On les poursuit ? suggéra Elko.

– Inutile, répliqua Malko. N'attendons pas le MIT. On va chez Balkaya.

Laissant la voiture là, ils partirent à pied. Dans ce boulevard quasi désert, l'attaque éclair dont ils avaient été victimes ne semblait pas avoir été remarquée : il n'y avait pas de piétons et les conducteurs des véhicules qui passaient avaient d'autres chats à fouetter. Lorsqu'ils arrivèrent à l'entrée de l'entreprise de matériaux de construction, ils virent tout de suite que la cour, animée deux minutes plus tôt, était vide !

L'attaque devait faire diversion pour permettre aux gens de Balkaya de s'enfuir. La bétonnière les avait bien menés à la bonne piste... Soudain, Malko aperçut sous un hangar un fourgon avec deux hommes à bord et entendit le couinement désespéré d'un moteur qui refuse de démarrer.

Au moment où il courait vers lui, le moteur rugit enfin. Malko se retourna.

– Elko, fermez la grille !

Le Turc se précipita et parvint à rabattre les deux battants du portail juste à temps. Le fourgon vint s'écraser dessus. Ausitôt, ses occupants sautèrent à terre. Deux jeunes barbus, chacun tenant un pistolet. L'un d'eux commenca tout de suite à tirer, forçant Malko et Krisantem à se réfugier derrière la baraque en bois qui servait de bureau au chantier. Pendant qu'il continuait à tirer, l'autre rouvrit le portail et remonta à bord. En un clin d'œil, ils l'eurent franchi.

Pour se trouver nez à nez avec une voiture de police, suivie de plusieurs autres. Le MIT arrivait enfin. Le fourgon fonça, percuta le premier véhicule et prit le boulevard à contresens. Malko se précipita et vit une meute de véhicules de police filer à sa poursuite. Une Mercedes s'arrêta brutalement, laissant pas mal de gomme sur la chaussée. Zeynel Sokik en jaillit et courut vers Malko.

– Où est-elle ? lança-t-elle.

– Qui ?

– La Tchétchène.

– Je ne l'ai pas vue, avoua Malko.

Une nuée de policiers étaient en train d'envahir la cour et le baraquement de bois. Malko et Zeynel Sokik s'y installèrent. Le poêle fonctionnait et il y avait même des théières dessus. Les occupants étaient partis précipitamment.

– Beau travail, apprécia le général turc. J'espère qu'on va avancer, maintenant.

Ses hommes étaient en train de tout fouiller de fond en comble. Ils n'avaient pas terminé lorsqu'un car de police entra dans la cour. Plusieurs policiers en firent sortir un jeune homme hirsute, le visage en sang, les mains menottées derrière le dos. Barbu, l'air farouche, il boitait. Le gradé qui l'escortait débita un long discours à Zeynel Sokik, qui le traduisit à Malko.

– Ils ont rattrapé le fourgon. Ses occupants se sont défendus. L'autre a été tué.

Il apostropha le jeune homme qui baissa la tête sans répondre. Aussitôt, trois policiers se ruèrent sur lui et se mirent à le rouer de coups. Zeynel Sokik arrêta le plus virulent alors qu'il sautait sur le ventre du prisonnier à pieds joints. Celui-ci était déjà très mal en point... Une odeur putride se répandit dans l'air : le prisonnier était en train de déféquer. Résultat du martèlement d'un des policiers. Zeynel Sokik fit la grimace et jeta un ordre. On l'entraîna aussitôt à l'extérieur.

– Qu'est-ce qu'ils vont lui faire ? demanda Malko.

– Le laver, fit sobrement l'officier turc.

On le ramena un quart d'heure plus tard, livide, cassé en deux, et l'interrogatoire recommença. Zeynel Sokik lui jeta une longue phrase d'un ton comminatoire.

Pas de réponse.

Alors, d'un seul coup de pied, il le fit tomber de son tabouret. L'homme resta sur le sol, vomissant et se tenant le ventre à deux mains. Malko n'en revenait pas de cette brutalité aveugle, féroce. Alors qu'il était à terre, un policier continuait à le bourrer de coups de pied. Comme s'il avait senti la réprobation muette de Malko, Zeynel Sokik se retourna vers lui, le visage grave.

– Je lui demande où se sont enfuis les autres. Si on ne l'apprend pas tout de suite, c'est fichu. Il refuse de répondre.

Recroquevillé par terre en chien de fusil, le jeune barbu ne bougeait plus. Un des policiers lui expédia un léger coup de pied, sans obtenir de réaction. Un autre le retourna et se pencha sur lui. Il se releva aussitôt, l'air dégoûté.

– Il est mort, annonça Zeynel Sokik. Ces types sont des fanatiques.

John Burke débarqua dix minutes plus tard. La fouille du chantier venait de se terminer. Les policiers n'avaient trouvé ni armes ni explosifs. D'autres fouillaient les papiers, essayant d'identifier les propriétaires.

Zeynel Sokik fit le point.

– Nous venons, grâce à vous, de porter un coup très dur à leur organisation. Nous allons sûrement trouver ici des indices permettant de remonter à leurs autres caches. Et de retrouver ces explosifs.

Des policiers étaient en train d'interroger les voisins, de relever des empreintes digitales, de noter des numéros de téléphone. Une longue enquête démarrait.

John Burke et Malko regardaient tout ce remue-ménage, sceptiques. Bien sûr, ils avaient marqué un point, mais cette organisation apparaissait extrêmement ramifiée. Un policier arriva, brandissant une carte d'identité, et fit son rapport à Zeynel Sokik.

– Ils ont identifié le mort, annonça-t-il. Lui aussi vient de Bingöl. Il était fiché comme islamiste, là-bas, et possédait un café Internet.

Encore un qui ne parlerait pas.

Un autre policier rejoignit le baraquement avec une information supplémentaire.

– Le patron d'ici s'appelle Ylias, annonça l'officier turc. Il n'était là que depuis trois mois.

Comme à Ikitelli, le groupe avait loué des emplacements provisoires, gardant ses véritables bases secrètes. Malko échangea un regard avec John Burke : ils n'avaient plus rien à faire. Désormais, c'était du travail de police classique. Laissant Elko Krisantem ramener la Mercedes passoire à son cousin, ils partirent dans la Buick de l'Américain.

– Je me demande comment ils se sont doutés de notre présence, s'interrogea Malko.

– Le marchand de bétonnière vous a balancés, suggéra l'Américain. Ou ils vous ont repérés dans votre planque. Cela n'a plus qu'un intérêt académique.

Tandis qu'ils filaient vers l'ouest, Malko se demanda si c'était Larissa qui leur avait envoyé les tueurs du fourgon.

***

À l'abri dans un hangar fermé à clé du quartier Mahmutbey, au fond d'une cour discrète, Larissa Elmouzaieva faisait un travail de chien. Aidée par deux jeunes barbus, elle vérifiait un par un les sacs pleins d'explosif contenus dans un fourgon Hino. Il y en avait dix de cinquante kilos. Elle avait commencé par les faire tous sortir et les remettait en place, un par un, après avoir vérifié et complété le dispositif de mise à feu. Les jeunes gens de la zone industrielle d'Ikitelli avaient travaillé trop vite, n'irriguant pas assez l'explosif avec le cordon détonant et de petites charges explosives de RDX. Avec une patience méticuleuse décuplée par la haine, la Tchétchène refaisait le travail. De cette façon, les résultats seraient bien meilleurs.

Épuisée, elle s'arrêta un peu, se massant le dos. Désormais, elle se sentait en paix avec elle-même. Elle avait refoulé au plus profond d'elle-même l'atroce douleur de la perte de toute sa famille et ne lui permettait qu'à certains moments de se manifester. Le reste du temps, elle travaillait à sa vengeance. Quand elle aurait fini à Istanbul, elle repartirait en Tchétchénie et tuerait le plus de Russes possible, avant de disparaître elle-même. Elle rêvait de faire comme le commando du théâtre Nord-Ost à Moscou : aller frapper les Russes chez eux, dans leur capitale pleine de belles voitures, de boutiques luxueuses et de gens heureux.

Elle comptait les jours. Encore quatre vingt seize

heures avant de frapper. Pourvu qu'Habip Aktas ne lui donne pas de contrordre !

Elle s'attaqua au dernier sac. Ensuite, elle irait se coucher. Un des militants du groupe lui donnait asile dans l'arrière-boutique de son magasin d'épices, non loin de là. La nuit, Larissa allait traîner dans la boutique, reniflant les senteurs étranges qui montaient des sacs de toutes les couleurs... Parfois, durant ses insomnies, elle réfrénait une envie dévorante d'aller jusqu'à l'hôtel *Marmara*, de monter au quinzième et de sonner à la porte de l'espion américain. Pour qu'il sache pourquoi il mourrait. Mais c'était trop dangereux et elle avait une meilleure idée, une fois sa mission accomplie.

Inch' Allah.

CHAPITRE XVIII

Deux jours d'inaction. Malko tournait en rond. On parlait déjà moins des attentats contre les synagogues et la police turque clamait partout qu'elle avait démantelé le groupe terroriste qui en était responsable. Évidemment, il y avait quelque chose de vrai. Deux de leurs bases étaient tombées et ils avaient perdu deux hommes. Le fameux Ylias, par contre, était introuvable, tout comme l'équipe qui avait rafalé Malko et Krisantem. Sans parler de Larissa.

À moins que celle-ci ne soit retournée en Tchétchénie.

La police avait annoncé de nombreuses arrestations. Des islamistes de Bingöl. Tous ceux qui avaient travaillé autrefois avec le MIT. Hélas, ils n'avaient plus aucun lien avec ceux du groupe d'Istanbul. Par des indiscrétions, John Burke avait appris que les pistolets trouvés sur les deux jeunes gens abattus par la police avaient jadis été enregistrés au nom du ministère de l'Intérieur. Ce qui en disait long sur les liens entre ces extrémistes et le MIT.

Malko se demandait ce qu'il faisait encore à Istanbul, par ce temps maussade. Il ne possédait strictement aucun fil à tirer et commençait à se morfondre sérieusement. Après avoir épuisé les joies limitées du shopping dans le

Kapali Çarşi[1], il s'apprêtait à passer une soirée tristounette quand son portable sonna.

– Vous êtes toujours à Istanbul ? demanda une voix féminine qu'il mit quelques secondes à identifier.

« Laila » ou plutôt Siran, l'épouse de Zeynel Sokik. Il pensait qu'elle ne le rappellerait jamais.

– Comme vous voyez ! fit-il. Vous devez le savoir par votre mari.

– Il ne me parle pas de ses affaires, répondit-elle un peu sèchement.

– Voulez-vous prendre un thé ?

– Non, je ne veux pas me montrer dans un lieu public.

Vu la température, ce n'était pas la saison des amours champêtres. Avait-elle vraiment envie de le rencontrer ou jouait-elle simplement ? Il décida de brusquer les choses.

– Dans ce cas, c'est à *vous* de faire une suggestion.

Il crut qu'elle avait raccroché, tant le silence se prolongea. Puis, très vite, elle lui lança.

– À six heures, trouvez vous à l'entrée de Inonü Caddesi.

J'ai la même voiture.

***

Il était là depuis six heures moins dix, son instinct de chasseur aiguisé par la curiosité. Mais, avec Siran, il se méfiait.

La BMW vert émeraude surgit des virages d'Inonü Caddesi à toute vitesse et ne s'arrêta que le temps pour Malko de sauter à bord. Tout de suite, il fut frappé par la senteur lourde qui imprégnait la voiture. Siran devait s'en arroser tous les matins. Il l'examina du coin de l'œil. Elle portait pratiquement la même tenue que l'autre fois, pull noir, mini en cuir, avec deux Zip sur les côtés, bas ou collants noirs, bottes avec des motifs argentés. Sentant son regard, elle tourna la tête et demanda avec un brin d'ironie :

1. Grand Bazar.

– Alors, vous me trouvez à votre goût ?

– Tout à fait, confirma Malko. À propos, où allons-nous ?

Elle sourit. Un sourire sensuel et gourmand.

– La curiosité est un vilain défaut.

En plus, odieuse ! Odieuse, mais bandante, se dit-il en admirant ses cuisses charnues. Le menton volontaire contrastait avec l'épaisse bouche rouge et le regard brûlant.

Après avoir longé l'université, elle déboucha le long du Bosphore, fonçant vers le nord. Elle conduisait vite et bien, se faufilant entre les véhicules plus lents, et il voyait les muscles de ses cuisses jouer sous le nylon noir, chaque fois qu'elle appuyait sur le frein. Soudain, il réalisa qu'elle avait aussi une énorme poitrine, un peu effacée par le pull.

Maintenant, il avait une furieuse envie de briser cette carapace d'ironie, de la retrouver comme elle était durant leur conversation nocturne. Elle vira à gauche si brutalement qu'il fut projeté contre la portière. La BMW montait en rugissant une avenue élégante. Pour stopper devant un immeuble moderne, à l'entrée d'un parking. Déclenchée par un bip, la porte remonta.

Siran alla jusqu'au fond et stoppa. Plongeant alors la main dans son sac, elle en sortit un grand foulard noir.

– Tournez-vous ! dit-elle.

Malko obéit et, aussitôt, il ne vit plus rien. Elle venait de lui bander les yeux avec le foulard qu'elle était en train de nouer sur sa nuque.

– Qu'est-ce que vous faites ? demanda-t-il, plutôt étonné.

– Ce qui me plaît, rétorqua-t-elle. Je vous interdis d'ôter ce foulard. Sinon, je pars immédiatement. C'est d'accord ?

– D'accord.

Il n'avait guère le choix et c'était plutôt excitant. Elle sortit de la BMW, fit le tour, ouvrit la portière de Malko et l'aida à sortir, le guidant ensuite en lui tenant le bras.

Ils franchirent deux portes et entrèrent dans un ascenseur, qui s'arrêta quelques étages plus haut, avec une petite secousse. Il entendit un bruit de clef et il comprit qu'ils pénétraient dans un appartement.

Le sol était recouvert de moquette.

– Arrêtez-vous ! lança-t-elle.

Il obéit. Elle passa derrière lui, vérifiant la solidité du nœud qui maintenait le foulard. Celui-ci, en triple épaisseur, était totalement opaque. Satisfaite, Siran ordonna d'une voix plus douce.

– Maintenant, déshabillez-vous.

Malko faillit arracher le foulard, puis, se souvenant de quelques jeux érotiques pratiqués par Alexandra, obtempéra. Ses vêtements à ses pieds, il était entièrement nu, à l'exception du foulard. Il n'eut pas le temps de poser de question.

– Caressez-vous ! dit Siran. Lentement. Si vous bandez bien, vous serez récompensé.

C'était la première fois qu'elle employait un mot trivial. Malko lui obéit : elle devait être tout près de lui, car il sentait son parfum. Assez vite, il fut en pleine forme. Il sentit alors que Siran se rapprochait.

– C'est bien ! souffla-t-elle. Voilà votre récompense.

Une bouche enveloppa lentement son sexe, jusqu'à le prendre tout entier, et son érection durcit encore plus. Hélas, la bouche s'était déjà enfuie. Il la sentit effleurer sa poitrine, courant sur les mamelons, tandis que les doigts de Siran entretenaient son érection. Il envoya la main au hasard et sentit la masse tiède d'un sein nu. Elle aussi s'était déshabillée. Il s'en empara aussitôt, puis du second, faisant rouler de longues pointes fermes entre ses doigts.

– Vous avez envie de moi ? demanda Siran d'une voix un peu altérée.

– J'ai envie de vous baiser, répliqua Malko, volontairement brutal.

La crudité du mot sembla plaire à Siran, car il sentit aussitôt un ventre soyeux se frotter légèrement au sien.

De nouveau, ce fut très fugitif. Démoniaque. Il était le jouet sexuel de cette inventive salope. Mais, au fond, ce n'était pas désagréable.

– Venez, dit-elle, en le prenant par la main.

Toujours aveugle, il se laissa installer dans un fauteuil. Puis, il sentit un torse écarter ses genoux. Il tendit ses mains à l'aveuglette et toucha les épaules de Siran. Elle s'était agenouillée en face de lui. Presque aussitôt, son sexe fut enveloppé par deux masses tièdes et douces, qui se mirent à le masser. Puis, une bouche l'enveloppa, une langue se mit à jouer autour de son sexe.

Siran l'avait emprisonné entre ses seins magnifiques et lui administrait une fellation délicate, tout en le massant. L'idée était tellement excitante qu'il faillit jouir sur-le-champ. Instinctivement, il saisit à tâtons la nuque de l'épouse de Zeynel Sokik et força encore plus son membre dans sa bouche. Elle se laissa faire quelques instants, puis se dégagea.

– Je ne veux pas que vous jouissiez dans ma bouche, dit-elle. Et puis, vous n'avez pas encore assez envie de moi.

Il avait pourtant la sensation de n'avoir jamais été aussi dur. Elle continua un peu son massage puis s'interrompit, devinant qu'il n'allait pas pouvoir se retenir.

– Levez-vous ! dit-elle.

Une fois de plus, il obéit : elle était tout contre lui et, au jugé, suivant la courbe de son ventre, il trouva son sexe, l'envahissant aussitôt. Une inondation. Siran aimait bien jouer. Il se mit à la caresser de tout son cœur, l'ouvrant puis tournant autour de son clitoris jusqu'à ce qu'il sente à sa respiration haletante qu'elle était enfin domptée. Il se dit que, son membre bien enfoncé dans son ventre, elle serait tout à fait agréable. Mais, à nouveau, elle arrêta sa main.

– Attendez ! Pas si vite.

Elle s'éloigna et le reprit par la main. Cette fois, il sentit la soie d'un couvre-lit. Siran ordonna :

– Allongez-vous. Sur le dos.

Il obéit et elle remarqua :

– J'aime voir votre sexe dressé. Il a l'air très dur.

Comme si elle ne l'avait pas eu dans sa bouche ! Malko n'était plus qu'une boule de berfs. Quand il sentit qu'elle l'enjambait, instinctivement, il se souleva à sa rencontre et elle n'eut qu'à se laisser tomber doucement sur lui pour s'empaler jusqu'à la garde. Au toucher, il comprit qu'elle avait gardé ses bottes et des bas « stay-up ».

– Prenez mes seins, dit-elle. Faites leur tout ce que vous voulez.

Malko ne se fit pas prier, crispant ses mains sur les deux globes tièdes et durcis par le désir. Siran se mit alors à se balancer d'avant en arrière, d'abord très lentement, puis de plus en plus vite. Comme une locomotive qui prend de la vitesse. Son souffle s'accélérait lui aussi. D'une voix totalement changée, vulgaire, elle murmura.

– Je suis bien emmanchée ! C'est bon.

Pris au jeu, Malko donnait de furieux coups de reins, se soulevant du lit, les mains accrochées aux seins qu'il martyrisait pour le plus grand plaisir de Siran. Celle-ci se frottait de plus en plus vite, un peu penchée en avant. Il sentait son souffle parfumé sur son visage. Soudain, elle poussa un cri étranglé.

– Les hanches, prenez mes hanches !

Il obéit, l'enfonçant encore plus sur son sexe. Son plaisir arriva d'un coup, avec un cri sauvage qui déclencha celui de Malko.

Un éblouissement. Puis Siran s'effondra sur sa poitrine, pantelante.

***

Nilufer, l'amie monstrueusement grosse de Siran, drapée dans une djellaba blanche réhaussée de broderies d'or, se caressait furieusement, installée dans le fauteuil occupé un peu plus tôt par Malko. Elle était présente depuis son arrivée, immobile et muette. Ses énormes cuisses écartées, la djellaba relevée sur les plis de son ventre, le regard glué aux deux corps qui venaient de cesser de bouger, elle sentait enfin le plaisir monter.

Elle l'atteignit, mordant sa main gauche pour ne pas hurler et retombant ensuite, apaisée. Siran était vraiment une bonne copine. En échange de l'usage de son appartement, elle lui offrait parfois de très bons spectacles, qui lui donnaient l'impression d'être toujours une femme. Une de ses seules joies.

Sa main retomba, elle se remit debout, légèrement vacillante, et sortit discrètement de la pièce.

***

D'une langue sensuellement affectueuse, Siran nettoyait le sexe de Malko, dont les yeux étaient toujours bandés.

– J'ai très bien joui, dit-elle. Maintenant, je vais vous aider à vous rhabiller.

Elle lui tendit ses vêtements un par un et l'aida même à refaire son nœud de cravate. Ensuite, il attendit qu'elle en fasse autant. Quand le dernier Zip eut crissé, elle le prit à nouveau par la main et ils refirent le même parcours en sens inverse.

Ce n'est que dans la voiture qu'elle lui ôta son bandeau. Il tourna la tête vers elle. À part de très légers cernes sous les yeux, elle ne portait aucun stigmate du plaisir.

– Pourquoi toute cette comédie ? demanda-t-il.

– Ce n'est pas une comédie. Je ne veux pas qu'un homme me voie quand je fais l'amour. Question de pudeur. Et puis, c'est assez excitant, non ?

Évidemment, elle ne pouvait pas lui dire *toute* la vérité. Elle alluma une cigarette avec son petit Zippo Swarowski plein de diamants, sans laisser à Malko le temps d'attraper le sien. Ils ressortirent. La nuit était tombée.

– Qu'est-ce qui vous a décidée à m'appeler ? demanda Malko.

– J'ai su par Zeynel que vous alliez repartir car l'affaire qui vous a amené à Istanbul est terminée. Ils ont arrêté les coupables des attentats. Au téléphone, vous m'aviez bien fait jouir. Je me suis dit que c'était bête de passer à côté d'un petit plaisir...

Ils ne dirent plus grand chose jusqu'au moment où elle le déposa là où elle l'avait pris. Il réalisa alors qu'ils ne s'étaient même pas embrassés.

Du sexe à l'état pur.

***

George Milken restait toujours tard au bureau. Il allait pourtant partir quand on lui apporta un message de Londres tout juste décrypté. En le lisant, il poussa intérieurement un soupir de soulagement.

Le MI5 avait enfin accepté de relâcher son « otage ». Abu Quttada et toute sa famille seraient remis en liberté à la fin de la semaine. Dès qu'il aurait obtenu du Front Islamique Mondial contre les Juifs et les Croisés un engagement de ne pas mener d'actions contre la Grande-Bretagne. Bien entendu, ce ne serait pas un engagement *écrit*, mais dans ce genre d'affaires, il valait mieux ne pas renier sa parole.

Serein, il rangea le message dans son coffre et s'offrit une solide rasade de Defender « Success » dans un magnifique verre de cristal.

Dans deux jours, il conclurait le deal avec Habip Aktas. Et on oublierait le malheureux incident des synagogues. La paix était à ce prix.

CHAPITRE XIX

Larissa se glissa dans la petite pièce sombre qui lui servait de chambre depuis sa fuite de l'hôtel *Marmara*. L'odeur des épices parvenait jusque-là et ce n'était pas désagréable. Elle était satisfaite de sa tournée de la journée. Elle était allée inspecter une dernière fois les trois fourgons piégés avec chacun cinq cents kilos d'ammonitrate fuel, reconditionnés par ses soins.

Elle s'était réservé le troisième, avec la mission la plus difficile. La seule qui ne soit pas demandée par le groupe de Bin Laden. Ce serait évidemment son adieu aux armes. Et aussi à la vie. Une vie qu'elle ne tenait pas à continuer. Entre-temps, elle avait obtenu des détails par son ami tchétchène, sur le massacre de sa famille. Après, elle n'avait pu s'empêcher d'aller traîner devant le consulat de Russie, dans Istiklâl Caddesi. Hélas, la voie étant piétonne, surveillée par de nombreuses voitures de police, il était très difficile d'y accéder avec un véhicule piégé. En plus, le consulat se trouvait au fond d'un très grand jardin, protégé par de lourdes grilles.

Elle avait donc dû renoncer.

La jeune Tchétchène entendit un bruit dans la boutique et se figea, saisissant le pistolet qui ne la quittait plus. Un Colt 45 automatique, arrivé Dieu sait comment dans les mains de ses amis. Une voix chuchota :

– Larissa ?

Elle se détendit et répondit aussitôt.

– *Evet.*

La silhouette surgit de l'obscurité. Un homme trapu, au crâne dégarni et au visage banal, avec des traits grossiers de paysan. Le propriétaire de la boutique. Gurian Kunçak. Un ouvrier à la retraite depuis deux ans, un homme sans histoire, extrêmement pieux, qui avait découvert la foi dans la secte Fahtallaq Hoja, et rejoint ensuite le groupe Beyyet-Al-Imam qui prêchait le Djihad. De là, Gurian était passé dans un groupe plus actif, des salafistes, où il avait achevé de mûrir. C'est lui qui s'était porté volontaire pour conduire un des véhicules piégés. Presque humblement, il demanda à Larissa :

– Je voudrais que tu me montres, ma sœur, comment cela fonctionne, pour être sûr de bien accomplir la volonté de Dieu.

Larissa le regarda, attendrie.

– Es-tu certain, mon frère, de vouloir te sacrifier ainsi ? Tu as eu une vie difficile, tu pourrais te reposer maintenant.

– Je me reposerai avec Allah.

– Bien, conclut Larissa, sans insister. Tu viendras avec moi demain.

***

Malko regarda la brume qui flottait sur le Bosphore. On aurait dit une ville du Nord. Après une conversation avec John Burke, il avait décidé de partir le lendemain. Les Turcs continuaient leur enquête, arrêtant des gens à tour de bras, qui avaient très peu, sinon rien à voir avec les deux attentats. L'enquête sur les fourgons n'avait rien donné. Ils avaient été achetés par un des deux kamikazes qui avait payé en liquide.

Quant à Larissa, elle s'était volatilisée.

Il était invité à un grand dîner chez Zeynel Sokik et cela l'amusait de retrouver Siran dans un cadre différent.

Visiblement, elle menait une vie très indépendante. Cette mission laissait à Malko un goût très désagréable. Un échec patent, à cause des Russes. Il revoyait la tête de celle qui avait voulu venger Larissa, la belle islamiste déchiquetée sous ses yeux. C'étaient des choses qu'on n'oubliait pas facilement. La remise en état de la poste du boulevard Cumhuriyet s'était ajoutée aux travaux de la place Taksim et il ne demeurait de l'attentat qu'un trou dans le trottoir.

Le téléphone sonna. La ligne de l'hôtel. Lorsqu'il répondit, il n'y avait personne au bout du fil. Il décida d'aller au Bazar pour acheter quelque chose à ramener à Alexandra. Elko Krisantem était parti dédommager son cousin pour la Mercedes.

***

– *Tatiana, you are very busy*[1]...

Habip Aktas était ravi d'avoir enfin mis la main sur la jeune Russe qu'il avait appelée en vain à plusieurs reprises. Or, il risquait, dans tous les cas, de ne pas rester très longtemps à Istanbul.

– Je défilais tous les jours, dit-elle, et le soir, j'étais crevée. Maintenant, c'est fini.

– On peut dîner ce soir ,

– Avec plaisir. Au *Papermoon* ?

– Je préfère un très bon restaurant français, *La Maison.*

– Oh, fit la Russe, j'adore la cuisine française ! Vous voulez que je vous rejoigne là-bas ?

Ils prirent rendez-vous. Habip se dit que, du restaurant, il n'y aurait plus qu'à descendre dans sa chambre. Il avait hâte de terminer ce qu'il avait commencé à leur première rencontre.

***

1. Tatiana, vous êtes très occupée...

Le dîner était un peu guindé, mais Zeynel Sokik semblait d'excellente humeur. Il prit Malko et John Burke à part et les remercia chaleureusement pour leur aide. Grâce à eux, il avait été félicité par Ankara pour avoir décapité rapidement la cellule terroriste d'Istanbul.

– Pas de nouvelles de Larissa ? demanda Malko.

Le général turc balaya la Tchétchène d'un geste définitif.

– Elle est sûrement repartie chez elle, après leur avoir donné l'argent. Nous sommes en train de nettoyer toute cette merde islamiste !

– Elle n'était pas seulement venue apporter de l'argent, souligna Malko. Elle m'a dit qu'elle avait fait la préparation des explosifs.

– Le groupe est démantelé ! assura Zeynel Sokik. Buvons à notre succès.

Il fit signe à un serveur qui passait et ils prirent trois flûtes de Taittinger qu'ils levèrent en chœur. Siran, très sexy dans une robe noire ras du cou, mais hyper moulante, bavardait non loin d'eux. Il y avait une vingtaine de personnes, des politiques et des militaires. Quelques jolies femmes. Jamais, même à son arrivée, Malko n'avait pu croiser le regard de Siran. C'était étrange de penser qu'ils avaient fait l'amour et qu'il ne connaissait son corps que par le toucher. Soudain, il la vit prendre une cigarette dans son sac. Abandonnant Zeynel Sokik et John Burke, il fonça et arriva juste à temps pour l'allumer avec son Zippo armorié. Siran leva la tête, croisa son regard, dit « merci » et reprit sa conversation.

***

Tatiana était encore plus belle que dans son souvenir ! Des boucles d'oreilles de gitane, les cheveux relevés en chignon, ce qui accentuait son allure hautaine et distante, mais une robe verte décolletée en carré, au dessus du genou, suffisamment ajustée pour mouler une croupe de rêve. Et toujours ce regard soumis, avec une expression trouble.

– Quelle belle vue ! remarqua-t-elle.

Ils étaient en train de dîner au dernier étage de *La Maison*, face au Bosphore. Habip Aktas glissa une main sous la table et la posa sur le genou gainé de nylon. Aussitôt, Tatiana ouvrit les jambes aussi largement que lui permettait sa robe étroite. Sa main se posa sur celle du Turc, avec une pression complice.

– Donnez-moi encore un peu de champagne !

Il prit dans le seau la bouteille de Taittinger Comtes de Champagne et remplit sa flûte. La Russe mangeait peu, mais visiblement avait pris goût au champagne français. Ils en étaient au dessert et Habip Aktas n'avait pas l'intention de s'éterniser. Il se voyait déjà arrachant avec les dents la culotte de Tatiana. Il rêvait de sentir ses jambes interminables nouées dans son dos. Rien que cela lui donnait une érection. Pour être sûr d'être à la hauteur, il avait fait une entorse à ses résolutions et avalé un losange de Viagra, juste avant le dîner. Maintenant, il était carrément en rut.

N'en pouvant plus, dès qu'elle eut terminé sa salade de fruits, il prit sa main et la posa sous sa serviette, afin qu'elle puisse sentir la bosse qui déformait son pantalon.

Le regard de Tatiana s'embua.

– *You are very strong*[1] *!* murmura-t-elle. Vous voulez me raccompagner ?

– J'habite ici, dit le Turc avec un sourire triomphant.

Cinq minutes plus tard, ils descendaient deux étages pour retrouver sa chambre. Habip Aktas n'en pouvait plus. À peine entré, il plaqua Tatiana contre le mur, glissa une main possessive sous la robe verte et empoigna sa culotte, qui en un clin d'œil se retrouva accrochée à la cheville de la Russe. Celle-ci ne parut pas se formaliser de cette entrée en matière directe. Le Turc lui avait déjà

1. Vous êtes très fort.

enfoncé sa langue dans la bouche, tandis qu'il se déshabillait d'une seule main, sautant d'un pied sur l'autre.

Son sexe lui faisait mal tant il était tendu. Il poussa un soupir de soulagement lorsqu'il le libéra. Tatiana réussit à lui échapper et dit négligemment :

– Tu sais que cela va te coûter un peu d'argent ?

– Combien ?

– Quatre cents.

– *No problem.*

Dans l'état où il se trouvait, il aurait donné le double.

Rassurée, Tatiana fit passer sa robe par dessus sa tête, ne gardant que ses bas montant très haut sur ses longues cuisses et ses escarpins. Habip se rua sur ses seins, les suçant, les pinçant, s'en mettant plein les mains. Il ne laissa même pas Tatiana le prendre dans sa bouche. Comme un fou, il la poussa sur le lit et l'embrocha d'un coup, jusqu'à la garde.

Il eut l'impression de tutoyer Dieu. Son gros sexe était délicieusement serré et il se mit à s'activer comme un fou. Et, miracle, comme il l'avait rêvé, Tatiana noua ses jambes dans son dos, tandis qu'il la pilonnait de toutes ses forces.

– Défonce-moi ! gémit-elle, connaissant ses classiques.

Il ne faisait que cela. Infatigable. Et, bizarrement, il n'avait aucune envie de jouir. Il s'arrêta un peu, retourna Tatiana comme une crêpe et la prit par-derrière, les mains crochées dans ses hanches. Son sexe s'enfonçait dans le ventre de la Russe et ressortait, brûlant et raide comme une bielle.

Couvert de transpiration, il ralentit son rythme et se laissa aller sur le dos, toujours aussi raide. Tatiana lui jeta un regard quand même admiratif. D'habitude, elle venait à bout de ses amants en quelques minutes, ce qui faisait gagner du temps à tout le monde. Elle caressa un peu son sexe avant de le plonger dans sa bouche.

– *You sex machine !*

Habip Aktas flottait sur un petit nuage : il n'avait jamais baisé avec une aussi belle femme. Même si c'était une pute. Il avait l'impression que son sexe continuait à grossir. Tatiana se redressa : elle avait mal aux mâchoires. Impossible de le faire jouir. On aurait dit un robot.

– *Fuck me again,* demanda-t-elle. *I want your big prick in my tiny pussy*[1].

Pour la baise, l'anglais était quand même le meilleur vecteur de communication. De nouveau, Habip plongea en elle, lui repliant les jambes sur les épaules, et partit pour le galop final, à puissants coups de reins, les pieds arcboutés contre la tête du lit.

Un mineur de fond.

Tatiana, le sexe en feu, se dit qu'il fallait en finir. Elle connaissait un moyen très efficace pour déclencher un orgasme chez un homme.

Son index s'enfonça d'un coup dans l'anus du Turc qui poussa un rugissement, accompagné d'un coup de reins encore plus violent. Puis, inexplicablement, il s'arrêta net, comme s'il était collé au fond de son ventre. Tatiana regarda son visage et, soudain, eut peur. Ses traits étaient figés, ses yeux striés de rouge, son teint très pâle et, la bouche ouverte, il semblait foudroyé.

Cela dura d'interminables secondes puis, lentement, il bascula sur le côté, s'arrachant d'elle, toujours aussi raide.

Affolée, Tatiana sauta du lit.

– *Baby!* lança-t-elle, *You O.K. ?*

Elle ne se souvenait plus de son nom. Habip Aktas ne bougeait plus.

– *Bolchemoi*[2]*!* marmonna-t-elle, il a un malaise.

Elle posa la main sur le téléphone pour appeler au secours, puis s'arrêta et vint se pencher sur le Turc. Elle n'avait pas beaucoup d'expérience de la mort, mais elle réalisa très vite qu'il ne respirait plus.

Son premier réflexe fut de se rhabiller, sans même se laver. Son deuxième, de faire le signe de croix et son troisième de fouiller les poches du mort. Elle eut la décence de ne pas compter l'épaisse liasse de dollars qui passa de

1. Baise-moi encore, je veux ta grosse queue dans ma petite chatte.
2. Bon Dieu.

la poche du pantalon d'Habip Aktas dans son sac. Une sorte de marque de respect. Puis elle regarda un peu partout. Il y avait bien un petit coffre électronique, mais elle n'avait pas la combinaison.

Ensuite, elle entr'ouvrit la porte : le couloir était désert. Elle prit le temps d'accrocher la pancarte *Do not disturb* avant de claquer la porte et de gagner l'escalier.

***

George Milken ne quittait pas son téléphone des yeux, comme s'il avait pu le faire sonner. Il était déjà presque dix heures et Habip Aktas ne l'avait pas appelé, ce qui était surprenant car il aurait dû le faire la veille au soir ou très tôt ce matin. Il avait pourtant hâte de lui communiquer la réponse positive de Londres. Une telle réussite resterait dans ses notes et aiderait à sa carrière.

Il se dit qu'Habip Aktas avait dû avoir un contretemps. Il appellerait sûrement dans la journée.

***

Larissa Elmouzaieva avait pris le risque de sortir de sa planque, drapée dans un *carşaf* qui la recouvrait de la tête aux pieds et masquait en partie son visage. Les recherches policières s'étaient calmées et aucun journal n'avait parlé d'elle. Elle regarda sa vieille montre russe. Onze heures moins dix. L'heure à laquelle Habip Aktas devait l'appeler pour décommander éventuellement l'opération était passée de quarante minutes.

Elle n'avait pas dormi de la nuit, priant Allah pour qu'il ne téléphone pas. C'eûut été trop frustrant. Elle attendit encore deux minutes puis composa avec soin un numéro sur son portable.

Une voix d'homme répondit aussitôt.

– *Evet ?*

– Gurian, fit Larissa. *Bismillah Al Rahin Al Rahman*, l'heure est arrivée.

CHAPITRE XX

Gurian Kunçak, garé dans Nisbetiyé Caddesi, grande avenue à deux voies traversant le quartier d'affaires d'Etiler, lança son moteur, mit son clignotant et se glissa dans la circulation de la voie allant vers le nord. Tout en conduisant, il se mit à réciter des versets du Coran. Il avait hâte d'arriver. Il ne voyait plus que le grand building sur sa droite qui abritait la Hong kong-Shangai Bank. Il y fut en quelques minutes. D'un violent coup de volant, il quitta la chaussée, monta sur le trottoir et s'engagea sur les marches menant à l'entrée monumentale. Après en avoir grimpé quelques-unes, le moteur du fourgon Hino cala. Gurian Kunçak vit des vigiles se précipiter dans sa direction.

Après avoir imploré Allah une dernière fois, il appuya sur le bouton fixé au tableau de bord avec du scotch. Priant que Larissa la Tchétchène – qu'Allah l'ait en sa sainte garde – ait bien fait son travail.

***

Une gigantesque boule de feu sembla monter à l'assaut de la façade de l'immeuble du HSBC. La déflagration s'entendit jusque sur la rive asiatique. Le fourgon Hino venait de se désintégrer sur les marches, noyant dans une mer de flammes tous ceux qui se trouvaient dans un rayon de cent mètres. Toute la façade, jusqu'au huitième étage, se désintégra, projetant des gravats à des centaines de mètres.

La carcasse elle-même du véhicule piégé fut projetée sur l'autre côté de la chaussée, écrasant une voiture qui arrivait et ses deux occupants.

Tout se figea. Un énorme panache de fumée noire montait dans le ciel. Des gens accouraient, d'autres fuyaient. Une femme poussa un hurlement : une jambe humaine était accrochée à un arbre, cinquante mètres plus loin. La première voiture de police arriva trois minutes plus tard. Les flammes dévoraient déjà une grande partie de l'immeuble. Les corps jonchaient le perron et la chaussée.

***

George Milken était nerveux. Sa femme lui avait demandé de l'accompagner faire quelques courses dans les galeries autour du consultat. Elle n'avait plus de café. Il regarda sa montre. Si Habip Aktas appelait et qu'il ne soit pas là, c'était ennuyeux, même si sa secrétaire avait des consignes.

– Je retourne à l'ambassade, dit-il, continue.

– À tout à l'heure, *darling*, répondit-elle, avant de se perdre dans la foule.

George Milken regagna le consulat à grands pas, appelant de son portable pour savoir si personne ne l'avait demandé. Rassuré, il parcourut les derniers mètres à une allure normale, rentrant ensuite dans le consulat par la porte des piétons.

***

Feridun Urgulu avait stoppé le long du lycée Galatasaray, sur Yeniçarşi Caddesi, juste avant l'intersection avec Istiklâl Caddesi. Il était au volant d'un fourgon blanc portant le sigle d'une grande blanchisserie et personne, même pas les policiers qui gardaient la voie piétonne, ne prêtait attention à lui. Il était onze heures pile quand son téléphone portable sonna. Il se sentait tendu mais bien dans sa tête. C'est toujours réconfortant d'accomplir la volonté de Dieu.

La voix dans le portable annonça :

– Mon frère Feridun, il est l'heure de devenir un martyr. *Inch' Allah.*

– *Allah ou Akbar !* répondit le jeune homme.

Il ne parlait que quelques mots d'arabe, pour comprendre un peu le Saint Coran.

Il démarra, passant devant une rangée de cabines téléphoniques, puis s'engagea dans la prolongation de Yeniçarşi, coupant Istiklâl. Tout de suite après l'intersection, il stoppa, descendit et souleva son capot, comme s'il était tombé en panne. Le concert de klaxons se déclencha très vite, mais il n'en avait cure. Ces rues étroites étaient toujours encombrées. Sa « panne » permit aux véhicules qui se trouvaient devant lui de s'éloigner. Quand il remonta dans le fourgon, la rue était vide. Petite voie en sens unique, on s'y traînait normalement au pas, à cette heure. Après une dernière prière, il démarra, puis accéléra, prenant un maximum de vitesse, ce qu'il n'aurait pu faire dans un embouteillage.

Cinquante mètres plus loin, il arriva à un croisement, après lequel s'ouvrait sur sa gauche la grille du consulat de Grande-Bretagne. Allah était avec lui. Un véhicule venait certainement d'y pénétrer car elle était en train de se refermer lentement. Il accéléra encore, donna un coup de volant à gauche et fonça dessus. Le poids du fourgon rejeta la grille des deux côtés et il pénétra à l'intérieur du consulat de quelques mètres, pulvérisant la herse en train de ressortir du sol.

Feridun se dit qu'il ne pourrait pas faire mieux et, après une ultime et brève prière, appuya sur le bouton fixé au tableau de bord.

***

La femme de George Milken revenait dans Ciçek Pasaj lorsqu'une explosion formidable ébranla le quartier. Un souffle d'air chaud balaya la galerie, puis le silence retomba. Prise d'un terrible pressentiment, elle se mit à courir. Lorsqu'elle déboucha au croisement en face de l'entrée du consulat, elle poussa un cri d'horreur. Le quartier semblait avoir été dévasté par un tremblement de terre. La grille du consulat avait disparu. À l'intérieur, juste derrière, elle aperçut une masse fumante d'où s'échappaient des flammes. Ce qui restait d'un véhicule méconnaissable. Les façades des immeubles entourant le consultat étaient déchiquetées, toutes les fenêtres brisées. Il y avait des débris plein la chaussée, au milieu de corps étendus. Le spectacle classique d'un attentat terroriste.

Elle se rua à l'intérieur et dut s'arrêter devant un mur de flammes : ce qui restait des bâtiments provisoires abritant les bureaux de son mari brûlait comme une torche. Des corps allongés dans la cour se consumaient. Un gardien essayait d'éteindre les flammes qui montaient d'un homme encore en vie avec un extincteur. Les jambes coupées, elle sentit qu'on l'entraînait vers le bâtiment principal et comprit qu'elle ne reverrait pas son mari. Sa Jaguar, garée un peu plus loin, était en train de brûler, elle aussi.

*
* *

– Il y a eu deux attentats simultanés, annonça la voix tendue de John Burke. À la banque HSBC, à Etiler, et au consulat britannique. George Milken, le consul, est le patron du MI6. Je passe vous prendre, je n'arrive pas à avoir le consulat.

Malko baissa les yeux sur sa Breitling, atterré. Il avait entendu la seconde explosion, sans savoir d'où elle provenait, et pensé immédiatement à un attentat, en se rappelant la menace de Larissa. L'optimisme de Zeynel Sokik était, hélas, illusoire. La cellule islamiste d'Istanbul était plus que jamais active.

Il aurait pu descendre à pied au consulat de Grande-Bretagne, distant de moins d'un kilomètre, mais devait attendre John Burke. Il essaya de joindre Zeynel Sokik sur son portable, mais celui-ci était sur messagerie. Toutes les forces de sécurité d'Istanbul étaient sur le pied de guerre. Trop tard, comme toujours dans ce cas. Comment remettre la main sur Larissa Elmouzaieva ?

***

Larissa Elmouzaieva avait changé de planque. Très vite, la police risquait de s'intéresser à la boutique d'épices où elle vivait, puisqu'elle appartenait à l'homme qui s'était fait sauter devant la banque HSBC. Elle avait donc regagné le garage où se trouvait le dernier des fourgons piégés. Il appartenait à un Turc en déplacement à l'étranger, n'ayant jamais eu affaire aux services de sécurité. Un simple sympathisant. Ce qui lui laissait donc un peu de répit.

L'oreille collée à la radio, elle écoutait, avec une sombre satisfaction, s'égrener le bilan des morts et des blessés. Bien que les cibles aient été britanniques, il y avait surtout des Turcs parmi les victimes. Apparemment, le consul de Grande-Bretagne était parmi les morts. Ce qui la réjouissait car Habip Aktas lui avait parlé de son rôle important dans la lutte contre les groupes d'Al-Qaida. Mais, de toute façon, cette nouvelle vague d'attentats fragilisait la Turquie et son alliance avec Israël. Habip Aktas ne lui avait pas révélé pourquoi il avait choisi les deux derniers objectifs et elle supposait qu'il voulait punir l'homme du MI6 à Istanbul d'une opération menée conjointement avec le Mossad.

Elle s'en moquait, en fait. Tout ce qu'elle voulait, c'était frapper le plus d'ennemis possible avant de se lancer elle-même dans la dernière opération. Celle-ci n'était demandée par personne. Au départ, il ne fallait que quatre véhicules. C'est elle qui en avait réclamé un cinquième, au cas où un des autres tomberait en panne. À l'origine, elle voulait frapper le consulat russe. Mais, après avoir examiné l'environnement, elle s'était rendu compte que l'opération était presque impossible. Depuis, elle avait échafaudé un autre plan, bien plus séduisant, bien que difficile à réaliser. Mais qui serait sa dernière satisfaction terrestre.

Elle coupa la radio et alla examiner le véhicule préparé. Un fourgon bleu Hino, acheté d'occasion, qui portait encore sur ses flancs l'inscription de son précédent propriétaire, un marchand de matériel électronique. Elle ouvrit les portières, vérifiant que la « doublure » intérieure était bien en place : d'épaisses plaques de tôle pour arrêter d'éventuels projectiles. Entre le moteur et la cabine, il y avait la même protection. De même sur la paroi intérieure séparant la cabine de l'espace utilitaire occupé par les sacs d'explosifs. Elle avait mis dans ceux-ci tout ce qui restait de RDX, afin d'être certaine d'obtenir une déflagration de puissance maximale.

Il n'y avait que les pneus qui n'avaient pas été protégés, mais elle pouvait rouler quelques centaines de mètres avec des pneus crevés.

Elle referma la portière qui fit un bruit de coffre-fort et alla se faire du thé. Maintenant, elle ne pensait presque plus aux siens. C'étaient des images floues, presque heureuses. Elle était en paix avec elle-même. Presque tous ceux qu'elle avait rejoints à Istanbul étaient morts. Elle-même les rejoindrait bientôt. Mais d'autres lui succéderaient.

Sur cette idée réconfortante, elle s'allongea sur un lit de camp et ferma les yeux. Son portable était toujours ouvert, mais il ne sonnerait plus. Ceux qui possédaient son numéro étaient morts, à l'exception d'Habip Aktas. Si ce dernier ne l'avait pas appelée, c'est qu'il avait quitté la Turquie, sa mission accomplie.

***

– George Milken est mort, ainsi que trois de ses collaborateurs et deux policiers britanniques, jeta John Burke à Malko dès qu'il monta à côté de lui.

Le chauffeur plongea à grands coups de klaxon dans Siraselviler Caddesi. Tout le quartier du consulat étant interdit aux véhicules, il fallait effectuer un grand détour pour s'en rapprocher. En dépit de leur plaque CD, ils durent abandonner le véhicule en face du lycée Galatasarai et terminer à pied. L'odeur d'ammoniac les prit à la gorge dès Istiklâl Caddesi, de plus en plus forte au fur et à mesure qu'ils se rapprochaient du consulat.

Spectacle de désolation. Après avoir écarté les badauds et franchi les barrages de police, ils se retrouvèrent à l'intérieur, au milieu des employés terrifiés, choqués, massés dans la cour. John Burke trouva une secrétaire qui le connaissait et réussit à mettre la main sur le consul adjoint, appartenant lui aussi au MI6.

– Vous avez une explication ? demanda l'Américain.

L'autre, encore sous le choc, bredouilla une réponse embrouillée d'où il ressortait qu'il avait une hypothèse de travail mais qu'il ne pouvait la communiquer à John Burke. L'échange d'informations se ferait au plus haut niveau. À Londres ou à Washington. John Burke revint vers Malko, le visage sombre.

– Les « Cousins [1] » ont déconné ! laissa-t-il tomber. Ils savaient qu'il y avait anguille sous roche, mais n'en ont soufflé mot à personne. Et, à mon avis, surtout pas aux Turcs.

– Qu'est-ce que cela peut être ?

– Je n'en sais rien, avoua l'Américain. On n'a plus rien à faire ici.

Ils ressortirent, fuyant l'abominable odeur d'ammoniac. Des pompiers essayaient d'éteindre un immeuble qui brûlait encore, juste en face de la grille du consulat. La rue Hamalbaçi était jonchée de débris, toutes les fenêtres des immeubles brisées. Il devait y avoir des centaines de blessés, à cette heure d'affluence dans ce quartier populaire.

C'était l'heure du déjeuner, mais aucun des deux

1. Services britanniques.

n'avait faim. De toute façon, John Burke devait retourner au consulat pour tenir Langley au courant de la situation, grâce à ses moyens de communication sécurisés. Malko déida de l'accompagner. Entre la brutalité des Russes, les maladresses des Turcs et les cachoteries des « Cousins », ils étaient arrivés à une catastrophe. Il se demanda si Larissa Elmouzaieva était un des kamikazes. On le saurait un peu plus tard dans la journée. En arrivant au consulat général américain, ils se heurtèrent à un barrage de Marines, au premier poste de contrôle. C'est tout juste s'ils laissèrent passer la Buick, après avoir vérifié son numéro et même le signalement de John Burke. Ce dernier fulminait.

– Avec notre paranoïa sécuritaire, grommela-t-il, nous sommes complètement à côté de la plaque. Si nous avions eu des vraies *sources*, nous aurions pu empêcher tout cela.

– On en avait une, remarqua Malko. Larissa. Si les soldats russes n'avaient pas assassiné sa famille, je pense qu'on serait arrivés à quelque chose.

– Cette Tchétchène voulait nous baiser, rétorqua l'Américain. Elle nous a enfumés, en nous balançant des informations inexploitables.

– C'était *après* avoir été torturée par la police turque, corrigea Malko. Je me demande si elle conduisait un des deux fourgons de ce matin.

– On va le savoir très vite, trancha l'Américain. Si c'est le cas, tant mieux. Ça fera une cinglée de moins.

***

À deux heures et demie, la femme de chambre de l'hôtel *La Maison* se décida à entr'ouvrir la porte de la chambre 424 pour faire le ménage avant de terminer son service. Le rapide coup d'œil qu'elle jeta à l'intérieur lui suffit. L'homme nu recroquevillé sur le lit n'avait pas l'air de dormir.

Elle fonça à la direction, ramenant un vigile et le sous-directeur. Les constatations furent vite faites. Le client de la 424 avait vraisemblablement succombé à une crise cardiaque. Il n'y avait aucun désordre dans la chambre. Le médecin, un peu plus tard, confirma le diagnostic : rupture de l'aorte, provoquant une mort foudroyante. Vraisemblablement une douzaine d'heures plus tôt, d'après la rigidité cadavérique. L'interrogatoire du personnel permit de reconstituer l'emploi du temps d'Habip Aktas. Il avait dîné au restaurant du septième avec une très belle blonde, une étrangère, vraisemblablement russe. Il y avait même son menu : cocktail de crevettes, filet, salade de fruits, arrosés d'une bouteille de Taittinger. Ensuite, il était redescendu dans sa chambre avec elle et personne ne l'avait revu vivant. Vraisemblablement, il avait succombé en pleins ébats sexuels. D'ailleurs, dans la salle de bains, on retrouva une boîte de Viagra entamée. Tout cela était très banal. Heureusement qu'il avait donné l'empreinte d'une carte de crédit : l'hôtel n'en serait pas pour ses frais. On commença à rassembler ses affaires, après avoir prévenu la police. La femme de chambre trouva dans un coin un ravissant briquet Zippo Betty Boop et l'empocha. Sa propriétaire ne viendrait sûrement pas le réclamer.

Il restait à ouvrir le petit coffre encastré dans la penderie. Le spécialiste, appelé, y procéda en trois minutes. À l'intérieur, le directeur de l'hôtel trouva des liasses d'euros et de dollars, un billet d'avion pour Ankara-Dubai, avec un départ trois jours plus tard, ainsi que trois passeports, à des noms différents. Deux turcs et un émirati.

***

Cette fois, Malko était vraiment sur le départ. Son vol décollait à 14 h 40, direct pour Vienne. Il n'avait plus rien à faire à Istanbul. Les dégâts causés par les deux véhicules piégés étaient bien plus importants que lors des premiers attentats, les charges ayant mieux explosé. Il y avait vu la main de Larissa. Celle-ci n'était pas parmi les morts. Le kamikaze de la banque HSBC avait été identifié : un retraité de 47 ans, sans passé criminel, marié, quatre enfants, très religieux. Il possédait dans le quartier de Mehmetbey une boutique d'épices tenue par un cousin. La police n'y avait rien trouvé. Le second kamikaze était, lui aussi, un jeune venu de Bingöl. Un Kurde de 28 ans, connu pour ses convictions islamistes.

Destabilisés, les Turcs s'étaient mis à arrêter à tour de bras un peu n'importe qui.

On frappa à la porte. Malko alla ouvrir, pensant qu'on venait chercher ses bagages, puisqu'il avait prévenu la réception de son départ. Elko Krisantem était déjà en bas.

Larissa Elmouzaieva se tenait dans l'embrasure, toujours enveloppée dans sa doudoune noire. Elle sortit la main droite de sa poche et braqua sur lui ce qui lui parut être un Colt .45 automatique.

CHAPITRE XXI

La Tchétchène fit un pas en avant, repoussant Malko dans la chambre. Celui-ci nota que le chien extérieur du pistolet automatique était ramené en arrière. Larissa Elmouzaieva n'avait qu'à exercer une légère pression sur la détente pour faire feu. Son cerveau s'était mis à tourner à toute vitesse, cherchant comment il pourrait se tirer de ce mauvais pas. Larissa n'était sûrement pas venue avec de bonnes intentions, mais le fait qu'elle ne l'ait pas abattu immédiatement lui laissait un minuscule espoir.

Il soutint son regard et réussit à demander calmement :

– Que voulez-vous ?

– J'ai besoin de vous, annonça-t-elle.

– Pourquoi faire ?

– Vous allez le savoir très vite. D'abord, habillez-vous. mettez votre manteau.

Malko obtempéra. Larissa ne le quittait pas des yeux. Elle lui lança ensuite :

– Nous allons sortir tous les deux. Vous marcherez devant. Si vous vous arrêtez, si vous parlez à quelqu'un, je vous tue. Allez, *davai*[1].

Il passa devant elle. Elle avait replongé la main droite dans la poche de sa doudoune noire, mais il savait l'arme

1. En avant.

braquée sur lui. Et Larissa n'était pas une femme à avoir des états d'âme. Ils passèrent devant la réception, puis empruntèrent l'escalier mécanique et la porte tournante.

– À droite, ordonna la Tchétchène.

Elle le mena jusqu'à un fourgon stationné le long du trottoir de la place Taksim, à l'entrée de Gumüsuyu Caddesi. De la main gauche, elle lui tendit des clefs, après avoir ouvert la portière de son côté.

– Montez et prenez le volant.

Il obéit et elle prit place à côté de lui, sortant le Colt de sa poche et le posant sur ses genoux, braqué sur lui.

– Démarrez. Vous connaissez le chemin du consulat de vos maîtres à Istinyé.

Ainsi, c'était ça ! Du coup, Malko remarqua un interrupteur visiblement rapporté sur le tableau de bord, accessible des deux sièges. Il se tourna vers Larissa.

– Combien y a-t-il d'explosifs derrière nous ?

– Cinq cents kilos, dit-elle. Plus cinquante environ de RDX. Démarrez. Prenez l'avenue Gumüsuyu.

Il obéit. Bizarrement, il n'avait même pas peur. Juste une tension nerveuse intense. Il était comme détaché, tout en sachant parfaitement ce qui allait se passer.

– Vous n'y arriverez pas, fit-il en s'engageant dans les lacets de la grande avenue descendant vers le Bosphore. Le consulat est trop bien gardé.

Elle esquissa une sorte de grimace.

– C'est possible. Mais avec vous, j'ai des chances d'arriver un peu plus loin que toute seule. En tout cas, j'aurais essayé. Je vous avais dit que je voulais mourir en tuant le plus d'ennemis possible. Je vais le faire. J'ai seulement changé d'ennemis.

– J'en fais partie, je suppose ?

– Bien sûr, fit-elle sans la moindre hésitation. Et vous allez mourir avec moi.

Malko ne répondit pas, cherchant désespérément une échappatoire. S'il sautait à terre lorsque le fourgon était arrêté à un feu rouge, elle avait le temps de lui loger la moitié d'un chargeur dans le corps avant qu'il ait ouvert la portière. Lui prendre son arme était impossible. Il avait affaire à une professionnelle sur ses gardes. Maintenant, ils avançaient à une allure d'escargot le long du Bosphore, sur Dolmabahçe Caddesi. Malko se dit qu'il vivait vraisemblablement ses dernières minutes, au volant de sa bombe roulante.

– Pour vos parents, dit-il, je l'ai appris presque en même temps que vous. C'est une horreur.

– N'essayez pas de m'apitoyer, fit sèchement Larissa. Ne brûlez pas de feu ou quelque imbécillité de ce genre. Nous sauterons simplement un peu plus tôt.

– Ce n'est pas mon intention, répliqua Malko.

Et c'était vrai. Son calme profond venait d'une sorte de fatalisme. Une partie de lui se révoltait viscéralement contre l'idée de la mort, l'autre s'en remettait à Dieu ou à la fatalité. Il avait déjà beaucoup tiré sur la corde au cours de sa vie aventureuse. Les plus grands destins se terminaient tous au cimetière. Ils continuèrent, remontant vers le nord dans une circulation qui commençait à s'éclaircir. Ils passèrent sous le premier pont, puis sous le second. Larissa ne relâchait pas son attention un quart de seconde. Malko remarqua qu'elle portait les vêtements qu'il lui avait offerts : le pull, le jean et les bottes.

– Nous avons fait l'amour ensemble et maintenant, nous allons mourir ensemble, remarqua-t-il. Pourtant, nous ne nous connaissons pas beaucoup.

Les prunelles de Larissa s'assombrirent.

– Taisez-vous ! Vous m'avez violée après m'avoir fait boire. Rien que pour cela, je devrais vous tuer.

Le silence retomba. Ils traversèrent Bebek. À la hauteur de Yeniköy, elle jeta :

– Arrêtez-vous.

Lorsqu'il eut stoppé, elle ordonna d'une voix calme :

– Vous allez appeler votre ami, le chef des espions américains. Lui dire que vous arrivez. Que vous m'avez capturée avec le véhicule que je devais faire sauter. Allez-y.

Malko prit son portable et composa le numéro de John

Burke. Larissa se pencha et posa le doigt sur l'interrupteur commandant l'explosion de la charge.

– Si vous dites un mot de travers, fit-elle, nous sautons *maintenant.*

– Allô ?

John Burke venait de décrocher.

– John, c'est moi, dit Malko.

– Je vous croyais parti.

– Il s'est passé quelque chose d'imprévu, répondit Malko. Je suis tombé sur Larissa Elmouzaieva. Par hasard.

– Quoi ! Où est-elle ?

– Je vous l'amène, dit Malko. Je pense qu'il est préférable que vous lui parliez avant de la remettre aux Turcs.

Il y eut un long silence au bout du fil. Le pouls de Malko avait atteint des hauteurs encore jamais égalées. L'index de Larissa était toujours posé sur le déclencheur.

– Elle est avec vous ?

La voix de l'Américain respirait le scepticisme.

– Bien sûr ! Elle conduit. Je lui ai pris son arme. Nous allons arriver d'ici un quart d'heure. Par le bas. Pouvez-vous prévenir les gardes ?

– Quel véhicule avez-vous ? Quel numéro ?

– Un Hino bleu, immatriculé… 34 TRE 856.

Larissa venait de lui souffler le numéro.

– Très bien, approuva l'Américain. Vous vous garerez dans le parking en surface. Je vous attends.

La communication fut coupée.

– Allez, redémarrez, ordonna Larissa.

Il restait environ trois kilomètres. Il quitta le bord du Bosphore, s'engageant dans Ali Celebi, passant devant un supermarché Champion. L'entrée du chemin privé conduisant au consulat américain s'ouvrait juste en face, signalé par une guérite et une barrière. Une route étroite qui montait en lacets au flanc de la colline sur laquelle était construit le consulat. Malko aperçut le bâtiment dans le lointain, orgueilleux comme un fort moyenâgeux.

– *Davai !* souffla Larissa.

Elle s'était rapprochée de lui, le doigt sur le déclencheur, sa main droite tenant le Colt dissimulée dans les plis de la doudoune.

Un vigile sortit de la guérite. Un Turc. Malko se fit connaître et, après un long coup de fil, le vigile ôta la herse et souleva la barrière.

Le fourgon attaqua la côte. Quatre virages plus loin, ils tombèrent sur le second poste, beaucoup plus sérieux : des chicanes de fûts remplis de ciment, protégés par deux postes de Marines. Malko s'arrêta à la ligne rouge dix mètres avant et baissa sa glace. Une mitrailleuse venait de se braquer sur leur véhicule.

– Identifiez-vous ! cria une voix dans un haut-parleur.

Malko cria son nom et celui de John Burke. Il vit un des Marines prendre un téléphone. Réalisant soudain que son rythme cardiaque avait doublé, il se tourna vers Larissa. Son teint était cireux, elle respirait à peine. L'attente se prolongea, dans un silence insoutenable. La Tchétchène bougea imperceptiblement l'index et il se dit qu'elle allait déclencher l'explosion, là. Il n'osait pas lui adresser la parole. Il se rendit compte que, bizarrement, lui aussi ne pensait plus qu'à franchir ce barrage, même si cela ne retardait sa mort que de quelques minutes. Le syndrome du *Pont sur la rivière Kwaï*, où le commandant britannique, obsédé par la construction du pont, ne se rend même plus compte qu'il travaille contre son propre camp.

– *Go ahead. Slowly*[1].

L'aboiement du haut-parleur le fit sursauter. Machinalement, il passa la première et se faufila entre les chicanes sous le regard méfiant des Marines. Il y avait encore un check-point au niveau du consulat, avant d'atteindre le parking. Un sourire de triomphe éclaira fugitivement les traits de Larissa.

– Stupides Américains ! marmonna-t-elle entre ses dents.

1. En avant. Doucement.

La route montait maintenant selon une pente rectiligne assez forte. Il aperçut à travers le pare-brise un des miradors surmontant le mur de dix mètres de haut, semé de projecteurs. Larissa fixait la route.

Craaac!

La détonation sèche le prit complètement par surprise. Le pare-brise vola en éclats, la tête de Larissa explosa dans un jet de sang, son corps tomba sur la banquette. Malko écrasa le frein, et dans un réflexe de survie, ouvrit la portière et bondit sur la route. Sentant un liquide couler sur son visage, il l'essuya, comprit que c'était le sang de la Tchétchène. Trente secondes plus tard, des véhicules jaillirent du dernier virage. D'abord des Marines en tenue de combat, casqués, puis des civils et John Burke. Celui-ci se précipita vers Malko et l'étreignit.

– *My God!* fit-il. Je viens de vivre le quart d'heure le plus long de ma vie.

Malko, choqué, ne répondit pas tout de suite, puis l'avertit.

– Attention, il y a cinq cents kilos d'explosifs dans le fourgon.

Celui-ci était déjà cerné par les Marines.

– *Don't worry,* le rassura John Burke, les démineurs arrivent. Dites-moi ce qui s'est passé.

Malko commençait à récupérer.

– Dites-moi, vous d'abord, comment vous avez deviné? J'ai vraiment pensé que j'allais sauter avec elle.

– D'abord, j'ai trouvé votre message bizarre. Aucun détail. Je me suis dit que vous ne pouviez probablement pas parler. Mais vous m'aviez dit l'essentiel. Que la Tchétchène conduisait. J'ai déclenché l'alerte n°1, en évacuant tout le personnel dans les sous-sol. Les check-points ont été avertis de vérifier qui conduisait. Dès que j'ai su que c'était vous, j'ai compris. Il n'y avait plus qu'à trouver la parade. Ça n'a pas été facile de sauver le consulat *et* vous.

Ils aperçurent un homme en uniforme qui dévalait la

route vers eux, un fusil à la main. Il arriva à leur hauteur et salua John Burke, puis se tourna vers Malko.

– Je vous présente le sergent Larry Webster de l'USMC [1]. Notre *marksman* [2]. C'est lui qui vous a sauvé la vie. Il n'avait droit qu'à une seule cartouche.

Malko serra la main du jeune Marine, un peu gauche.

– *I just did my job* [3], bredouilla-t-il.

John Burke lui asséna une grande claque dans le dos.

– *Splendid job, my boy! Splendid, indeed.* C'était la seule zone où la route est droite, expliqua l'Américain. C'est pour cela qu'il a fallu vous laisser passer les deux check-points. Contre l'avis du chef de la sécurité. Il voulait détruire le véhicule au premier check-point. Pour éviter des pertes possibles parmi le personnel diplomatique.

Malko ne dit rien. Toujours le même principe. Une vie américaine valait infiniment plus chère que celle d'un *alien* [4].

Une civière portée par deux Marines passa près d'eux. On avait tiré la doudoune noire sur la tête explosée de Larissa Elmouzaieva.

La dernière vision que Malko eut d'elle fut celle de ses bottes toutes neuves, à la semelle encore propre, qu'elle avait gardées pour faire l'amour avec lui.

1. U.S. Marine, Corps.
2. Tireur d'élite.
3. Je n'ai fait que mon métier.
4. Étranger.

Les premières aventures de Richard Blade

BLADE COLLECTOR

Projeté
par un ordinateur à travers l'immensité
de l'Univers et du Temps,
Richard Blade parcourt les mondes inconnus
des dimensions X pour le compte du
service secret britannique.

N° 1
LA HACHE DE BRONZE

N° 2
LE GUERRIER DE JADE

N° 3
LES AMAZONES DE THARN

N° 4
LES ESCLAVES DE SHARMA

Pour toute commande : 5,50 € par titre
envoyer votre chèque à
GECEP, 15 chemin des Courtilles
92600 ASNIERES
(Frais de port : 2,50 € par livre)

Achevé d'imprimer sur les presses de

BUSSIÈRE

GROUPE CPI

à Saint-Amand-Montrond (Cher)
en avril 2004

ÉDITIONS GÉRARD DE VILLIERS
- 14, rue Léonce Reynaud - 75116 Paris
Tél. : 01-40-70-95-57

— N° d'imp. : 41307. —
Dépôt légal : avril 2004.

Imprimé en France